O REI DAS SOMBRAS

O REI DAS SOMBRAS

JAVIER CERCAS

TRADUÇÃO
Bernardo Ajzenberg

BIBLIOTECA AZUL

Texto fixado conforme as regras do Acordo Ortográfico de Língua Portuguesa (Decreto Legislativo nº 54, de 1995).

Título original: *El Monarca de las Sombras*

Editora responsável: Erika Nogueira Vieira
Editora assistente: Luisa Tieppo
Preparação: Roberto Jannarelli
Diagramação: Ilustrarte Design
Revisão: Bruno Fiuza e Suelen Lopes
Capa: Flávia Castanheira
Tratamento da foto de capa: Wagner Fernandes
Tratamento das fotos do miolo: Thais Pereira da Silva

1ª edição, 2018

CIP-BRASIL. CATALOGAÇÃO NA PUBLICAÇÃO
SINDICATO NACIONAL DOS EDITORES DE LIVROS, RJ

C391r
Cercas, Javier, 1962-
O rei das sombras / Javier Cercas ; tradução Bernardo Ajzenberg. - 1. ed. - Rio de Janeiro : Biblioteca Azul, 2018.

272 p. ; 21 cm.

Tradução de: El monarca de las sombras

ISBN 978-85-250-6589-6

1. Romance espanhol. I. Ajzenberg, Bernardo. II. Título.

18-51195 CDD: 863
CDU: 82-31(460)

Direitos exclusivos de edição em língua portuguesa, para o Brasil, adquiridos por
Editora Globo S.A.
Rua Marquês de Pombal, 25
20.230-240 – Rio de Janeiro – RJ
www.globolivros.com.br

Dulce et decorum est pro patria mori
Horácio, *Odes*, III, 2, 13

Para Raül Cercas e Mercè Mas
Para Blanca Mena

I

Chamava-se Manuel Mena e morreu aos dezenove anos de idade na Batalha do Ebro. Foi em 21 de setembro de 1938, perto do final da guerra civil, em um vilarejo catalão chamado Bot. Era um entusiasta do franquismo, ou pelo menos um entusiasta da Falange, ou pelo menos o foi no começo da guerra: naquele momento, alistou-se no 3º Batalhão da Falange de Cáceres e, no ano seguinte, recém-obtido o grau de alferes provisório, foi designado para integrar o 1º Tabor de Atiradores de Ifni, um batalhão de vanguarda pertencente às Regulares.* Doze meses mais tarde, morreu em combate, e foi durante anos o herói oficial de minha família.

Era tio de minha mãe por parte de pai. Desde menino a ouvi contar inúmeras vezes sua história, ou, melhor, sua história e sua lenda, de tal maneira que, antes mesmo de me tornar escritor, eu já imaginava que em algum momento teria de escrever um livro sobre ele. Descartei a ideia justamente quando virei escritor; e a razão é porque sentia que Manuel Mena era justamente a herança mais custosa de minha família e que contar sua história não equivaleria a assumir apenas seu passado político, mas o passado político de

*As Forças Regulares Indígenas da Espanha foram forças militares criadas no início do século XX no Norte da África com participação de habitantes locais. (N. T.)

toda minha família, que era o passado que mais me embaraçava; eu não queria assumir isso, não via necessidade alguma de fazê-lo, e menos ainda de divulgá-lo por meio de um livro: aprender a conviver com isso já me bastava. Além do mais, nem sequer saberia como contar essa história: deveria me ater estritamente à realidade, à verdade dos fatos, supondo que isso fosse possível e que o passar do tempo não tivesse aberto lacunas impossíveis de preencher na história de Manuel Mena? Teria de misturar realidade e ficção, para rechear com esta última os vazios deixados pela primeira? Ou deveria inventar uma ficção a partir da realidade, embora todos acreditassem se tratar de algo verdadeiro, ou para que todos achassem isso? Não fazia a mínima ideia, e essa ignorância formal parecia ratificar o acerto da decisão principal: eu não devia escrever a história de Manuel Mena.

Alguns anos atrás, porém, essa antiga recusa começou a entrar em crise. Eu já tinha deixado a juventude para trás havia muito tempo, estava casado e tinha um filho; minha família não passava por um bom momento: meu pai morrera depois de uma longa doença e minha mãe ainda atravessava a duras penas a jornada ingrata da viuvez após cinco décadas de casamento. A morte de meu pai acentuara sua propensão natural a uma espécie de fatalismo melodramático, resignado e catastrofista ("Filho", dizia ela em uma de suas frases mais frequentes, "que Deus nos dê todas as desgraças que somos capazes de suportar"), e ela ainda foi atropelada por um carro certa manhã ao atravessar em uma faixa de pedestres; o acidente não se revestiu de muita gravidade, mas minha mãe levou um belo susto e foi obrigada a permanecer sentada em uma poltrona por várias semanas, o corpo todo tatuado de hematomas. Minhas irmãs e eu a estimulávamos a sair de casa, a levávamos para comer fora, para passear ou para a missa na igreja. Não consigo esquecer a primeira vez que a acompanhei até a paróquia. Tínhamos percorrido lentamente os cem metros que separam sua casa da igreja de Sant Salvador, e, quando íamos atravessar pela faixa de pedestres que facilita o acesso à igreja, ela apertou meu braço e sussurrou:

— Filho, bem-aventurados aqueles que acreditam nas faixas de pedestres, porque verão Deus. Eu quase cheguei lá.

Durante essa convalescença, eu a visitei com mais frequência do que de costume; várias vezes até dormi em sua casa, com minha mulher e meu filho. Chegávamos na sexta-feira à tarde ou no sábado de manhã e ficávamos até voltar para Barcelona no começo da noite de domingo. Durante o dia, conversávamos ou líamos, e à noite assistíamos a filmes ou programas de televisão, em especial *Gran Hermano*, um reality show de que eu e minha mãe gostávamos. Logicamente, falávamos de Ibahernando, o vilarejo estremenho do qual meus pais emigraram para a Catalunha nos anos 1960, como tantos outros estremenhos fizeram naquela época. Ao dizer logicamente, percebo que devo explicar por que falo assim; e é fácil: é porque não existe nenhum acontecimento mais determinante na vida de minha mãe do que a emigração. Mas percebo que devo explicar também por que estou dizendo isso, e aí já não fica tão fácil. Quase vinte anos atrás, tentei explicar isso a um amigo dizendo que a emigração significara que, de um dia para o outro, minha mãe deixava de ser uma filha privilegiada de uma família local de um vilarejo estremenho, onde ela era tudo, para se tornar pouco mais que uma proletária ou pouco menos que uma pequeno-burguesa cheia de filhos em uma cidade catalã, onde ela não era nada. Assim que a formulei, essa justificativa me pareceu válida, porém insuficiente, de modo que resolvi escrever um artigo intitulado "Os inocentes", que continua sendo a melhor explicação que sei dar sobre essa questão; ele foi publicado em 28 de dezembro de 1999, Dia dos Inocentes e trigésimo terceiro aniversário da chegada de minha mãe a Girona. Ele diz o seguinte:

“A primeira vez que vi Gerona foi em um mapa. Minha mãe, que então era muito jovem, indicou um ponto distante no papel e me disse que era ali que meu pai estava. Depois de alguns meses, arrumamos as malas. Foi uma viagem muito longa e, no final, havia uma estação decadente e provinciana, cercada por construções horríveis envoltas em uma luminosidade mortiça e maltratada pela chuva impiedosa de dezembro. Era a cidade mais triste do mundo. Meu pai, que nos aguardava ali, levou-nos para tomar café da manhã e nos disse que naquela cidade impossível se falava uma língua diferente da nossa, e me ensinou a primeira frase que pronunciei em catalão: ‘M’agrada molt anar al col·legi’ Em seguida, encaixamo-nos como foi possível em seu Citroën 2CV e, enquanto nos dirigíamos à nossa nova casa em meio à desolação hostil daquela cidade alheia, tenho certeza de que minha mãe pensou e não disse uma frase que depois repetiria sempre que se completava mais um ano desde o dia em que arrumamos nossas malas: ‘Que bela pegadinha!’. Era o Dia dos Santos Inocentes, 28 de dezembro, de trinta e três anos atrás.

“*O deserto dos tártaros* é um romance extraordinário de Dino Buzzati. Trata-se de uma fábula meio kafkiana em que um jovem tenente chamado Giovanni Drogo é mandado para uma fortaleza distante, cercada pelo deserto e pela ameaça dos tártaros que nele vivem. Sedento de glórias e batalhas, Drogo aguarda em vão a chegada dos tártaros, e passa a vida nessa espera. Muitas vezes considerei que essa fábula sem esperanças é um símbolo do destino de muitos daqueles que fizeram as malas. Como muitos deles, minha mãe passou a juventude esperando pelo retorno, que era sempre iminente. E assim se passaram trinta e três anos. Como no caso de alguns daqueles que fizeram as malas, esses anos não foram tão ruins para ela: afinal de contas, meu pai tinha um salário e um emprego bastante seguro, que era bem mais do que muitos dos outros possuíam. Acredito que minha mãe, de toda forma, assim como muitos daqueles que fizeram as malas, nunca aceitou realmente sua nova vida e, encouraçada por seu emprego em tempo integral de dona de casa de família numerosa, viveu em Gerona fazendo todo o possível para não se dar conta de que morava em Gerona, mas sim no lugar onde fizera as malas. Essa ilusão impossível durou até alguns anos atrás. Naquele momento, as coisas já tinham mudado muito: Gerona era uma cidade alegre e próspera, e sua estação era um edifício moderno com paredes branquíssimas e vidraças imensas; além disso, alguns dos netos de minha mãe mal entendiam sua língua. Certo dia, quando mais nenhum dos filhos morava com ela e não lhe era mais possível se proteger da realidade por trás do trabalho em tempo integral de dona de casa e, assim, tampouco escapar da evidência de que, vinte e cinco anos depois, ainda morava em uma cidade que não deixara de lhe ser estranha, foi diagnosticada com depressão, e durante dois anos a única coisa que fez foi olhar para o vazio em silêncio, com os olhos secos. Talvez também pensasse, pensasse na juventude perdida e, como o tenente Drogo e muitos daqueles que tinham feito as malas, pensasse em sua vida consumida em uma espera inútil, e talvez também — ela, sem jamais ter lido Kafka — que tudo não passara de um mal-entendido e que esse mal-entendido acabaria por matá-la. Mas não a matou, e um dia, quando já começava a sair do poço dos anos de depressão e ia com o marido ao médico, um senhor lhe abriu uma porta e, dando-lhe passagem, disse: 'Endavant'. Minha mãe respondeu: 'Ao médico'. Porque o que ela tinha entendido era 'Aonde vão?', ou talvez 'Ande van?'. Meu pai disse ter se lembrado, nesse momento, da primeira frase que me havia ensinado a pronunciar em catalão, mais de vinte e cinco anos antes, e também subitamente ter entendido minha mãe, pois compreendera que ela vivia havia vinte e cinco anos em Gerona como se nunca tivesse saído do lugar onde fizera as malas.

"No fim de *O deserto dos tártaros*, os tártaros chegam, mas a doença e a velhice impedem que Drogo concretize o sonho sempre adiado de enfrentá-los; longe do combate e da glória, sozinho e anônimo no quarto escuro de uma hospedaria, Drogo sente a aproximação do fim e compreende que essa é a verdadeira batalha, aquela pela qual sempre esperara sem saber; então, ergue-se um pouco e adota uma pose de guerreiro, para receber a morte como um homem valente. Não sei se aqueles que fizeram as malas algum dia voltarão; temo que não, entre outras coisas porque já terão entendido que essa volta é impossível. Também não sei se alguma vez pensarão na vida que passou enquanto esperavam ou que tudo não passou de um mal-entendido, ou que se enganaram ou, pior ainda, que alguém os enganou. Não sei. Só sei que, daqui a algumas horas, logo depois de se levantar, minha mãe pensará e talvez dirá a mesma frase que repete há trinta e três anos neste mesmo dia: 'Que bela pegadinha!'."

Assim terminava meu artigo. Mais de dez anos depois de sua publicação, minha mãe continuava sem sair de Ibahernando, embora continuasse a morar em Gerona, de modo que, logicamente, nosso principal passatempo durante as visitas que fazíamos para aliviar sua convalescença era falar sobre Ibahernando; mais inesperado, porém, foi que, certa vez, nossos três passatempos principais se convergiram em apenas um. Foi numa noite em que assistimos juntos a um velho filme de Michelangelo Antonioni chamado *A aventura*. O filme conta como, durante uma excursão de um grupo de amigos, um deles se perde; a princípio todos saem à sua procura, mas depois se esquecem dele e a excursão segue em frente como se nada tivesse acontecido. A densidade estática do filme logo abateu meu filho, que foi para a cama, e minha mulher, que adormeceu na poltrona diante do televisor; minha mãe, em contrapartida, sobreviveu intacta às quase duas horas e meia de imagens em preto e branco, com diálogos em italiano legendados em espanhol. Surpreso com sua resistência, ao final do filme perguntei o que ela tinha achado.

— Foi o filme de que mais gostei em toda a minha vida — respondeu.

Se tivesse vindo de outra pessoa, eu acharia que se tratava de uma frase sarcástica; mas minha mãe não sabe o que é sarcasmo, por isso considerei que a ausência de peripécias e os silêncios intermináveis de *Gran Hermano* a haviam deixado perfeitamente pronta para desfrutar os silêncios intermináveis e a ausência de peripécias do filme de Antonioni. Minto. O que pensei foi que tão acostumada estava com a lentidão de *Gran Hermano*, que *A aventura* lhe parecera tão agitado quanto um filme de ação. Minha mãe deve ter percebido minha surpresa, pois logo procurou desfazê-la; e sua explicação não desmentiu por completo as minhas conjecturas.

— É claro, Javi — esclareceu ela, apontando para a televisão. — O que acontece nesse filme é o que acontece sempre: a pessoa morre e no dia seguinte ninguém mais se lembra dela. Foi o que aconteceu com meu tio Manolo.

Seu tio Manolo era Manuel Mena. Naquela mesma noite, voltamos a falar sobre ele, e durante os fins de semana seguintes quase já não falávamos sobre outra coisa. Desde que me conheço por gente, ouço minha mãe falar de Manuel Mena, mas foi só naqueles dias que entendi duas coisas. A primeira é que, para ela, Manuel Mena fora muito mais do que um tio por parte de pai. Segundo me contou então, na infância minha mãe tinha convivido com ele na casa de sua avó, a poucos metros da de seus pais, que a haviam mandado para lá porque suas duas primeiras filhas tinham morrido de meningite e eles tinham medo, com razão, de que a terceira contraísse a mesma doença. Ao que parece, minha mãe foi muito feliz naquele casarão de viúva abarrotado de gente de sua avó Carolina, acompanhada de seu primo Alejandro e mimada por um exército turbulento de tios solteiros. Nenhum deles a mimava tanto como Manuel Mena; para minha mãe, nenhum outro podia ser comparado a ele: era o caçula, o mais alegre, o mais vivaz, aquele que sempre trazia presentes, aquele que mais a fazia rir e aquele que mais brincava com ela. Chamava-o de tio Manolo; ele a chamava de Blanquita. Minha mãe o adorava, por isso sua morte significou um golpe arrasador para ela. Nunca vi minha mãe chorar; nunca: nem mesmo durante seus dois anos de depressão, nem mesmo quando meu pai morreu. Minha mãe simplesmente não chora. Minhas irmãs e eu especulamos muito a respeito dos motivos dessa anomalia, até que numa daquelas noites posteriores ao seu acidente, enquanto ela me contava pela enésima vez a chegada do cadáver de Manuel Mena ao povoado e lembrava que tinha passado horas e horas chorando, acreditei ter encontrado a explicação: concluí que todos nós temos um estoque determinado de lágrimas e que o dela se esgotara naquele dia e que, desde então, não lhe restavam mais lágrimas para derramar. Manuel Mena, em resumo, não era apenas tio de minha mãe por parte de pai: era seu irmão mais velho; e foi, também, seu primeiro morto.

A segunda coisa que compreendi naqueles dias é ainda mais importante do que a primeira. Quando criança, eu não entendia por que minha mãe me falava tanto de Manuel Mena; ainda jovem, eu pensava, secretamente envergonhado e horrorizado, que ela fazia aquilo porque Manuel Mena tinha sido franquista, ou pelo menos falangista, e durante o franquismo minha família fora franquista, ou pelo menos aceitara o franquismo com a mesma mansidão acrítica com que a maior parte do país o aceitara; adulto, compreendi que essa explicação é algo banal, mas somente durante aquelas conversas noturnas com minha mãe convalescente consegui decifrar a natureza exata dessa banalidade. O que então compreendi foi que a morte de Manuel Mena tinha sido gravada a ferro e fogo na imaginação infantil de minha mãe como aquilo que os gregos antigos chamavam de *kalos thanatos*: uma bela morte. Para os gregos antigos, era a morte perfeita, a morte de um jovem nobre e puro que, como Aquiles na *Ilíada*, demonstra sua nobreza e sua pureza arriscando a vida num tudo ou nada, lutando na linha de frente por valores que o superam ou que ele acredita que o superam e cai em combate e abandona o mundo dos vivos na plenitude de sua beleza e seu vigor e escapa do desgaste do tempo e não conhece a decrepitude de que padecem os homens; esse jovem eminente que renuncia aos valores mundanos e à própria vida em nome de um ideal constitui o modelo heroico dos gregos e alcança o topo de sua ética e com isso a única forma de imortalidade acessível aos homens naquele mundo sem Deus, que consiste em viver para sempre na memória precária e volátil dos homens, como acontece com Aquiles. Para os gregos antigos, *kalos thanatos* era a morte perfeita que coroa uma vida perfeita; para minha mãe, Manuel Mena era Aquiles.

Aquela dupla descoberta foi uma revelação, e uma suspeita me perseguiu durante algumas semanas: talvez eu estivesse equivocado em me negar a escrever sobre Manuel Mena. Continuava a pensar mais ou menos o que sempre tinha pensado antes sobre sua história, mas me perguntei se o fato de ela ter sido sempre para mim uma história embaraçosa era motivo suficiente para não contá-la e para continuar a mantê-la escondida; pensei, da mesma maneira, que ainda estava em tempo de contá-la, mas que, se eu realmente quisesse contá-la, teria de colocar mãos à obra imediatamente, pois tinha certeza de que apenas havia vestígios documentais de Manuel Mena em arquivos e bibliotecas e de que, setenta e tantos anos depois de sua morte, ele seria pouco mais do que uma lenda transformada em retalhos na memória erodida de um punhado decrescente de idosos. Além disso, entendi que, se minha mãe tinha entendido tão bem Antonioni ou o filme de Antonioni, isso não se devia somente à lentidão afásica de *Gran Hermano*, mas sim porque ela, embora habitasse um mundo com Deus (um mundo que já se extinguiu e que Manuel Mena acreditava estar lutando para defender), ainda menina havia comprovado com perplexidade e sofrido como um ultraje o fato de a memória precária e volátil dos homens depreciar seu tio, diferentemente do que fizera no caso de Aquiles. Pois o fato é que imediatamente após a morte de Manuel Mena o esquecimento já tinha começado a fazer o seu trabalho de demolição. Em sua própria casa, um silêncio denso e incompreensível, ou que minha mãe, criança, considerava incompreensível, se abateu sobre ele. Ninguém se perguntou sobre as circunstâncias ou as causas precisas de sua morte e todos se conformaram com a versão nebulosa dada por seu ajudante (um homem que acompanhou o seu cadáver até o vilarejo e que permaneceu alguns dias com ele, alojado na casa de sua mãe), ninguém se interessou em falar com os companheiros e os superiores que tinham combatido ao lado dele, ninguém quis realizar investigações sobre suas peripécias militares, sobre as frentes em que combatera nem sobre a unidade à qual estava alistado, ninguém se deu o trabalho de visitar Bot, aquele povoado catalão distante onde ele havia morrido e que eu sempre achei que se chamava Bos ou Boj ou Boh, porque, como o castelhano não costuma usar o "t" no fim, era assim que minha mãe sempre pronunciava esse nome. Poucos meses depois da morte de Manuel Mena, seu nome quase já não era mencionado na família, ou só era mencionado quando não havia como deixar de mencioná-lo, e, poucos anos depois de sua morte, sua mãe e seus irmãos destruíram todos os seus documentos, lembranças e pertences.

Todos, exceto uma foto (pelo menos foi o que eu sempre achei): um retrato militar de Manuel Mena. Depois do enterro, a família fez sete cópias ampliadas dele; uma delas ficou em um lugar de destaque na sala de jantar de sua mãe até ela morrer; as outras seis foram distribuídas para os seis irmãos. Essa relíquia perturbou vagamente os verões de minha infância friorenta de emigrante, quando voltava de férias para o calor do vilarejo, feliz por deixar por alguns meses a intempérie e a confusão do desterro e por recuperar meu estatuto acolhedor de filho de uma família conterrânea de Ibahernando, me instalava na casa de meus avós maternos e via o retrato do morto pendurado na parede sem destaque de um cômodo onde se acumulavam baús cheios de roupas e estantes cheias de livros; perturbou ainda mais minha adolescência e minha juventude, quando meus avós morreram e a casa, vazia, ficava fechada o ano todo e só era aberta quando meus pais e minhas irmãs voltavam no verão enquanto eu tentava me habituar ao frio da intempérie e ao desconcerto do desenraizamento e procurava me emancipar do falso calor do vilarejo visitando-o o menos possível, mantendo-me o mais distante possível daquela casa, daquela família e daquele retrato ominoso que no inverno velava a sós no quarto dos baús, afligido por uma vergonha ou uma culpa não concreta sobre cujas raízes eu preferia não me indagar, a vergonha de minha teórica condição hereditária de conterrâneo do povoado, a vergonha das origens políticas de minha família e de sua atuação durante a guerra e o franquismo (para mim muito desconhecida ou quase desconhecida), a vergonha difusa, paralela e complementar de estar amarrado inexoravelmente àquele povoado carente e perdido que ia pouco a pouco desaparecendo. Mas o retrato de Manuel Mena me preocupou principalmente em minha maturidade, quando não deixei de sentir vergonha de minhas origens e de minha herança, mas me resignei a elas parcialmente, me conformei parcialmente em ser quem sou e em vir de onde venho e em ter os laços que tenho, habituei-me, para o bem e para o mal, com o desenraizamento e a intempérie e o desconcerto e compreendi que minha condição de conterrâneo era ilusória e voltei com frequência ao vilarejo com minha mulher e meu filho e meus pais (nunca, ou quase nunca, com amigos; nunca, ou quase nunca, com pessoas que não são da família) e voltei a me hospedar naquela casa caindo aos pedaços onde o retrato de Manuel Mena acumula pó em silêncio há mais de setenta anos, transformado no símbolo perfeito, funéreo e violento de todos os erros e as responsabilidades e a culpa e a vergonha e a miséria e a morte e as derrotas e o espanto e a sujeira e as lágrimas e o sacrifício e a paixão e a desonra de meus antepassados.

Agora ele está diante de mim, em meu escritório em Barcelona. Não me lembro quando o trouxe de Ibahernando; de toda forma, foi anos depois de minha mãe se recuperar de seu acidente e de eu tomar a decisão sobre a história de Manuel Mena. A decisão foi de não escrevê-la. A decisão foi de escrever outras histórias, mas também de que, enquanto as escrevesse, eu iria coletando informações sobre Manuel Mena, mesmo que fosse entre um livro e outro e sem planejamento, antes que os vestígios de sua vida tão breve se esfumaçassem e desaparecessem da memória precária e desgastada daqueles que o haviam conhecido ou da organização volátil dos arquivos e das bibliotecas. Dessa maneira, a história de Manuel Mena ou aquilo que ainda restava da história de Manuel Mena não se perderia e eu poderia contá-la caso em algum momento me animasse a fazê-lo ou fosse capaz de fazê-lo, ou passá-la para algum escritor que quisesse contá-la; ou poderia simplesmente não contá-la, transformando-a para sempre em um vazio, um espaço oco, um dos milhões e milhões de histórias que jamais serão contadas, quem sabe um desses projetos que alguns escritores estão sempre à espera de concretizar mas nunca concretizam porque não querem se incumbir dele ou porque temem que nunca estarão à sua altura e preferem deixá-lo em estado de mera possibilidade, transformado em sua grande obra-prima jamais escrita, obra-prima brilhante justamente porque jamais será escrita.

Foi essa a resolução que adotei: não escrever a história de Manuel Mena, continuar sem escrever a história de Manuel Mena. Quanto ao seu retrato, não deixei de observá-lo desde que o trouxe para o meu escritório. É uma fotografia de estúdio, feita em Zaragoza: o nome da cidade aparece no canto inferior direito, em letras brancas, quase ilegíveis; o tempo criou manchas de sujeira e raspas no papel, carcomeu suas bordas. Não sei precisamente a data em que foi tirado, mas há no uniforme de Manuel Mena uma pista que permite fixar uma data aproximada. Na lateral esquerda do paletó, nosso rapaz exibe, de fato, a Medalha de Sofrimentos pela Pátria — equivalente ao Coração Púrpura norte-americano — e acima dela uma fita com duas barras; essas duas condecorações significam que, no momento em que a foto foi tirada, Manuel Mena já tinha sido ferido em combate duas vezes por fogo inimigo, o que não pode ter acontecido antes da primavera de 1938, quando ele havia entrado em combate apenas uma vez com o 1º Tabor de Atiradores de Ifni, mas também não poderia ser depois de meados do verão, quando se desencadeou a Batalha do Ebro e ele quase já não voltou à retaguarda. A foto só pode ter sido feita, portanto, entre a primavera e o início do verão de 1938, durante a segunda ou a terceira passagem de Manuel Mena por Zaragoza ou nas imediações de Zaragoza. Estava para completar dezenove anos, ou acabara de completá-los, e faltavam poucos meses para que viesse a morrer. Na fotografia, Manuel Mena veste o uniforme oficial dos Atiradores de Ifni, com seu quepe branco e preto de lado e seu imaculado paletó branco com botões dourados e galões pretos, com uma estrela de alferes reluzindo em cada um deles. A terceira brilha no quepe; bem em cima, com um fundo branco, aparece a insígnia da infantaria: uma espada e um arcabuz cruzados sobre um clarim. A insígnia aparece também nas lapelas do paletó. Sob a lapela direita é possível visualizar, meio apagada, quase invisível, a insígnia dos Atiradores de Ifni, uma meia-lua árabe em que se lê, ou se infere, em letras maiúsculas, a palavra "Ifni" e em cujo semicírculo cabe uma estrela de cinco pontas com dois fuzis cruzados. Sob a lapela esquerda se destacam, em contraste com o tecido branco do paletó, a Medalha de Sofrimentos pela Pátria e a fita com duas barras. Os dois botões de cima do paletó estão abertos, assim como o do bolso do lado direito; esse descuido deliberado permite que se vejam mais amplamente a camisa branca e a gravata preta, ambas igualmente imaculadas. Chama a atenção o quanto ele está magro; seu corpo, de fato, parece não aguentar o próprio uniforme: um corpo de menino em um traje de adulto. Chama a atenção, também, a posição de seu braço direito, com o antebraço cruzado sobre o ventre e a mão segurando a face interna do cotovelo esquerdo, em um gesto que não parece natural, mas imposto pelo fotógrafo (também poderia ser vista como algo definido pelo fotógrafo a inclinação charmosa do quepe, que projeta uma sombra na altura da sobrancelha direita de Manuel Mena). O que mais chama a atenção, porém, é o rosto. Sem dúvida alguma, é um rosto infantil, no mínimo adolescente, com sua pele de recém-nascido, sem uma única ruga nem vislumbre de barba, as sobrancelhas suaves e os lábios virgens e entreabertos pelos quais assomam dentes tão brancos como o paletó. Tem o nariz reto e fino, o pescoço igualmente fino e as orelhas bem destacadas na cabeça. Quanto aos olhos, o preto e branco da fotografia lhes roubou a cor; minha mãe os recorda verdes; parecem claros. De todo modo, não estão voltados para a câmera e sim para seu lado direito, e não parecem focar ninguém em especial. Há tempos que olho para eles, mas não consegui enxergar ali nem orgulho nem vaidade nem inconsciência nem temor nem alegria nem ambição nem esperança nem desalento nem horror nem crueldade nem compaixão nem júbilo nem tristeza, nem mesmo a iminência oculta da morte. Faz tempo que os contemplo e não consigo enxergar nada neles. Às vezes penso que esses olhos são um espelho e que o nada que neles enxergo sou eu mesmo. Às vezes acho que esse nada é a guerra.

2

MANUEL MENA NASCEU EM 25 DE ABRIL DE 1919. Naquele tempo, Ibahernando era um povoado distante, isolado e miserável da Estremadura, uma região distante, isolada e miserável da Espanha, na fronteira com Portugal. O nome é uma contração de Viva Hernando; Hernando foi um cavaleiro cristão que colaborou, no século XIII, para conquistar dos muçulmanos a cidade de Trujillo e incorporá-la aos domínios do rei de Castela, que entregou a seu vassalo aquelas terras adjacentes como pagamento pelos serviços prestados à Coroa. Manuel Mena nasceu ali. Toda a sua família nasceu ali, inclusive sua sobrinha, Blanca Mena, inclusive o filho de Blanca Mena, Javier Cercas. Há quem diga que a família chegou à região junto com os cristãos de Hernando, levada pelo ímpeto medieval castelhano da conquista. Pode ter sido isso. Mas podem também ter chegado antes, porque antes mesmo que os impetuosos cristãos se estabelecessem em Ibahernando, já se haviam estabelecido ali os sucintos ibéricos e os razoáveis romanos e os bárbaros visigodos e os civilizadíssimos árabes. Esse fato pode surpreender, pois aquelas terras não eram muito hospitaleiras, mas sim um terreno ermo com invernos gelados e verões ardentes, um imenso terreno baldio de cuja superfície árida emergiam, vez por outra, alguns penhascos, como couraças de gigantescos crustáceos enterrados. Seja como for, se a família se instalou no povoado junto com Hernando e seus cristãos, o ímpeto ou o desespero que a levou até ali deve ter se extinto rapidamente, pois nenhum de seus membros se animou a seguir os reis castelhanos na invasão do restante da península nem os conquistadores em busca do ouro e das mulheres da América, e todos permaneceram nas proximidades, silenciosos como as azinheiras, fincando raízes tão poderosas que, apesar da diáspora de meados do século XX, que praticamente esvaziou o povoado, poucos foram capazes de arrancá-las totalmente.

Manuel Mena não pôde sequer tentar fazer aquilo. Quando veio ao mundo, Ibahernando estava mais distante do século XX do que da Idade Média; ou melhor: é possível que ainda não tivesse nem mesmo acabado de sair da Idade Média. Naquela ocasião, depois da expulsão dos muçulmanos pelos cristãos, o povoado fazia parte do domínio real de Trujillo e dependia diretamente do rei, mas todas as suas terras se encontravam em poder de senhores feudais que submetiam seus servos a um regime de semiescravidão. Oito séculos depois, no começo do XX, as coisas ainda não tinham mudado muito. O país não tinha vivido o Renascimento, o Iluminismo ou as revoluções liberais (ou os conhecera parcialmente), a comarca não sabia o que eram a burguesia e a indústria e, embora em meados do século XIX Trujillo já não fosse um domínio real e Ibahernando já tivesse se emancipado da tutela da egrégia cidade e se constituído como um humilde município independente, a maior parte de seu território continuava nas mãos de aristocratas de nomes pomposos que moravam em Madri e que ninguém jamais havia visto por aquelas terras — o marquês de Santa Marta, o conde de La Oliva, o marquês de Campo Real, a marquesa de San Juan de Piedras Albas —, enquanto os moradores do povoado morriam de fome procurando arrancar um pouco de trigo, cevada e centeio daqueles campos ingratos e pedregosos, e alimentando com o pasto, a duras penas, alguns rebanhos esquálidos de porcos, ovelhas e vacas que eram vendidos nas feiras da redondeza.

Mas o fato de as condições de servidão medieval não terem mudado quase nada para os habitantes de Ibahernando em relação ao que existia antes não significa que não tivessem mudado em absoluto, ou que não estivessem começando a mudar, no mínimo parcialmente e para alguns deles. Ainda em meados do século XIX, um conhecido dicionário geográfico elaborado por um conhecido liberal espanhol registrava um perfil desconsolado do povoado; segundo ele, Ibahernando era um rincão impiedoso aonde não chegavam nem a estrada nem o serviço de correios e onde mil e duzentas e cinco almas se amontoavam em cento e oitenta e nove casebres miseráveis, com uma escola primária, uma igreja paroquial, uma fonte pública e uma prefeitura tão pobre que não conseguia atender sequer as necessidades mais elementares de seus moradores. Apenas algumas décadas depois dessa descrição, no fim do século XIX ou começo do XX, o retrato desenhado pelo liberal espanhol continuaria sendo uma água-forte da Espanha obscura, mas talvez pudesse ser também algo diferente. Naquela época, pouco antes do nascimento de Manuel Mena, alguns camponeses empreendedores se animaram a arrendar as terras dos aristocratas ausentes. Esse fato implicou a formação de uma aliança frágil e desigual entre aristocratas e camponeses ou, para ser mais preciso, entre alguns aristocratas e alguns camponeses; também significou uma pequena mudança, com várias consequências entrelaçadas. A primeira é que os camponeses empreendedores começaram a prosperar, inicialmente graças aos lucros obtidos na exploração de seus arrendamentos e, depois, graças aos lucros da exploração dos pequenos sítios que eles começaram a adquirir graças aos lucros obtidos na exploração de seus arrendamentos. A segunda consequência é que esses camponeses com terra se tornaram capatazes ou representantes dos interesses dos aristocratas e começaram a pôr em segundo plano seus próprios interesses e a confundi-los com os dos aristocratas; alguns começaram até mesmo a querer se olhar de longe no espelho inacessível dos costumes e dos modos de vida dos nobres e a pensar que, pelo menos ali no povoado, poderiam se tornar nobres. A terceira consequência é que os camponeses com terra começaram a dar emprego para os camponeses sem terra e os camponeses sem terra passaram a depender dos camponeses com terra e a vê-los como os ricos, ou os nobres do povoado. A quarta e última consequência — a mais importante — é que o povoado começou a alimentar uma fantasia de desigualdade básica, segundo a qual enquanto os camponeses sem terra não tinham deixado de ser pobres nem de ser servos, os camponeses com terra tinham se transformado em nobres ricos, ou estavam prestes a isso.

Era ficção pura. A realidade era que os camponeses sem terra continuavam a ser pobres, embora cada vez menos, e que, embora o fossem cada vez mais pobres, os camponeses com terra não eram ricos: alguns deles tinham simplesmente deixado de ser pobres ou no mínimo começavam a sair de sua miséria secular; a realidade é que, acreditasse quem quisesse, os camponeses com terra não eram nobres e continuavam a ser servos, mas os camponeses sem terra podiam se tornar ou já estavam se tornando servos de servos. Em resumo: até então, os interesses dos habitantes do povoado eram essencialmente os mesmos, pois todos eram servos e todos sabiam disso; a partir de então, porém, começou a se instalar a ilusão de que havia no povoado servos e nobres, e os interesses de seus habitantes começaram a se contrapor, ilusoriamente.

Manuel Mena nascera em uma família que fazia parte daquela minoria ascendente de nobres ilusórios e servos reais que começou a prosperar em Ibahernando no início do século XX. Não era a mais rica dessas famílias, tampouco a mais pobre. O pai de Manuel

Mena se chamava Alejandro e, como quase todos no vilarejo, ganhava a vida trabalhando no campo: explorava o único sítio que a família tinha, alguns poucos hectares de terra árida conhecidos como Valdelaguna e voltados para o cultivo de cereais e criação de ovelhas e vacas; a mãe de Manuel Mena se chamava Carolina e cuidava de uma tabacaria. Tinham sete filhos. Não podiam se permitir o mínimo luxo, mas também não passavam fome. Poucos anos depois do nascimento de Manuel Mena, seu pai morreu, e seus três irmãos mais velhos — Juan, Antonio e Andrés — assumiram a exploração de Valdelaguna. Pouco se sabe sobre esse período inicial de sua vida; a maior parte do que aconteceu então ficou perdida na memória daqueles que o conheceram, e o que resta é apenas uma lenda imprecisa da qual só cabe resgatar, para a história verdadeira, uma imagem geral do personagem e dois casos específicos. A imagem é nítida, unânime e comprovada; e é, também, bifronte: por um lado, a imagem simpática de um menino inquieto, feliz, extrovertido, perspicaz e alegremente irresponsável, que se dava bem com a mãe e os irmãos e sabia se fazer apreciar pelos amigos; por outro, a imagem mais inglória do caçula malcriado de família numerosa, com um egoísmo desenfreado, um orgulho no limite da soberba e uma propensão não reprimida a rompantes de birra. Quanto aos dois episódios, foram ainda lembrados com uma exatidão improvável por duas senhoras de quase cem anos que Javier Cercas conhecia desde criança sem saber que elas tinham sido colegas de classe de Manuel Mena e que, quando o soube, passou a visitá-las. Uma delas era sua tia Francisca Alonso, viúva de um primo de seus pais; a outra, dona María Arias, que durante décadas foi professora no vilarejo.

Quando Javier Cercas começou a visitá-las, as duas mulheres ainda moravam em Ibahernando, em dois casarões cercados de casarões vazios, exceto no verão, e acumulavam uma vida inteira de amizade, continuando a se encontrar diariamente. Apesar de serem dois ou três anos mais novas que Manuel Mena, compartilharam a mesma sala de aula com ele durante certo tempo na melhor escola do vilarejo; ambas se lembravam muito bem. Lembravam-se de um cubículo úmido, gelado e sem iluminação escondido nos fundos da igreja, onde um professor tentava lhes inculcar quatro noções elementares de matemática, história e geografia. Elas se recordavam de que aqueles rudimentos bastavam para satisfazer as necessidades intelectuais de crianças destinadas a serem servas a vida inteira, mas não para serem aprovadas nos exames públicos da capital, ou só serviam para que tentassem fazê-lo e voltassem ao povoado com uma carga irredimível de reprovadas e uma humilhação dissuasiva. Elas lembravam que essa tragédia educacional lhes parecia natural, ou pelo menos não lhes parecia insólita, já que naqueles tempos Ibahernando era formada por uma população de servos, uma comunidade analfabeta que, durante toda a sua história, mal conhecera o orgulho de ostentar um habitante com um diploma universitário. Lembravam-se de seu professor, um homem de personalidade terrível chamado *don* Marcelino, que desferia bofetadas, beliscões e cascudos em plena sala de aula e que não só não possuía título de professor como tampouco qualquer vocação pedagógica, ao contrário da vocação política (elas lembravam que ele deixara a escola quando a recém-proclamada Segunda República lhe outorgou o cargo de secretário da prefeitura, até 1932). E recordavam que, naquela escola miserável e sem qualquer estímulo, Manuel Mena era um enrolador que passava o tempo colecionando figurinhas, atazanando os colegas cantarolando e fazendo barulho enquanto eles tentavam estudar, rindo das meninas ou humilhando-as com comentários ofensivos.

Esses são os relatos convergentes das duas senhoras. Seguem, agora, os divergentes. Dona María Arias lembrava — e este é o primeiro dos dois episódios — que, certa manhã, depois de uma noite de chuvas torrenciais, os alunos de *don* Marcelino estavam à entrada da escola, transformada em lamaçal, quando Manuel Mena propôs que se aproveitassem aquele estrago para fazer uma brincadeira de engenharia; todos os colegas aderiram à proposta, de modo que, na hora do recreio, a turma inteira se dedicou a construir, com barro e água, um labirinto de pequenas represas, canais e riachos à entrada do edifício. Um dos colegas se chamava Antonio Cartagena. Era filho ilegítimo de um médico do povoado com sua empregada, mas, com o tempo, o pai desfez esse estigma casando-se com a mãe e reconhecendo-o como filho. Era um menino sem malícia e personalidade; os colegas zombavam dele chamando-o de Bobito. Naquela manhã, uma vez encerrada a brincadeira e antes de voltarem à chateação das aulas, Manuel Mena se pôs a batizar, uma a uma, aquelas obras de barro recém-construídas, até que chegou à mais bem-acabada ou mais espetacular e, em meio aos protestos e vaias dos colegas, deu-lhe o nome de Bobito enquanto Antonio Cartagena assistia à sua vexação entre lamentos indefesos e a cara de choro de uma pessoa maltratada.

Dona María Arias se lembrava desse primeiro episódio com uma indulgência de professora nonagenária habituada à crueldade das crianças; o segundo episódio foi lembrado por Francisca Alonso, mas sem indulgência, refletindo o desconforto intacto da menina que testemunhou a cena horrorizada. Foi durante uma excursão ao campo. A pedagogia primitiva de *don* Marcelino não incluía muito os benefícios do contato com a natureza, e Francisca Alonso se lembrava, então, de sua grande expectativa e dos colegas ao se reunirem naquela manhã na entrada da escola, impacientes para desfrutar a novidade e carregados de *tortillas*, biscoitos e os cantis preparados em casa por suas mães. O trajeto de ida não foi longo, mas na chegada ao destino, todos estavam com fome e logo se puseram a saciá-la com os lanches. Foi então que aconteceu. A certa altura, Francisca Alonso não sabia como nem por quê (ou talvez soubesse, mas tratara de esquecer),

Manuel Mena e Antonio Cartagena começaram uma discussão e acabaram se atracando, trocando socos. Não foi fácil separá-los. Quando finalmente foram apartados, Manuel Mena pôs sua raiva para fora insultando o colega lembrando seu passado infame de bastardo. Antonio Cartagena voltou para o vilarejo sozinho, chorando compulsivamente, e o incidente deixou no ar um gosto azedo que estragou toda a excursão.

Manuel Mena não devia ter mais do que doze ou treze anos quando protagonizou essa cena. Há uma fotografia da turma da escola de *don* Marcelino daquela época; na verdade, deve datar de um pouco antes, da época em que meninos e meninas assistiam às aulas separadamente (*don* Marcelino ensinava os meninos e dona Paca, sua esposa, as meninas): isso explica por que Francisca Alonso e dona María Arias não aparecem na imagem; Antonio Cartagena, que não estudava na escola naquela época, também não aparece. Quem está ali, sim, é Manuel Mena. Ele aparece bem atrás e à direita do único adulto do grupo, *don* Marcelino. Posa de pé, a silhueta se destacando à frente de um painel de papelão espesso cuja cafonice típica da época não cobre totalmente a parede de pedra aparente que se ergue atrás dele, trajando um paletó de risca de giz apertado e bem abotoado, uma camisa branca de gola avantajada e tem uma mecha de cabelo fino, claro e rebelde caída na testa; é fácil perceber em sua magreza e nos traços do rosto uma antecipação infantil dos traços e da magreza do adolescente tardio ou adulto prematuro que aparece na única fotografia que conservamos dele sozinho, vestido com seu uniforme de alferes dos Atiradores de Ifni, e é possível captar no olhar direto e na pose circunflexa da boca um toque antipático de sua altivez de meninão impiedoso. De resto, é possível reconhecer nessa imagem outros parentes de Javier Cercas; sentado no chão à direita, por exemplo, trajando um paletó e uma camisa iguais aos de Manuel Mena, está seu tio Juan Cercas: justamente o marido de Francisca Alonso.

Uma última observação sobre a infância de Manuel Mena também está ligada a essa foto. A mãe de Javier Cercas não tivera notícias dela até que seu filho a descobriu em um livro sobre o povoado publicado poucos anos atrás. Cercas se lembra que, quando mostrou a foto para a mãe, ela convalescia de um acidente de trânsito e que identificou sem dificuldade alguma Manuel Mena e a maioria dos meninos que nela apareciam; ele também se lembra de que sua mãe e ele não precisaram nem mesmo especular se todos estariam mortos: o consideraram óbvio. Passados alguns meses, porém, Cerca esteve no vilarejo por uma semana e, certo dia, comentou por acaso sobre a foto com José Antonio Cercas, o único primo que ainda mora ali, o qual lhe assegurou que ele estava enganado: nem todos os meninos que apareciam na foto com Manuel Mena haviam morrido; segundo ele, o menino de roupa preta, cabelo preto e peitoral branco que ocupa o segundo lugar à direita na mesma fila de Manuel Mena ainda estava vivo. A informação deixou Javier Cercas sobressaltado. Naquele momento ele ainda não sabia que sua tia Francisca e dona María Arias também tinham estudado com Manuel Mena na escola de *don* Marcelino, e lhe pareceu incrível que ainda houvesse uma testemunha viva da infância de Manuel Mena. Segundo seu primo lhe contou, o sobrevivente da foto se chamava Antonio Ruiz Barrado, conhecido por todos como Pelador, que passava longas temporadas no povoado, embora não estivesse ali naqueles dias. O que seu primo não lhe contou — porque o ignorava — foi que, em uma noite do fim de agosto de 1936, quando a guerra tinha acabado de estourar e Manuel Mena ainda não tinha partido para a linha de frente e continuava em Ibahernando, o pai do Pelador fora tirado à força de sua casa pelos franquistas e assassinado nos arredores do povoado.

3

— É VERDADE QUE VOCÊ VAI ESCREVER de novo um romance sobre a guerra civil? Você é um tolo ou o quê? Olha, da primeira vez deu certo porque você pegou o pessoal de surpresa; ninguém o conhecia, então todos puderam usá-lo. Mas agora é diferente: vão bater até na sua carteira de identidade, rapaz! Não importa o que você escreva, alguns o acusarão de idealizar os republicanos por não denunciar seus crimes, e outros o acusarão de revisionista ou de maquiar o franquismo por apresentar os franquistas como pessoas normais e comuns e não como monstros. É simples: a verdade não interessa a ninguém, não percebe isso? Alguns anos atrás, até parecia que interessava, mas foi ilusão. As pessoas não gostam da verdade: gostam das mentiras; melhor nem falar dos políticos e dos intelectuais. Uns ficam nervosos sempre que você levanta a questão, pois continuam achando que o golpe de Franco foi necessário ou no mínimo inevitável, mesmo que não ousem dizê-lo; e outros decidiram que quem não diz que todos os republicanos, incluindo Durruti e a Passionária, eram democratas e que aqui não se matou nenhum padre de merda nem se queimou qualquer igreja de merda está fazendo o jogo da direita... E mais: será que não se deu conta de que a guerra não está mais na moda? Por que não escreve uma versão pós-moderna de *Sex o no sex* ou de *Qué gozada de divorcio*?! Prometo que eu faria um filme. Encheríamos o bolso de dinheiro.

Em novembro de 2012, telefonei para David Trueba e lhe pedi que fosse comigo a Ibahernando para registrar em vídeo uma entrevista que eu queria fazer com a última testemunha da infância de Manuel Mena (ou com aquela que eu achava até então ser a última testemunha), e ainda estava terminando de lhe contar quem tinha sido Manuel Mena quando ele me interrompeu com a enxurrada de palavras que acabo de resumir.

Estaria mentindo se dissesse que fiquei surpreso. Anos antes, David adaptara para o cinema um romance meu que falava sobre a guerra civil; inesperadamente — pois o normal, nesses casos, é que o romancista e o diretor acabem se odiando até a morte —, ficamos amigos. David dizia que nossa amizade se baseava no fato de sermos muito parecidos; a realidade é que ela se baseava no fato de que não éramos parecidos em nada. Ele fora um menino prodígio que escrevia roteiros de cinema e televisão na idade em que eu ainda jogava bolinha de gude. De forma que, embora eu fosse sete anos mais velho, quando o conheci ele tinha muito mais experiência, havia viajado muito mais e conhecia muito mais pessoas do que eu. Na verdade, em alguns momentos parecia ser meu pai. Lembro-me, agora, de um caso. Foi ao final da cerimônia televisionada de entrega do prêmio Goya para o melhor filme espanhol do ano pela Academia de Cinema. O filme de David baseado no meu romance recebera oito indicações, incluídas a de melhor filme e melhor diretor, e, quando a notícia foi anunciada, David pediu que eu estivesse presente na noite da entrega dos prêmios. Estranhei o pedido, mas aceitei e compareci ao evento junto com minha mulher. Foi uma catástrofe: dos oito Goya para os quais fora indicado, o filme só levou um, de consolação, de melhor fotografia. Ao final da cerimônia, o rosto de David era todo um poema; depois de digerir aquele desastre, eu passara a procurar desesperadamente alguma frase de consolo para lhe dizer, mas, no fim, foi ele que nos consolou, a mim e a minha mulher. "Vocês não imaginam o quanto eu lamento tê-los feito vir aqui só para isso, pessoal", disse-nos quando as luzes da sala se acenderam, colocando uma mão sobre o ombro de cada um de nós. "Queria poder ter dedicado um prêmio a vocês. Mas é o que sempre digo: neste negócio de cinema, você não deve esperar nada além de trepar e torrar dinheiro."

David gostava de dar uma de diretor comercial, capaz de vender sua alma a quem quer que fosse por uma bela bilheteria, mas a verdade é que ele nunca tinha dirigido um filme por encomenda e que os produtores o consideravam um diretor intelectual demais e que seus filmes eram muitas vezes de uma espécie de militância anticomercial. Era madrilenho e morava em Madri, e, mesmo não vivendo em Barcelona, continuamos a nos encontrar com bastante frequência depois que a onda do filme se amainou. Foi a partir daí que o desequilíbrio essencial de nossa amizade começou a se tornar gritante, porque eu não parava de lhe pedir conselhos e ele não parava de me dá-los, de me dizer o que eu deveria fazer ou não e de tentar arrumar a minha vida, como se fosse meu empresário ou meu agente literário, ou como se me visse como um menino perdido em uma floresta infestada de lobos. Depois disso, durante certo tempo, a direção mudou, ou pelo menos pareceu mudar, ou eu tentei fazer com que mudasse, para lhe retribuir o apoio. Foi quando ele se separou da esposa. Embora eu nunca tenha visto na minha vida uma ruptura mais amistosa, David sofreu muito com ela; da noite para o dia, ele se apagou; seus cabelos esbranquiçaram, ele envelheceu. Não sei se a palavra "ruptura" é correta: o fato é que sua mulher o deixou em troca daquilo que os *paparazzi* chamam de estrela de Hollywood; na verdade, era bem pior do que isso: uma estrela de cinema que resiste com unhas e dentes a ser uma estrela de Hollywood, o que a torna uma estrela de Hollywood ao quadrado, um desses sujeitos com quem todas as mulheres sonham, e com razão. Meu amigo tentou levar tudo com a maior dignidade. Na verdade, minha sensação é de que ele levava tudo com um excesso de dignidade. Logicamente, eu nunca lhe perguntava coisa alguma sobre o assunto, lembrando a frase de um velho ator coadjuvante que David costumava citar ("Não falo aos meus amigos sobre as minhas dores: eles que se divirtam com outra coisa!") e também porque ele próprio quase nunca o mencionava. Apesar disso, nas poucas vezes em que o fez chamou-me a atenção a serenidade de um psicólogo especializado em terapia de casal com que ele falava sobre seu casamento rompido e, mais ainda, o fato de ele não fazer nenhuma crítica à mulher, parecendo muito mais preocupado com ela do que consigo mesmo. Até que um dia, ao me contar que tinha acabado de se encontrar com ela para falar sobre os filhos, como costumava fazer, ele desmoronou, e lágrimas começaram a descer pelo seu rosto. Sentindo-me impotente, deixei-o chorar; depois, eu lhe disse, irado, que ele estava equivocado e que uma coisa é ser cavalheiro, outra coisa é ser imbecil. "Você tem de se preocupar é com você, cara", eu lhe disse, furioso. "Esqueça essa mulher. Vê se solta um pouco. Não tem problema. Chame-a de bruxa e chame-o de sem-vergonha. Olhe, olhe aqui, repita comigo: sem-ver-go-nha! Está vendo? É muito fácil. São quatro sílabas: sem-ver-go-nha! Experimente. Vai te fazer muito bem." "Eu bem que gostaria, Javier", respondeu, acatando a sugestão enquanto enxugava as lágrimas. "Mas não consigo. Você não entende: é normal, o cara é muito bonito e muito rico e ainda tem olhos azuis; é claro, para você e para mim isso é totalmente anormal, mas, bem... O problema é que, além disso tudo, o filho da puta é um cara maravilhoso, gente finíssima e um puta de um ator. Como você quer que eu caia de pau em cima dele?" "Bom, pelo menos caia de pau em cima da tua mulher!", gritei. "Da mãe dos meus filhos?", reagiu, horrorizado. "Como você pode pensar uma coisa dessas? Além disso, no fundo, a culpa é toda minha: fui eu mesmo que acabei convencendo-a de que ela estava apaixonada por esse sujeito e que devia ficar com ele!" Enfim... Depois de algum tempo, David pareceu começar a se conformar com sua nova situação. Não estou certo de que meus conselhos o ajudaram muito, mas sei que o trabalho o ajudou; estava melhor do que nunca: escrevia na imprensa sem parar, publicara um romance bem-sucedido, lançara uma série de televisão e um novo filme bem-sucedidos e já preparava uma nova filmagem. Nesse período, voltamos a nos encontrar com frequência e nossa amizade recuperou o seu desequilíbrio natural.

Assim, depois de ficar sabendo, graças a uma velha foto escolar e a um comentário de meu primo José Antonio Cercas, de que ainda havia uma testemunha viva da infância de Manuel Mena, liguei para David e, superando a vergonha que eu tinha de levar meus amigos a Ibahernando, pedi que me acompanhasse ao vilarejo com o argumento de que precisava de sua ajuda para filmar minha conversa com aquela pessoa; isso era em parte verdadeiro, mas só em parte: o outro lado da questão é que eu não queria fazer aquela entrevista sozinho. A primeira reação de David foi previsível, mas não procurei desfazer suas suspeitas de imediato porque senti que seria difícil demais explicar por telefone a razão pela qual eu queria ir a Ibahernando falar com a última testemunha da infância de Manuel Mena (ou com a pessoa que eu acreditava então ser a sua última testemunha), mesmo não pretendendo escrever um romance sobre Manuel Mena. A segunda reação dele também foi previsível.

— Quando é que nós vamos? — perguntou.

Na manhã seguinte ao dia em que participei de um festival literário realizado naquele mês de novembro em Madri, David passou de carro para me pegar no hotel onde eu me hospedara, perto do Retiro. Era um sábado, e meu amigo estava acompanhado dos dois filhos: Violeta e Leo. Deixamos Violeta em uma escola de dança e Leo em um campo de futebol da Casa de Campo e, por volta do meio-dia, saímos da cidade pela rodovia que vai para a Estremadura. Durante um bom tempo conversamos sobre o filme que ele estava fazendo, no qual, segundo me disse, queria contar a história de um professor que usava as canções dos Beatles para ensinar inglês na Espanha dos anos 1960 e que, ao saber que seu ídolo John Lennon estava em Almería participando de uma filmagem, decide ir conhecê-lo; contou-me que já tinha escrito o roteiro e que estava agora concentrado na captação do dinheiro e dos atores para então filmá-lo. Depois de passar por Talavera de la Reina, nas proximidades de Almaraz, ou talvez de Jaraicejo, paramos em um posto de gasolina, enchemos o tanque do carro e, enquanto tomávamos café em um bar com janelas enormes através das quais era possível observar o pequeno movimento da estrada, David comentou:

— Andei pensando no seu livro sobre a guerra civil.

— Ah, é?

— Pois é. E mudei de opinião: acho que é uma grande ideia. Sabe por quê? — Intrigado, neguei com a cabeça. — Muito simples: agora eu entendi que em *Soldados de Salamina* você inventou um herói republicano para esconder que o herói da sua família era um franquista.

Soldados de Salamina é o título do romance que David adaptara para o cinema. Eu disse:

— Um falangista, mas...

— Tudo bem... falangista. O fato é que você escondeu uma realidade feia por trás de uma bela ficção.

— Isso soa como uma reprovação...

— Não é. Não estou julgando nada, apenas descrevendo.

— E aí?

— Agora você precisa enfrentar a realidade, certo? Com isso, fecharia o círculo. E assim você vai poder parar de uma vez por todas de escrever sobre a guerra e o franquismo, essas coisas que o torturam tanto. — Ele esvaziou num gole a xícara de café e acrescentou: — Você vai ver. Vai ser um livro do cacete!

— Pois eu não vou escrevê-lo.

David me fitou como se acabasse de perceber que eu estava ali, ao lado dele, na frente do balcão.

— Não enche o saco — disse ele.

Voltamos para o carro e, enquanto seguíamos o nosso caminho, expliquei-lhe minhas razões para não escrever o livro sobre Manuel Mena e recordei-lhe as que ele mesmo tinha me exposto, ou com as quais havia me repreendido ao telefone. Eu disse também que já tinha escrito um romance sobre a guerra civil e que não queria me repetir. Procurando me adiantar às suas objeções, acrescentei que, se de toda maneira falaria com uma testemunha da infância de Manuel Mena, era porque queria reunir toda a informação possível sobre Manuel Mena antes que tudo desaparecesse.

— E depois? — perguntou. — Depois que você tiver todas as informações, quero dizer.

— Não sei — admiti. — Aí vou pensar. Talvez passe tudo para alguém menos envolvido do que eu nessa história, para que a conte. Talvez deixe assim mesmo, sem contar. Ou talvez, quem sabe, eu mude de opinião e acabe contando-a. Vamos ver. Em todo caso, se no final das contas eu decidir contá-la, não me limitaria à verdade dos fatos. Estou cansado de narrativas reais. E também não quero repetir a mim mesmo com isso.

David assentiu várias vezes, mesmo não parecendo muito satisfeito com minhas explicações. Eu lhe disse isso.

— A verdade é que não estou mesmo — reconheceu.

— E aí?

— Não sei. Tenho a sensação de que você se preocupa menos com seu romance do que com o que irão dizer a respeito dele.

— Não me diga, agora, que isso não é uma crítica.

— Agora admito que é. O que eu quero dizer, veja bem, é que não são os livros que têm de estar a serviço do escritor, mas sim o escritor é que tem de estar a serviço de seus livros. Que história é essa de que você não quer se repetir? Quando começa a se preocupar com sua carreira literária, com aquilo que é conveniente ou não para sua carreira literária, com o que os críticos vão dizer etc., aí você está morto, cara; preocupe-se em escrever, e esqueça o resto. Todos os romances de Kafka são mais ou menos iguais, todos os de Faulkner também. Que importância tem isso, porra? Um romance é bom quando vem de dentro, das entranhas do escritor; ponto final: o resto é bobagem. E sobre essa coisa de que não quer tomar como sua a história de Manuel Mena, chega a ser engraçado: vivemos dizendo que este país precisa assumir seu passado tal como ele foi, de uma vez por todas, com toda a sua dureza e toda a sua complexidade, sem amaciá-lo nem maquiá-lo ou varrê-lo para debaixo do tapete, mas quando se trata de assumir o passado pessoal a primeira coisa que fazemos é exatamente isso: escondê-lo. Assim é foda!

Passado um tempo, avistamos Trujillo, com a fortaleza medieval encarapitada no morro de Cabeza del Zorro e a cidade esparramada sobre ele. Deixamos a zona urbana de um lado e logo depois saímos da rodovia, estacionamos na frente do La Majada, um restaurante incrustado entre a rodovia e a velha estrada que liga Madri a Lisboa, já bem perto de Ibahernando. No pátio do La Majada, havia três mesas postas com toalha xadrez, mas só duas estavam ocupadas por fregueses que desafiavam a intempérie de novembro com a ajuda de um sol firme e brilhante. Sentamo-nos na que estava livre e, quando o garçom apareceu, pedimos rapidamente duas cervejas. Depois, pedimos uma salada, uma *moraga* para dois e uma garrafa de vinho tinto. Eram duas e meia da tarde; nosso encontro, em Ibahernando, estava marcado para as cinco; tínhamos tempo para almoçar sem pressa.

Quando trouxeram a garrafa de vinho, David observou o rótulo:

— *Habla del Silencio* — leu. — A fala do silêncio: belo oximoro!

— É daqui mesmo. O vinho, quero dizer. Meu avô Juan fazia em casa. Era péssimo, mas não havia outro naquela época.

David experimentou o vinho.

— Está bom — avaliou.

— É que acabamos aprendendo a fazê-lo — admiti. — O problema não era a terra. Éramos nós.

— Seu avô Juan era irmão de Manuel Mena?

— Irmão mais velho. Manuel Mena era o caçula.

Estávamos sentados frente a frente, com nossos agasalhos, ele voltado para a fachada do restaurante e para um sítio que impedia a visão da rodovia, e eu voltado para a estrada velha de Ibahernando, na qual não passa um único carro O ar estava seco, vibrante. À nossa volta se estendia uma planície verde e silenciosa, na qual brotavam azinheiras empoeiradas, muretas de pedra e penhascos gigantescos; sobre nós, o céu era de um azul uniforme, sem nuvens. O garçom nos trouxe a salada e a porção dupla de *moraga*. Enquanto comíamos, contei a David a história de Ibahernando, sua dependência secular em relação a Trujillo e sua importância na comarca antes que a emigração nos anos 1950 e 1960 acabasse com sua população, que passou de mais de três mil para quinhentos habitantes; também lhe dei informações sobre o sujeito que iríamos entrevistar: disse que se chamava Antonio Ruiz Barrado e que todos o conheciam como Pelador, pois seu ofício sempre fora o de tosar o gado; contei-lhe que desde sempre tinha sido vizinho de minha família no vilarejo, falei-lhe da foto de escola em que ele aparecia ao lado de Manuel Mena, disse-lhe que, embora vivesse a maior parte do tempo entre Cáceres, Bilbao e Valladolid, para onde seus três filhos tinham emigrado, estava passando alguns dias em Ibahernando com a filha caçula, expliquei-lhe que eu não tinha falado com ele pelo telefone, mas sim com sua filha mais velha, a qual, inicialmente, me dera poucas esperanças de que ele quisesse falar comigo, porque, segundo ela, o pai jamais lhe falara qualquer coisa sobre a guerra, e mostrou-se surpresa com o fato de o Pelador aceitar dar a entrevista. Estávamos quase terminando a salada e a *moraga* quando David retomou a questão do meu romance.

— Não consigo acreditar que você abandonou essa ideia.

— Mas é verdade — eu disse, repetindo os argumentos que havia esgrimido antes, acrescentando, talvez, um ou outro. — Além disso, nunca escrevi sobre meu vilarejo e nem saberia como fazê-lo — concluí.

— Por que não fazer isso escrevendo sobre Manuel Mena? — perguntou. — No fim das contas, não foi você que escolheu esse tema; foi o tema que escolheu você. E esses são sempre os melhores temas.

— Pode ser que você esteja certo, mas este caso é diferente. Não digo que não tenho nenhum interesse por Manuel Mena. Na verdade, sempre tive. O que quero dizer é que sempre quis saber que tipo de homem ele foi. Mais precisamente, que tipo de adolescente... Eu sempre quis saber por que ele partiu para a guerra tão jovem, por que lutou ao lado de Franco, o que fez na frente de batalha, como morreu. Coisas desse tipo. Minha mãe passou a vida inteira falando dele, e suponho que seja algo natural: pouco tempo atrás descobri que, mais do que sua sobrinha, ela era uma irmã caçula para ele, morava em sua casa quando ele morreu, para ela era o máximo, o homem jovem e valente que salvara a família, que sacrificara tudo por ela. E o mais curioso é que, embora tenha ouvido falar nele a minha vida inteira, ainda não conheço o personagem, não sou capaz de imaginá-lo, não o enxergo... Não sei se estou sendo claro.

— Totalmente.

— É claro que tenho certeza de que minha mãe também não o conhece. O que ela conhece é apenas uma imagem, alguns casos sempre repetidos: mais do que a história, é a lenda de Manuel Mena. E, sim, a verdade é que sempre me senti intrigado quanto ao que existe de verdade e o que existe de mentira nessa lenda.

— Sobraram alguns documentos, cartas, coisas desse tipo?

— Não ficou nada.

— Quantas vezes o nome dele aparece na internet?

— Que eu saiba, duas. Uma por causa de um artigo que escrevi sobre ele e outra referente a um bate-papo onde uns caras ficam me enchendo o saco por ter escrito esse artigo.

David sorriu: tinha terminado de comer. Passou uma mão nos cabelos; ele os usava longos, revoltos e cheio de mechas brancas, como a barba por fazer que lhe sombreava as faces.

— O tempo acaba enterrando tudo — afirmou, decepcionado. — E setenta e quatro anos é uma eternidade. — De repente, pareceu se reanimar. — Imagine se você encontrasse alguma gravação de Manuel Mena, um filme caseiro ou algo assim, com Manuel Mena se movimentando, falando, sorrindo? Aí sim você poderia vê-lo, não é? Da mesma forma que poderá ver o Pelador quando fizer a gravação dele.

Inclinando a cabeça com os olhos semicerrados, descartei qualquer possibilidade de uma maravilha dessas acontecer. David deu de ombros e acrescentou:

— Não sei. Talvez você tenha razão e o melhor mesmo seja não escrever esse livro. Mas é uma pena: sua mãe com certeza iria gostar de lê-lo. E eu também.

O garçom recolheu os pratos. Pedimos café, licor de bagaceira e a conta. Eram quase quatro e meia. O sol aquecia cada vez menos, e, embora ainda não fizesse frio, éramos os últimos fregueses no pátio do La Majada; faltava pouco mais de meia hora para o encontro com o Pelador: era hora de começar a pensar em sair da mesa.

A garçonete nos trouxe os cafés e os licores, David deixou que eu pagasse a conta e, quando ficamos sozinhos novamente, pensei no que meu amigo tinha acabado de dizer sobre minha mãe e virei o licor num trago só. David não conhecia minha mãe, ou apenas a conhecia superficialmente, mas, enquanto ele falava, não lembro mais sobre o quê, minha cabeça raciocinava que talvez o melhor motivo para não escrever o livro sobre Manuel Mena era que meu amigo estava certo: minha mãe teria gostado de lê-lo. "Escrevo para não ser escrito", pensei. Não sabia onde tinha lido essa frase, mas, de repente, ela me trouxe uma luz. Considerei que minha mãe passara a vida inteira me falando de Manuel Mena porque, para ela, não havia destino melhor ou mais nobre do que o de Manuel Mena, e refleti que, de uma maneira instintiva ou inconsciente, eu me tornei escritor para me rebelar contra ela, para escapar do destino no qual ela queria me confinar, para que minha mãe não me escrevesse ou para que eu não fosse escrito por ela, para não ser Manuel Mena.

— Há uma coisa que me deixa intrigado, Javier — disse David, tirando-me de meu devaneio.

— O que é?

— Você sente alguma culpa por ter tido um tio fascista?

Dessa vez fui eu quem sorriu.

— Um tio não — enfatizei, já meio embriagado. — A família inteira.

— Pare com isso. É mais ou menos como metade deste país. Já lhe contei que meu pai também entrou na guerra ao lado de Franco? E fez isso por convicção... Além disso, quem não entrou na guerra apoiando Franco acabou por aguentá-lo por quarenta anos. Não importa o que digam, mas, com exceção de quatro ou cinco sujeitos com colhão suficiente, durante a maior parte do franquismo todo mundo foi franquista, por ação ou por omissão. Não tem alternativa. Aliás, não vai responder à minha pergunta?

— Hannah Arendt diria que eu não deveria me sentir culpado, mas sim responsável.

— E você, o que diz?

— Que o mais provável é que Hannah Arendt esteja certa, não acha?

David me encarou por alguns segundos, acabou de beber o licor e, pondo o copinho vazio sobre a mesa, disse:

— O que eu acho é que você não deveria se sentir culpado de nada, porque a culpa é a forma suprema da vaidade, e eu e você já somos vaidosos demais para isso.

Dei uma risada.

— É verdade — respondi. — Apontei para o meu relógio e perguntei: — Vamos lá?

Ao fazer uma curva, vi se erguerem à frente as primeiras casas do vilarejo, todas elas brancas em contraste com o céu azul, o silo pintado de amarelo em primeiro plano, e, como sempre, pensei em minha mãe. "A pátria", pensei. Também como sempre, me veio à lembrança aquela passagem de *Dom Quixote*, já quase no fim do livro, em que ele e Sancho Pança chegam a seu vilarejo depois de uma longa ausência e o escudeiro, ao avistá-lo no horizonte, se ajoelha e se emociona escancaradamente por estar de volta à sua pátria. Pensei, então, que a pátria de minha mãe era a mesma de Sancho Pança, mas também que essa pátria minúscula não era a pátria maiúscula pela qual Manuel Mena havia morrido, ainda que as duas tivessem o mesmo nome.

Continuava a pensar em minha mãe, em Sancho Pança e em Manuel Mena enquanto passávamos pelo silo e pelo quartel da Guarda Civil à direita e pelo novo cemitério e pela lagoa à esquerda. Em seguida, a estrada ficou para trás e adentramos o vilarejo. O silêncio, ali, era absoluto; não se via uma única alma pelas ruas, brancas e limpíssimas. Na praça, havia apenas um carro estacionado, mas o bar estava aberto, ou assim parecia. Ao descermos em direção ao Pozo Castro, pedi a David que parasse o carro em uma esquina. Apontei para uma placa, que dizia: "Rua Alferes Manuel Mena".

— Eis o nosso herói — disse David. — Gesto impassível!*

Passamos pelo Pozo Castro, subimos até a rua de Las Cruces e estacionamos em frente à entrada da casa de minha mãe, um portão de madeira protegido por uma cancela de ferro trancada com um cadeado. A casa só era usada em agosto, mas não parecia abandonada, por um lado, porque fazia pouco tempo que tínhamos pintado sua fachada e, por outro, porque alguns familiares e amigos, dentre eles Eladio Cabrera, um vizinho que trabalhara durante anos como tratorista para minha família, cuidavam dela no resto do ano. Eladio era agora como uma espécie de vigia informal da casa, e minha mãe me encarregara de lhe pedir as chaves para dar uma olhadinha no interior. Eu tinha a intenção de fazer isso, mas não antes de fazer aquilo que me levara a Ibahernando.

David e eu chegamos então à casa do Pelador, que, como minha mãe dissera, ficava quase em frente à dela, e batemos à porta. O metal da aldraba ressoou com estrondo em meio à quietude do vilarejo, mas ninguém veio abrir. Procuramos por todos os lados, mas não vimos ninguém na rua, à exceção de um idoso sentado nos degraus de uma casa mais afastada, observando-nos com um braço em uma muleta e com a curiosidade descarada que os moradores dos vilarejos dirigem aos forasteiros (pelo menos foi essa a sensação que eu tive). Perguntei a mim mesmo em silêncio se, respeitando seu próprio costume de não falar sobre a guerra, o Pelador não teria se arrependido em cima da hora de me conceder a entrevista; David

* *Impasible el ademán*, referência a um verso do hino da Falange espanhola. (N. T.)

me perguntou em voz alta se eu tinha certeza de que a casa do Pelador era realmente aquela. Como eu não tinha certeza, fomos até a casa de Eladio Cabrera. Ele próprio nos abriu a porta rapidamente, comemorando nossa presença com demonstrações efusivas de alegria e lamentando que sua mulher, Pilar, que saíra para visitar a irmã, não estava em casa. Perguntei-lhe sobre o Pelador. Eladio confirmou que a casa dele era aquela mesma e nos informou que ele estava no vilarejo passando algum tempo com a filha Carmen, que ele talvez tivesse saído para passear e que devia voltar logo; propus a David que aguardássemos pelo retorno do Pelador executando a tarefa de que minha mãe me encarregara.

Ele aceitou. Eladio se propôs a ir conosco, e a primeira coisa que fez ao entrar na casa de minha mãe foi acender a luz do saguão, desaparecendo em seguida na penumbra da sala de estar e forçando o postigo da janela para abri-la: filtrado pelas frestas das persianas, o sol da tarde de outono invadiu a sala, revelando seu piso de azulejos floreados, suas paredes decoradas com pratos de cerâmicas de Talavera, suas cadeiras, poltronas e sofás de diversos estilos e épocas, seu televisor jurássico e seus aparadores cheios de toalhinhas e vasos herdados, em cujas prateleiras repousavam fotografias de família e troféus da minha adolescência de esportista; uma miríade de partículas de poeira flutuava no silêncio estanque da sala. Com Eladio à nossa frente, percorremos o andar térreo na penumbra, a copa, a cozinha, os banheiros e os quartos, com seus pisos de cerâmica estufados pela umidade e sua confusão de móveis e enfeites de madeira, de louça e de bronze, com suas camas com estrados um pouco afrouxados e seus armários de diferentes formatos, com seus quadros de natureza-morta e de caça e suas imagens religiosas pendurados nas paredes com manchas de umidade. À porta do quarto de minha mãe, eu disse a David:

— Venha aqui. Vou lhe mostrar uma coisa.

Atravessamos o dormitório, adentramos o quarto dos baús, e acendi a luz. Uma lâmpada nua iluminou uma estante cheia de livros e um monte de objetos velhos, incluindo vários baús com dobradiças pretas e tampas abobadadas; em uma parede vazia, pendia o retrato emoldurado de Manuel Mena. David e eu ficamos parados a olhá-lo enquanto Eladio abria uma janelinha e apagava a luz.

— É ele? — perguntou David.

Respondi que sim. Houve um silêncio durante o qual Eladio se juntou a nós, diante do retrato.

— Porra! — exclamou David. — É uma criança.

— Estava com dezenove anos — eu disse. — Ou prestes a completá-los. Faltava muito pouco tempo para ele morrer.

Procurei lhes decodificar a imagem, ou, mais precisamente, o uniforme oficial de Manuel Mena — as estrelas solitárias de alferes nos distintivos e no quepe, a insígnia de infantaria no quepe e nas lapelas do paletó, assim como a insígnia dos Atiradores de Ifni, a Medalha de Sofrimentos pela Pátria e a fita com as duas barras —, e Eladio contou o que tinha ouvido falar sobre Manuel Mena. Quando já estávamos para sair do quarto, observei na estante alguns livros que nunca tinha visto ali e, enquanto Eladio e David saíam, bisbilhotei um pouco. Entre os livros havia uma tradução da *Ilíada* e outra da *Odisseia*, publicadas em dois volumes generosos; folheei-os pensando em Aquiles e em Manuel Mena. Em seguida, fechei a janelinha e levei-os comigo.

Finalizamos a visita à casa (a porta que dá para o quintal, com seu poço e seu limoeiro, o chiqueiro e o curral com seus tetos meio caídos e manjedouras e tinas cheias de entulhos, o palheiro vazio, a velha cozinha onde se produzia o abate) e, quando Eladio voltou a fechar o portão da entrada e a travar o cadeado na cancela de ferro, ele e David já se tratavam como se fossem velhos conhecidos. Antes de nos despedirmos, na rua, Eladio me alertou:

— Sua mãe está preocupada, Javi.

Olhamo-nos em silêncio por um instante. Eladio tinha os olhos límpidos e a pele queimada de sol.

— Preocupada? Com o quê?

— E com o que podia ser? — retrucou Eladio. — Com a casa. Enfiou na cabeça que vocês vão vendê-la quando ela morrer.

— E o que você quer que a gente faça? — perguntei. — Minhas irmãs moram a mil quilômetros daqui, e eu também. A comunicação é ruim, quase nenhum de nós vem mais ao vilarejo, e quando vem é apenas para acompanhar minha mãe, no verão. O que fazer, Eladio? Manter a casa apenas para passar um fim de semana por ano, quando muito?

Eladio assentiu sem nenhuma alegria, resignado.

— Você tem razão, Javi — admitiu. — É o que eu sempre digo a Pilar: quando nós morrermos, o vilarejo vai acabar.

Despedimo-nos de Eladio e voltamos para a casa do Pelador; batemos novamente à porta; mais uma vez, nenhuma resposta. A rua continuava vazia, embora o velho da muleta continuasse a olhar-nos de longe, sentado nos degraus da casa. Decidimos matar o tempo tomando um café no bar e, enquanto descíamos a rua de Las Cruces e atravessávamos o Pozo Castro, conversamos sobre Eladio e a casa de minha mãe; David comentou que, se estivesse em meu lugar, ficaria com ela.

— Se eu fosse o Stephen King, também ficaria — reagi.

— Vá à merda! — retrucou. — Se você fosse o Stephen King, poderia ficar com o vilarejo inteiro.

Além do dono, havia no bar apenas dois fregueses, jogando dominó. Eu os conhecia vagamente; nós os cumprimentamos e ficamos os cinco conversando um pouco. Enquanto tomávamos café, expliquei a David que naquele mesmo lugar, anos antes, ficavam o cinema e o salão de festas do vilarejo, onde beijei uma menina pela primeira vez e vi meu primeiro filme.

— Qual era o filme? — perguntou.

— *Os filhos de Katie Elder* — respondi.

— Viu como o Eladio estava certo?

Fitei-o sem entender. E ele explicou:

— A pessoa é do lugar onde deu o primeiro beijo e onde viu o seu primeiro filme de faroeste. — Ele pagou os cafés e acrescentou: — Este vilarejo não é o vilarejo de seus pais, rapaz: é o seu vilarejo.

A porta da casa do Pelador estava entreaberta. Empurrei-a sem bater, dando um boa-tarde, e logo apareceu uma mulher de cinquenta e tantos anos, magra e sorridente, de cabelo claro e voz melodiosa. Era a filha do Pelador, chamava-se Carmen e a reconheci de imediato, pois, na minha infância, nos verões, sempre a via ajudando minha tia Sacri nos afazeres domésticos. Naquela época, ela era alegre e carinhosa; e continuava sendo: me deu dois beijos grandes, perguntou por minha mãe e minhas irmãs, pediu desculpas por não ter estado em casa na hora combinada e disse que seu pai tinha saído para caminhar depois do almoço, como fazia todas as tardes, e que estranhava que ainda não tivesse retornado. Fomos até a porta.

— Olhe lá — disse Carmen, apontando para a rua. — É ele.

Era o idoso que tínhamos visto desde o começo sentado nos degraus de uma casa e apoiado numa muleta. Percebi que a distância tinha me levado a cometer um engano e que ele não estava nos olhando com curiosidade, mas com preocupação. E Carmen confirmou essa minha impressão.

— Passou a semana toda perturbado por causa desta entrevista — contou, avançando em direção ao pai. — Disse que não sabe o que deve dizer.

Fomos atrás dela. O Pelador se aprumou com o auxílio da muleta e, apoiando-se nela, esperou que chegássemos onde estava. Quando o fizemos, apertei com força a sua mão (uma mão áspera e dura, porém hesitante), apresentei-me e lhe apresentei David. Era um homem calvo, pequeno e robusto, de olhos escuros e agitados e traços arredondados, como que polidos por seus noventa e quatro anos; trajava uma camisa branca, muito limpa, e calça de tergal. Eu nunca o tinha visto antes, ou não me lembrava, o que me causou estranheza. Estava incomodado ou assustado, ou as duas coisas ao mesmo tempo. Enquanto caminhávamos de volta em direção à sua casa, procurei tranquilizá-lo. Ao chegar, sentamo-nos no saguão, eu à sua esquerda e David de frente para ele, já tirando de sua sacola uma pequena câmera Sony de alta definição; à direita do Pelador se sentaram Carmen e seu marido, um homem discreto e silencioso, pouco mais velho que ela. Carmen deve ter-nos oferecido alguma coisa para beber, embora não me lembre o quê. Lembro-me bem, porém, que, antes de entrar no tema principal, eu perguntei ao Pelador:

— Incomoda-se se gravarmos?

4

Se não é verdade que o futuro altera o passado, é verdade, no entanto, que ele modifica o sentido e a percepção do passado. Por isso, a lembrança que muitos idosos de Ibahernando guardam da Segunda República é uma lembrança envenenada pelos conflitos, pela divisão e pela violência. Trata-se de uma recordação falsa, uma recordação distorcida ou contaminada retrospectivamente pela lembrança da guerra civil que acabou com a Segunda República. A violência, a divisão e os conflitos existiram, mas existiram sobretudo no final da Segunda República. No começo, foi tudo bem diferente.

Em 13 de abril de 1931, dia seguinte ao de eleições municipais transformadas em um plebiscito que a Monarquia perdeu de forma taxativa nas grandes cidades e que acelerou o exílio imediato de Alfonso XIII e a imediata proclamação da Segunda República, o último primeiro-ministro do rei declarou que a Espanha adormecera monárquica e despertara republicana. Não sei se isso aconteceu em todo o país; mas foi, sem dúvida, o que aconteceu em Ibahernando. Com efeito, em 12 de abril não houve sequer necessidade de realizar eleições no vilarejo, porque a lei eleitoral em vigor determinava que elas não fossem feitas nos municípios onde não havia diferentes candidaturas apresentadas, e em Ibahernando havia apenas uma candidatura: a monárquica. Dois meses mais tarde, no entanto, houve novas eleições, desta vez gerais, e no vilarejo o Partido Republicano Radical de Alejandro Lerroux registrou uma vitória contundente, obtendo quatrocentos e quarenta dos quinhentos e quatro votos emitidos. Dessa maneira, é provável que, em abril daquele ano, a maioria dos habitantes de Ibahernando fosse monárquica por inércia e que, em junho, essa mesma maioria fosse republicana também por inércia. O fato é que, como no restante do país, essa maioria instável recebeu a República com esperança. Era um sentimento justo. Naquele momento, o vilarejo não tinha ainda assumido totalmente nenhuma fantasia de desigualdade básica entre seus habitantes nem havia mergulhado por completo na ficção, e a maior parte dos locais certamente intuía que, embora alguns fossem camponeses com terra e outros camponeses sem terra, seus interesses não se diferenciavam no essencial, que não havia nem servos nem senhores e que todos eram servos submetidos à tirania remota e ausente dos grandes proprietários e aristocratas de Madri, e que todos tinham, portanto, um adversário comum contra o qual a República nascente, cuja promessa de um futuro próspero e emancipado se mostrava não só sedutora como também verossímil, poderia defendê-los.

Essa intuição estava certa, e os primeiros anos do novo regime pareciam confirmá-la. É possível que, quando a Segunda República se instalou, a maioria de Ibahernando tenha se tornado republicana por inércia, por imitação ou, ainda, por contágio da febre de mudanças que inflamava grande parte do país; se assim foi, esse impulso heterônomo logo virou autônomo, de maneira que aquela quentura inicial atingiu o vilarejo inteiro ou quase inteiro: as novas ideias republicanas e socialistas firmaram-se entre camponeses com terra e camponeses sem terra, inaugurou-se uma Casa do Povo, criaram-se ou consolidaram-se partidos e sindicatos vinculados ao partido e à central sindical socialista, como a União Agrária Socialista. Essa efervescência não possuía um valor político único, pois, se a comunidade de Ibahernando não era dividida, também não era idílica ou isenta de conflitos e interesses opostos: embora os interesses da comunidade fossem os mesmos, não eram idênticos e sem rachas; a prova disso é que alguns camponeses fundaram primeiro um sindicato direitista chamado O Futuro e depois um outro chamado Sociedade de Agricultores. Mas, além de política e sindical a efervescência foi também social e religiosa. No começo do século, um grupo de protestantes liderados pelo filho de um pastor de origem alemã se instalou no vilarejo e fundou, em 1914, uma igreja. Foi o início visível de uma mudança profunda. Como acontecia no restante do país, em Ibahernando a Igreja Católica se acomodara havia séculos em um despotismo embrutecido e monopolista, muito menos voltado para o bem-estar de seus paroquianos do que para a preservação de seu poder e seus privilégios, e os protestantes recém-chegados desafiaram essa negligência inclemente atendendo os mais pobres e necessitados, ensinando-os a ler e escrever e até mesmo lhes proporcionando algum amparo econômico. Não tomavam partido na política, pelo menos não de maneira aberta, mas o resultado dessa compaixão ativa foi que, quando a Monarquia caiu, os protestantes já estavam bem-adaptados em Ibahernando; além disso, com o inédito laicismo republicano, os membros de sua congregação ficaram ainda mais dinâmicos, com sua presença se tornando mais evidente ainda.

No entanto, entre tudo o que aconteceu naquele período, nada simbolizou melhor a virada modernizante da República do que a chegada de um novo médico ao vilarejo. Ele se chamava *don* Eladio Viñuela. Nascera em Ávila e estudara medicina em Salamanca. Graças a seu desempenho superior, no início de 1928, logo depois de terminar a universidade, obteve uma bolsa da Junta de Ampliação de Estudos para prosseguir o aprendizado em Berlim, e três anos mais tarde ainda desfrutava dessa prerrogativa conquistada com muito empenho quando seu pai adoeceu subitamente e ele foi obrigado a voltar às pressas para casa para contribuir com a ameaçada economia familiar, aceitando a primeira oferta de emprego que lhe apareceu, feita por intermédio de seu irmão Gumersindo por um grupo de notáveis de Ibahernando. Isso ocorreu em maio de 1931, poucas semanas depois da proclamação da República, e foi assim que aquele jovem brilhante trocou do dia para a noite seu animador futuro de cientista por um presente sombrio como médico de vilarejo e o esplendor metropolitano da capital da Europa pela pobre estreiteza de espírito daquelas paragens abandonadas por Deus. Não são totalmente claras as razões pelas quais as famílias proeminentes de Ibahernando ofereceram trabalho a *don* Eladio; a seguir, exponho a hipótese mais recorrente (e mais plausível). O antecessor de *don* Eladio se chamava *don* Juan Bernardo e era um médico com convicções monarquistas tão fervorosas que batizara a maioria de seus filhos com nomes de membros da família real e tinha presidido durante anos o comitê local da União Patriótica, partido conservador criado nos anos 1920 para apoiar a ditadura monárquica do general Miguel Primo de Rivera, que chegara a reunir mais de cem filiados no vilarejo. *Don* Juan Bernardo era um homem empreendedor e ambicioso. Anos antes, com o apoio de dois dos homens que o haviam atraído para Ibahernando contratando seus serviços, ele fundara no vilarejo uma empresa de produção de eletricidade e de farinha; pelo menos um de seus dois sócios era tão ambicioso e empreendedor como ele: Juan José Martínez, bisavô materno de Javier Cercas, um homem que começara do zero e que, embora não sendo, nem de longe, o maior proprietário do vilarejo, tornara-se um dos que mais poder ali acumulara. A aliança comercial entre Juan José Martínez e *don* Juan Bernardo acabou sendo rompida depois de certo tempo, e os dois homens se tornaram inimigos. Tudo indica que essa animosidade foi a causa que levou o médico conservador a ser afastado de seu cargo e o motivo pelo qual *don* Eladio Viñuela foi procurado para substituí-lo; tudo indica, também, que *don* Juan Bernardo não viu com bons olhos sua destituição, interpretando-a como uma represália por parte de seu ex-sócio. É possível, inclusive, que a tenha interpretado como um sinal explícito de que as famílias influentes de Ibahernando o viam como uma figura ingovernável e de que estavam decididas a frustrar suas ambições. Especulações à parte, o fato é que a partir daquele momento *don* Juan Bernardo abjurou de seu tradicionalismo monárquico, converteu-se para um republicanismo apaixonado e começou a se apresentar como médico e condutor dos pobres e oprimidos, e que, embora na guerra tenha se tornado um franquista devoto depois de virar para a direita nos meses que antecederam o conflito — quando a situação política e social se aguçou e o vilarejo passou a vivenciar a mesma desordem pré-bélica de medo e violência que todo o país —, ao longo da maior parte do período republicano, ele foi o líder ideológico da esquerda local.

Mas ainda faltava algum tempo para que isso tudo acontecesse. Em maio de 1931, quando *don* Eladio Viñuela substituiu *don* Juan Bernardo, o otimismo de base da Segunda República imperava em Ibahernando. *Don* Eladio era um homem culto, laico e cosmopolita, com postura e ideias liberais; não bebia, não tinha interesse pelo campo nem pela caça, tampouco pela vida social e menos ainda pelos mexericos e entreveros da política local, e, durante os quase quinze anos que passou em Ibahernando, ninguém testemunhou nele outro vício que não fosse o de praticar seu jogo de cartas diariamente depois do almoço e dedicar várias horas à leitura após o jantar: professava uma lealdade contraditória a Miguel de Unamuno e a José Ortega y Gasset e à *Revista de Occidente*, sua biblioteca era recheada de publicações científicas em alemão; com os anos, aprendeu inglês para ler George Bernard Shaw no original. Quando chegou ao vilarejo, tinha vinte e quatro anos. Viera acompanhado da mãe, dona Rosa, e ambos se instalaram em uma casa vizinha à de Blanca Mena, mãe de Javier Cercas, que na velhice viria a lembrar dele como um homem alto, fino, moreno e com óculos, dotado de uma simplicidade de sábio e aparência de galã. Não é de estranhar que sua chegada ao vilarejo tenha despertado um grande rebuliço entre as jovens em idade de casar, as quais começaram a disputar o privilégio de sua companhia e a voltar para ele todas as atenções. *Don* Eladio não demorou a tomar uma decisão; sua definição se assemelhou a uma declaração de princípios: para a surpresa geral, a escolhida não foi uma rica herdeira ou aquilo que no vilarejo se considerava uma rica herdeira, mas uma moça pobre, protestante e escolarizada chamada Marina Díaz, com quem *don* Eladio se casou após um longo noivado em cerimônia luterana e passou a viver em uma casa junto à praça.

A essa altura, o médico já tinha dado início à sua rebelião pessoal contra o atraso inveterado do vilarejo. Além de levar um aparelho de rádio e de projetar ou fazer projetarem os primeiros filmes na localidade, para o espanto generalizado dos seus habitantes, começou a impor a partir de seu ambulatório caseiro normas higiênicas básicas até então desconhecidas ali, como a de lavar as mãos com assiduidade, estimulou a adoção de uma alimentação equilibrada e saudável e implantou novos hábitos de vida, começando pelo de levar as crianças para as praias portuguesas no verão, para que a água e o ar marítimo as protegessem de doenças para o resto do ano; da mesma forma, lutou com todas as forças contra os males que assolavam o vilarejo, como a malária, a tuberculose e a mortalidade infantil. *Don* Eladio trabalhava para as famílias que o tinham contratado e lhe garantiam o sustento, mas também para aqueles que requisitassem seus serviços, de modo que sua revolução silenciosa atingiu até o mais distante rincão do vilarejo, o que lhe garantiu respeito e admiração unânimes e levou seu nome a ser envolvido por uma aura perpétua de benfeitor.

As novidades introduzidas por *don* Eladio em Ibahernando não foram apenas da ordem da saúde e da tecnologia, mas também na educação. Por conselho ou incitação de sua esposa, que estudava filosofia e letras, *don* Eladio fundou no outono de 1933 um colégio. Inicialmente, os únicos professores da instituição foram os dois jovens; *don* Eladio ministrava as aulas de ciências e dona Marina, as de letras, inclusive o francês. Não obstante, seu ensino logo passou a atrair novos alunos, primeiro do próprio vilarejo e depois dos vilarejos mais próximos — Ruanes, Santa Ana, Santa Cruz — e, em pouco tempo, eles se viram forçados a aumentar sua equipe de professores, à qual então se integraram dona Julia, irmã de dona Marina, e *don* Severiano, um homem calmo e inteligente que chegara ao vilarejo por ter sido desterrado por razões políticas. O sucesso da nova escola era previsível. Habituados à sordidez provinciana, ríspida e sem futuro da escola de *don* Marcelino, os alunos de *don* Eladio puderam experimentar uma mudança radical: em primeiro lugar, porque as aulas não eram mais dadas no lúgubre e gélido cubículo dos fundos da igreja, mas sim em uma casa da rua de Las Cruces provida de três salas limpas, arejadas e bem iluminadas, assim como de um grande quintal onde os alunos podiam brincar ao ar livre nos recreios; em segundo lugar — e principalmente por isso —, porque *don* Eladio e dona Marina tinham vocação pedagógica, amor pelo saber e capacidade de criar um clima propício ao estudo, sem falar no fato de que seus conhecimentos eram muito superiores aos de *don* Marcelino. Isso tudo explica que, diferentemente dos infelizes alunos de Marcelino, os alunos de *don* Eladio e dona Marina concluíram seus estudos no vilarejo com um preparo suficiente para passar sem dificuldades nos exames oficiais para entrar na faculdade, de tal maneira que da instituição do jovem médico e de sua mulher saíram os primeiros universitários da história do povoado.

Manuel Mena poderia ter sido um deles; com efeito, só a eclosão da guerra o impediu de sê-lo. Manuel Mena estudou apenas por dois anos na instituição de *don* Eladio, mas esse período foi suficiente para provocar mudanças em sua natureza: não perdeu a personalidade alegre e extrovertida, mas, ao final daqueles dois anos, o menino indócil, arbitrário, um tanto repulsivo e sem nenhum interesse pelos estudos, vítima de um orgulho mal-administrado e de uma inteligência não lapidada, transformou-se em um adolescente dedicado, reflexivo e responsável, com uma ideia precocemente clara em relação ao que queria fazer de sua vida e com tamanha paixão pelo conhecimento e pela leitura que, como lembram seus colegas de escola, adquiriu o hábito de se levantar de madrugada para ler e estudar. Ninguém se recorda, porém, quais eram suas predileções como leitor; sua biblioteca, se é que chegou a formar uma, se perdeu ou se dispersou; em julho de 1936, quando a guerra virou o país de cabeça para baixo, ele estava matriculado na faculdade de direito, mas isso não constitui indício de nada, ou quase nada. Uma coisa é certa: sua curiosidade intelectual pôde ser saciada na biblioteca de *don* Eladio, e não parece arriscado supor que o médico o tenha iniciado à luz de suas leituras favoritas e que Manuel Mena tenha se beneficiado delas. Pois *don* Eladio não foi para ele — e isso é outro ponto sobre o qual não há dúvidas — apenas um professor decisivo, talvez o único de verdade que ele teve em toda sua curta vida. Foi mais do que isso: foi um *maître à penser*, a quem visitava em sua casa, com quem conversava por horas sem fim, a quem ajudava nas aulas e a quem acompanhava em seus passeios no campo. Pode ter sido até mesmo mais do que isso: uma figura vagamente paterna, um substituto vago do pai perdido, ou talvez, já que apenas doze anos os separavam, aquele amigo mais velho que dá uma direção para a insubmissão dos adolescentes quando eles sentem uma necessidade urgente de emancipação de seu passado infantil e de seu entorno mais imediato, o homem capaz de fasciná-lo com seu irradiante prestígio de modernidade e cultura, capaz de lhe mostrar que havia uma vida para além do vilarejo sem perspectivas onde ele havia nascido e de inculcar-lhe o desejo de conhecer e viajar, a ambição subversiva de chegar a ser quem ele realmente era. Pode ter sido ainda mais: além de ensiná-lo a pensar, ele pode ter sido um professor da vida.

No outono de 1933, quando o colégio de *don* Eladio era inaugurado e Manuel Mena dava início à sua relação providencial com esse médico providencial, a Segunda República entrava em uma crise que culminaria dois anos e meio depois em uma guerra, ou melhor, em um golpe militar cujo fracasso culminou em uma guerra que acabou derrubando mais adiante a própria Segunda República.

A origem dessa crise remonta à própria origem do novo regime. A República contava, em seu início eufórico, com dois apoios básicos: por um lado, o proletariado urbano e rural, operários e camponeses cada vez mais conscientes da injustiça selvagem que os condenara a uma servidão humilhante e a uma miséria secular e cada vez mais desejosos de se libertar de ambas; por outro lado, uma parcela muito importante da classe média, majoritária no país, incluindo um número crescente de camponeses com terra: essa classe média percebeu, com razão, que, essencialmente, seus interesses não eram opostos daqueles do proletariado (e que a República podia defendê-los), embora, diferente do proletariado, se caracterizasse pelo seu apolitismo e conformismo, apego aos hábitos e rotinas tradicionais, medo instintivo do novo, sua confiança nas autoridades fortes e devoção fetichista à ordem pública e à estabilidade. Apesar disso, a Segunda República também sofreu desde o primeiro instante uma pressão inflexível da oligarquia e da Igreja Católica. Implantadas comodamente no país desde o período medieval, acostumadas a vê-lo como sua propriedade particular, essas duas forças sentiram seu poder incontestável em perigo com a chegada das novas autoridades e se lançaram em uma conspiração permanente contra elas. A essa conspiração somou-se outra: aquela orquestrada por uma conjuntura histórica nefasta, em um país com uma tradição democrática muito fraca, com a crise internacional de 1929 ainda produzindo estragos em sua maltratada economia e com o fascismo e o comunismo ampliando sua sombra totalitária sobre a Europa. Nessas circunstâncias, a Segunda República não podia se dar ao luxo de cometer erros, pelo menos não grandes erros; o fato é que ela cometeu muitos, grandes e pequenos: agiu com ingenuidade, de forma atrapalhada, por vezes de maneira dogmática e quase sempre com mais boa-vontade e ambição do que com prudência, realizando as gigantescas reformas de que o país precisava de forma simultânea e não passo a passo ou de forma escalonada, sem mesurar de modo realista sua própria força e a força de seus oponentes, gerando expectativas impossíveis de serem cumpridas entre seus defensores, sobretudo entre alguns de seus partidários, entre os mais carentes e esquerdistas, entre a multidão aflita de humilhados e injuriados pela prepotência dos poderosos. Foi um erro fatal. Porque, frustrados e desesperados com a lentidão das reformas e com a intransigência absoluta da direita, os humilhados e injuriados começaram a desconfiar dos métodos democráticos da República e iniciaram um processo de radicalização que os levou ao enfrentamento violento e aos motins sem futuro que levou a República a perder enormemente o apoio daquela parcela da classe média que, embora compartilhasse muito mais interesses concretos com os humilhados e injuriados do que com a oligarquia e a Igreja Católica, compartilhava com a Igreja Católica e a oligarquia seu amor supersticioso pela ordem e pelas tradições e um medo visceral da revolução.

Esse processo suicida começou a se acelerar a partir de novembro de 1933. No dia 19 daquele mês, realizaram-se as segundas eleições gerais da República, vencidas pela direita. Já era uma direita que não acreditava quase nada na República, que não acreditava quase nada na democracia e que, ao chegar ao poder, dedicou o melhor de seus esforços a desmontar as incipientes reformas realizadas pelo novo regime, ao mesmo tempo em que surgiam de suas entranhas algumas organizações que mimetizavam o fascismo triunfante na Europa; a mais importante delas foi a Falange Espanhola, um partido político que, com sua mescla ultramoderna e fraudulenta de patriotismo áspero e retórica revolucionária, acabaria por se constituir, na prática, como a milícia armada da reação no esquema emergencial violento desencadeado pela oligarquia para pôr fim a uma democracia que procurava reduzir seus privilégios e que era vista por ela como sendo incapaz de evitar a revolução. A esquerda, por sua vez, cometeu o erro de sair para as ruas a fim de recuperar ali o espaço perdido no Parlamento e de deter a direita com o uso da força, esquecendo-se de que carecia de força para fazê-lo. A revolução de outubro de 1934, com a posterior e selvagem repressão militar, foi o primeiro grande testemunho sangrento do fracasso gradual de uma democracia que estava ficando sem democratas; um fracasso que as eleições de fevereiro de 1936 não foram capazes de deter. Nessa ocasião, a sociedade espanhola já estava dividida e, embora a esquerda agrupada em torno da Frente Popular tenha saído vitoriosa, a direita não aceitou o resultado e, a partir daquele momento, alimentou com todo o combustível de que dispunha uma onda de desordem que criou o clima ideal para que os poderosos antirrepublicanos de sempre se engajassem no golpe de Estado com o apoio de uma classe tradicional assustada com o caos e a violência e habilmente induzida pela oligarquia e a Igreja Católica a acreditar na óbvia falsidade de que seus interesses seriam irreconciliáveis com os do proletariado e à certeza ilusória de que só seria possível acabar com aquela confusão toda pondo um fim à República.

O desmoronamento da convivência pacífica e a crise da fé na democracia se estenderam por todo o país, mas em poucos lugares se mostraram tão intensos como na Estremadura, onde a maioria dos habitantes continuava vivendo sob condições seculares de servidão, embrutecidos pela fome e pelas humilhações, e onde a República teve de enfrentar, desde o começo, conflitos sociais de alguma intensidade. Foi o que ocorreu na comarca de Trujillo, uma das mais pobres da região; foi o que aconteceu em Ibahernando. Tal como em La Cumbre, Santa Marta de Magasca, Miajadas e na própria Trujillo, em Ibahernando, no fim de junho e começo de julho de 1931, logo depois de instaurado o novo regime, várias greves de camponeses foram deflagradas em protesto contra o valor minguado dos salários e contra o uso de máquinas em detrimento da mão de obra, e a Associação de Proprietários de Trujillo encaminhou às autoridades sucessivas reclamações contra a atitude ameaçadora de trabalhadores em greve que percorriam os campos destruindo as máquinas debulhadoras. Passados dois meses, no começo de setembro, produziu-se em Ibahernando uma série de invasões de propriedades rurais que levou à convocação de uma greve com base na qual grupos de camponeses armados com estacas forçaram a realização de uma paralisação geral; segundo informação transmitida mais tarde pelo governador civil de Cáceres ao ministro da Governança,* "nas primeiras horas da noite do dia 10 de setembro, os operários se concentraram na praça do vilarejo e resistiram às determinações da guarda civil, que ordenara sua dispersão. Os guardas foram agredidos com pedras e um deles ficou ferido; vários ataques foram então promovidos. Recompondo novamente os grupos, os operários voltaram a opor resistência, e a guarda civil deu um tiro para o alto. A agressão partiu do Centro Operário. Vários indivíduos foram detidos e encaminhados ao prefeito, que os colocou em liberdade; também intervieram e exerceram influência o médico, Juan Bernardo, e o professor local. Determinei o fechamento do Centro Operário e a prisão dos indivíduos acima mencionados". O

* Equivalente, na época, ao que seria hoje um Ministério do Interior. (N. T.)

Centro Operário era, na verdade, a Casa do Povo, vinculada à Federação de Trabalhadores da Terra da UGT, a central sindical socialista; quanto ao professor, tratava-se de *don* Miguel Fernández, um homem culto, criterioso, circunspecto e muito admirado no vilarejo. O confronto entre operários e guardas civis gerou um protesto do prefeito e do presidente da Sociedade Agrária, "em nome da maioria dos moradores, contra os exageros promovidos pela guarda civil no dia 10", e, embora algumas greves de junho e julho tenham sido qualificadas como revolucionárias por seus organizadores, o fato é que todas elas foram muito breves (e sua qualificação, apenas ornamental). De maneira que é verdade, sim, que, no começo da República, Ibahernando não era uma comunidade idílica, sem conflitos, e que os guardiões da ordem viviam preocupados com eles; mas também é verdade que não se tratava de uma sociedade dividida, tampouco em choque, que os conflitos não eram frequentes nem incontroláveis e que os guardiões da ordem podiam jogar seus temores naturais na conta ainda intacta da República e se resignar a eles como um efeito secundário do advento benéfico do novo regime.

As coisas piorariam a partir de novembro de 1933, quando a direita ganhou as eleições no vilarejo, assim como em toda a Espanha. Um ano mais tarde, durante a Revolução de Outubro, com a imposição do estado de guerra em todo o país e com o governo da província de Cáceres nas mãos de um comandante militar, os incidentes se multiplicaram. Naquela ocasião, a Juventude Socialista do vilarejo reivindicou a suspensão das comemorações religiosas da Semana Santa, e certo dia a guarda civil deteve três pessoas que tentavam incendiar a igreja; em outro dia, mais cinco pessoas foram presas, acusadas de intimidar adversários políticos com disparos de armas de fogo, sendo apreendidas uma espingarda e uma pistola. Mas o acontecimento que causou uma impressão mais profunda na população foi protagonizado por Juan José Martínez, bisavô materno de Javier Cercas, e ocorreu em 7 de outubro de 1934. Segundo a sentença baixada um ano depois por um juiz de Cáceres, naquela noite Juan José Martínez estava a caminho de sua casa no Pozo Castro depois de passar algumas horas batendo papo com amigos; não estava só: com ele ia sua mulher. Eram dez da noite, e o Pozo Castro, que não possuía iluminação pública, se encontrava às escuras. Naquele momento, atiraram nele. O disparo foi dado a uma distância de doze metros, com uma espingarda de caça; mesmo tendo recebido cento e dez estilhaços no corpo, passados quarenta dias Juan José Martínez já estava curado das feridas: o tiro o atingira na parte posterior das pernas e "na região dorso-lombo-glútea"; ou seja: nas costas e na bunda.

O atentado gerou tamanha comoção em Ibahernando que oitenta anos depois do acontecido todos os sobreviventes da época se lembram dele, sem dúvida porque Juan José Martínez era o cacique, ou algo muito parecido com isso, do vilarejo. Cinco moradores de Ibahernando foram julgados pela agressão; apenas dois acabaram sendo condenados: o agressor, a doze anos e um dia de prisão, e o mandante, antigo juiz municipal do vilarejo, a catorze anos, oito meses e um dia; os dois também receberam a punição suplementar de uma multa de quinhentas pesetas. De acordo com o veredito do juiz, a razão do crime frustrado foi o ódio, "o grande ódio [...] devido a rivalidades políticas" que o mandante do crime alimentava contra Juan José Martínez. Esse tipo de ódio começou a se expandir rapidamente pelo vilarejo e, a partir das eleições de fevereiro de 1936, se transformou, ali e em todo o país, em um veneno cujo consumo massivo ninguém quis ou conseguiu deter, e cujos efeitos se mostraram letais.

Em meados de março daquele ano fatídico, depois da vitória da Frente Popular nas eleições de fevereiro, as novas autoridades de esquerda destituíram todos os vereadores de direita do vilarejo, entre eles o avô paterno de Javier Cercas, Paco Cercas, e seu avô materno, Juan Mena; essa operação foi um reflexo contrário daquela promovida pelas autoridades de direita depois da revolução de 1934, quando elas destituíram todos os vereadores de esquerda e fecharam a Casa do Povo. Nessa ocasião, Ibahernando já tinha mergulhado em cheio na ficção, em uma fantasia forçada de desigualdade básica segundo a qual, enquanto os camponeses sem terra continuavam a ser servos, os camponeses com terras tinham se transformado em senhores e, portanto, os interesses de uns e outros acabavam por divergir irremediavelmente, sendo inevitável o enfrentamento; naquela ocasião, Ibahernando se encontrava dividida ao meio: havia um bar para as pessoas de direita e um bar para as pessoas de esquerda, um baile para as pessoas de direita e um baile para as pessoas de esquerda; às vezes, protegidos por seus criados, jovens de direita invadiam os bailes da Casa do Povo, recém-reaberta, procurando intimidar a todos com sua pose de senhorezinhos valentões. De seu lado, jovens de esquerda cada vez mais lidos e politizados, cada vez mais dispostos a fazer valer seus direitos, mais insubmissos e acobertados por sua central sindical e pelas autoridades municipais, reagiam a essas provocações e, diferentemente de seus pais e seus avós, se negavam a aceitar os abusos e enfrentavam os camponeses com terra, que se vingavam dos mais tumultuosos negando-se a contratá-los quando chegava a época da ceifa do mato e do feno. "Comam República", lançavam contra eles aqueles que apenas quatro ou cinco anos antes eram republicanos convictos. De vingança daquela vingança, os jovens camponeses sem terra queimavam colheitas, estragavam oliveirais, roubavam ovelhas ou cordeiros, invadiam fazendas e atemorizavam e tornavam impossível a vida das pessoas de direita. A violência chegou até mesmo às crianças, que armavam emboscadas nas ruas, apedrejavam-se ou esfregavam urtigas nas pernas umas das outras. Na primavera de 1936, correram entre as famílias de direita rumores de que alguns jovens socialistas haviam brandido uma lista de nomes de pessoas de direita durante uma reunião realizada na

Casa do Povo, propondo-se a arrancá-las de suas casas uma a uma e assassiná-las; ainda segundo esses mesmos rumores, esse objetivo só não teria sido executado graças a que o prefeito socialista, um homem chamado Agustín Rosas, recorrera a toda sua autoridade de veterano militante de esquerda e a todo seu sangue-frio para cortar a matança pela raiz, deixando claro àqueles jovens exaltados que, naquele vilarejo, enquanto ele estivesse à frente da prefeitura, ninguém mataria ninguém. Em outra ocasião, mais ou menos na mesma época em que esses rumores horripilantes se espalharam, alguns direitistas se dirigiram à guarda civil para pedir proteção para si mesmos e suas famílias; a resposta da guarda consistiu em lhes garantir que eles não estavam autorizados a fazer mais do que já faziam e a aconselhá-los a se protegerem. É muito provável que o tenham feito, ou que tenham tentado fazê-lo, o que explicaria o fato de alguns desses direitistas — entre eles, Paco Cercas e Juan Mena, avós de Javier Cercas — terem passado uma curta temporada na prisão de Trujillo, acusados de armazenar armas no sítio de Los Quintos. A essa altura, tudo já estava pronto para que o país inteiro explodisse em milhares de pedaços.

Caberia se perguntar como Manuel Mena vivenciou aqueles meses de enorme agitação: o que fez, o que pensou, o que sentiu enquanto seu vilarejo e seu país se dividiam em duas metades que se odiavam. Um ficcionista poderia responder a essas perguntas, já que os ficcionistas podem fantasiar, mas eu não: a fantasia está proibida para mim. Algumas coisas, porém, são certas. Ou quase certas.

Manuel Mena não passou o ano anterior ao da guerra em Ibahernando; estava em Cáceres, onde frequentou o último ano do colegial. Não tinha como ignorar as esperanças que a mãe e os irmãos haviam depositado nele, os sacrifícios econômicos que faziam para que ele fosse o primeiro membro da família a deixar o vilarejo e estudar e se preparar para ter uma educação universitária; dada sua personalidade, isso o obrigaria a se dedicar aos estudos, a procurar assumir essa responsabilidade e retribuir à altura. Morava na rua Arco de España, ao lado da Plaza Mayor, na casa de um sargento da guarda civil que travara amizade com a família quando dirigia o comando da guarda civil em Ibahernando. Chamava-se *don* Enrique Cerrillo. Além de *don* Eladio Viñuela, Manuel Mena não deixara muitos amigos de verdade no vilarejo, pois seus novos interesses de adolescente o tinham distanciado de suas relações da infância, mas voltava frequentemente para ver a mãe e os irmãos, e não há dúvida de que estava a par da situação explosiva do país; não há dúvida alguma, também, de que tinha conhecimento da breve passagem de seu irmão Juan pela prisão e dos temores que afligiam sua família. Terá dedicado aquele período de 1935 e 1936 exclusivamente aos estudos ou, apesar de seu gosto e interesse por eles e de sua consciência aguçada de que não devia descuidar deles, a politização geral do país o levou a também se politizar? Não há dúvida de que, durante a guerra ou durante a maior parte da guerra, Manuel Mena foi um falangista convicto — um falangista muito mais falangista do que franquista, supondo-se que realmente tenha sido franquista —, mas teria sido assim também antes da guerra? Ou teria se tornado falangista apenas quando a guerra começou, como a maioria dos falangistas?

É impossível responder a essas interrogações. No começo de 1936, a Falange ainda era, na Espanha, um partido muito minoritário; nas eleições de fevereiro daquele ano, conquistou apenas uma cadeira de deputado: a de José Antonio Primo de Rivera, seu líder. O partido, como tal, não existia em Ibahernando e seus candidatos nacionais jamais obtiveram um único voto ali. Mas nada disso significa que Manuel Mena não possa ter sido atraído em Cáceres pelo idealismo romântico e antiliberal, o radicalismo juvenil, a vitalidade irracional e o entusiasmo em torno das lideranças carismáticas e da energia daquela ideologia em voga em toda a Europa; ao contrário: a Falange era um partido que, com sua vocação antissistema, seu prestígio jovial como uma novidade absoluta, sua aura irresistível de semiclandestinidade, sua rejeição à distinção tradicional entre direita e esquerda, sua proposta de uma síntese que superasse a ambas, seu caos ideológico perfeito, sua aposta simultânea e impossível no nacionalismo patriótico e na revolução igualitarista e sua demagogia cativante, parecia fabricado sob medida para cooptar um estudante recém-saído de seu vilarejo que, com apenas dezesseis anos, sonhasse naquele momento histórico decisivo em acabar, numa única tacada redentora, com o medo e a pobreza que assolavam sua família e com a fome, a humilhação e a injustiça que havia testemunhado diariamente nas ruas de sua infância e adolescência, isso tudo sem colocar em risco a ordem social e lhe permitindo identificar-se, além disso, com o elitismo aristocrático de José Antonio, marquês de Estella. Não sabemos se *don* José Cerrillo, o amigo de sua família com quem convivia em Cáceres, integrava a Falange naquela época; o mais provável é que não. Mas não há dúvida de que no começo daquele ano Cáceres era uma das províncias espanholas com maior quantidade de afiliados ao partido; assim como não há dúvida de que Manuel Mena pôde comparecer ao segundo comício de José Antonio em Cáceres, em 19 de janeiro de 1936, no Norba, um teatro localizado no bulevar de Cánovas. Lá, ele pode ter visto a maneira como o jovem chefe da Falange se dirigia a uma multidão de camaradas vindos de toda a Estremadura, trajando sua camisa azul oficial e sendo interrompido pela explosão repetitiva das ovações, com palavras como estas: "A grande tarefa de nossa geração consiste em desmontar o sistema capitalista, cujas recentes consequências fatais são a acumulação de capital em grandes empresas e a proletarização das massas". Ou estas: "O processo de hipertrofia capitalista só pode chegar ao fim de duas formas: ou sendo interrompido a partir de uma decisão, até mesmo heroica, de alguns daqueles que usufruem de suas benesses, ou aguardando a chegada da catástrofe revolucionária que, ao incendiar o edifício capitalista, acabará pondo fogo, de passagem, em imensos acervos de cultura e de espiritualidade. Nós preferimos o desmonte ao incêndio". Ou até mesmo estas: "Para conter o avanço do marxismo, não é de votos que se necessita, mas sim de corações resolutos, como os desses vinte e quatro camaradas abatidos que, por impedir-lhe a passagem, deixaram nas ruas as suas jovens vidas. Mas existe algo que é preciso fazer mais ainda do que se opor ao marxismo. É preciso construir a Espanha. Menos 'abaixo isso', 'contra aquilo', e mais 'para a frente, Espanha'; 'por uma Espanha unida, grande e livre'; 'pela pátria, pelo pão e pela justiça'."

Tudo isso, porém, são apenas especulações. A única coisa certa é que Manuel Mena passou a véspera da guerra civil em Cáceres, preparando-se para ingressar na universidade no ano seguinte, e que a primeira coisa que fazia quando voltava a Ibahernando era visitar *don* Eladio Viñuela. Viam-se na casa do médico ou, com mais frequência, em sua escola; é do que se recordam os colegas que frequentavam a instituição. Em sua lembrança, Manuel Mena lhe mostrava as anotações de seus cursos em Cáceres, anotações detalhadas, impecáveis e redigidas intencionalmente para que, juntos, eles pudessem também aperfeiçoar o ensino na escola. Eles se recordam que Manuel Mena costumava ajudar *don* Eladio nas aulas, que *don* Eladio preferia ministrá-las no campo, ao ar livre, e que o fez com muita frequência naquela primavera de maus agouros, auxiliado por Manuel Mena. Lembram-se que algumas vezes, durante essas excursões de estudos, *don* Eladio e Manuel Mena dividiam os alunos entre si e que, uma vez concluída a explanação, os alunos voltavam por conta própria ao vilarejo enquanto mestre e discípulo permaneciam no campo a sós. E lembram também que, em outras ocasiões, *don* Eladio lhes passava alguns exercícios e, enquanto eles os faziam, ele e Manuel Mena passeavam, a distância, conversando. Quais eram os assuntos em pauta naquelas conversas peripatéticas?, se perguntavam, anos mais tarde, aqueles que os observavam passear ao longe, cabisbaixos e com as mãos cruzadas nas costas ou enfiadas nos bolsos das calças, enquanto as tardes douradas caíam em silêncio contra o horizonte sem fim, deserto, por cima das cercas de pedra e das azinheiras. Será que Manuel Mena despejava todas as suas dúvidas sobre *don* Eladio? Revelava-lhe suas angústias, suas perplexidades, seus temores e suas ambições de adolescente transplantado para a capital? Compartilhavam leituras? Ou trocavam informações sobre o que acontecia em Cáceres e em Ibahernando, comentando o tom lúgubre que a realidade adquiria? É tentador imaginar Manuel Mena procurando convencer *don* Eladio das benesses revolucionárias, novíssimas e recém-aprendidas de José Antonio, e *don* Eladio se defendendo da retórica imberbe e fogosa de Manuel Mena e do feitiço utópico do ideário falangista e seu ar exuberante de juventude e modernidade com o velho ceticismo racionalista e os velhos e apaziguadores argumentos do velho ideário liberal, que Manuel Mena consideraria ultrapassado. É tentador imaginá-lo ou fantasiá-lo assim. Talvez um ficcionista diria que foi isso mesmo que aconteceu. Mas eu não sou um ficcionista e não posso fantasiar; tenho de me ater aos fatos, e o fato é que não sabemos se foi isso que aconteceu e que é quase certo que jamais saberemos. Porque o passado é um poço insondável em cuja escuridão conseguimos captar apenas lampejos da verdade, e sobre Manuel Mena e sua história, aquilo que sabemos é infinitamente menor do que aquilo que ignoramos.

5

David Trueba gravou mais de duas horas de conversa na sala da casa do Pelador, mas o filme editado tem apenas quarenta minutos. Intitula-se *Recuerdos* [*Lembranças*] e é dividido em cinco capítulos, cada um precedido por um letreiro que traz o assunto do qual irá tratar. A maior parte do filme é em um único plano de baixo para cima do Pelador, em que se veem apenas, cobertos por uma camisa branca, seu torso e seus ombros de camponês, ainda fortes apesar de seus mais de noventa anos, e sua cabeça, com um crânio poderoso, senatorial, quase sem cabelo algum, com uma mancha na têmpora e uma escoriação na bochecha; sua silhueta aparece destacada à frente de um fundo de azulejos floridos de cores muito vivas.

Durante todo o filme, ele aparece sentado. As imagens não captam a presença física de Carmen, sua filha, tampouco a de seu genro, mas em muitos momentos é possível ouvir a voz dela esclarecendo-lhe minhas perguntas ou reforçando, matizando ou comentando suas respostas. No começo o Pelador aparece à espera, inquieto e temeroso; pouco a pouco, no entanto, parece relaxar, mesmo sem transmitir, em nenhum momento, a sensação de relaxar por completo; às vezes sorri, chegando até mesmo a rir em um determinado momento (e seu rosto, então, se infantiliza e os olhos se estreitam até se tornarem meras ranhuras); na maior parte do tempo, sua expressão é de uma seriedade resignada e um pouco ausente, mas a cada vez que se inicia um dos muitos silêncios que pontuam a entrevista, seus olhos afundam em uma tristeza tão sólida, tão pesada e tão profunda que parece impossível que um homem consiga dar conta dela sozinho. Tive essa impressão enquanto fazia a entrevista, mas, ao ver o filme, ela ficou ainda mais viva. O Pelador traz sempre à mão sua muleta, como se sentisse órfão ou indefeso sem ela; às vezes a deixa encostada no espaldar de uma cadeira que está por perto; o mais comum é que apoie sua mão ou seu braço, ou sua axila, na parte superior, movendo-a de um lado para outro, impaciente ou nervoso. Durante uma sequência bastante breve ele aparece com uma boina de veludo da qual eu não me lembrava.

No começo da entrevista, falamos sobre sua profissão, que consistia em tosquiar os animais de Ibahernando e dos outros vilarejos da comarca. Depois falamos sobre minha família, minha bisavó Carolina e seus filhos, entre eles meu avô Juan, e também sobre a mulher e as filhas de meu avô Juan, entre elas minha mãe; segundo seu relato, todos sempre foram seus vizinhos, e ele os conheceu muito bem, guardando deles uma lembrança afetuosa, que não parece falsa. Ele também fala sobre outras pessoas do vilarejo; uma delas é meu avô Paco, pai do meu pai, de quem se lembra com admiração por ter sido uma pessoa que trabalhou muito duro, segundo ele diz, para proporcionar aos três filhos uma carreira universitária. A certa altura, depois de um corte fugaz, inicia-se um capítulo intitulado "A foto". É o terceiro, e sua primeira imagem mostra o Pelador colocando óculos com armação de tartaruga; em seguida, ouve-se a minha voz, perguntando:

— Já viu alguma vez essa fotografia?

Embora isso não apareça nas imagens, nesse momento eu acabava de entregar a Carmen uma cópia de uma antiga foto de grupo dos meninos que frequentavam a escola de *don* Marcelino, um antigo professor do vilarejo; na fotografia aparece Manuel Mena e, quase a seu lado, segundo me contou meu primo José Antonio Cercas, o Pelador. Carmen responde com sua voz suave.

— Não, imagine. Jamais.

Enquanto Carmen passa a foto para o Pelador, ouve-se minha insistência:

— Vamos ver se o seu pai já a viu.

O Pelador segura a foto e a observa com atenção.

— Não — repete Carmen, convicta. — Meu pai nunca viu esta foto.

Após alguns segundos de silêncio, durante os quais o Pelador não tirou os olhos da foto, bastante concentrado, meu nariz, uma mecha do meu cabelo e meu dedo indicador sinalizando a foto aparecem no canto esquerdo do enquadramento.

— O senhor reconhece alguém aqui?

— Não sei — responde o Pelador; em seguida, pede desculpas, como se aquilo fosse uma prova e ele temesse que seu rendimento não estivesse à altura do esperado. — É que as pessoas mudam muito...

Depois de algum silêncio, eu esclareço, procurando ajudá-lo:

— É uma foto de alunos de *don* Marcelino. — E acrescento: — E acho que um desses meninos é o senhor.

O Pelador então ergue a vista da foto e olha para sua esquerda, que é onde eu estou, embora na imagem eu não apareça.

— Não, isso é impossível — corrige-me, aliviado. E explica: — Eu não frequentei a escola de *don* Marcelino. Eu ia na de *don* Miguel, um professor que viera de Santa Cruz; quando *don* Marcelino chegou ao vilarejo, eu já estava trabalhando. Era assim que acontecia conosco: aos doze ou treze anos, nos colocavam no campo para cuidar das vacas ou dos novilhos.

Na imagem do filme o Pelador continua falando; fora do campo de visão, faço o possível para digerir a decepção; pelo menos é assim que lembro desse momento. Depois de alguns segundos, após outro corte, um novo capítulo começa, com o título de "Manuel Mena". Inicia-se com a imagem do rosto do Pelador bem próximo ao meu, que invadiu o enquadramento, e com o som de minha voz formulando uma pergunta:

— Conhece esta pessoa?

A imagem vai descendo até captar em primeiro plano as mãos do Pelador. São mãos grossas e rudes de camponês, sustentando com a polpa dos dedos a fotografia dos alunos de *don* Marcelino enquanto eu aponto com o indicador esticado para um menino vestido com um paletó listado e camisa branca que exibe uma mecha de cabelo rebelde na testa, de pé e à direita de seu professor, e pergunto de novo:

— O senhor se lembra de Manuel Mena?

O Pelador olha para a esquerda, e é possível notar, então, em seu olhar filmado, a mesma coisa que eu percebi naquele dia em seu olhar real: que sua filha Antonia, com quem eu tinha acertado por telefone a entrevista, o colocara a par do seu objetivo preciso.

— Como poderia não lembrar? — responde.

— E não é esse rapaz aqui? — insisto, sem afastar da foto o dedo indicador.

O Pelador volta a olhar; um pouco alterado, ele assente várias vezes antes de dizer:

— Sim, é ele.

A partir desse momento, o curso da conversa se altera. Durante vários minutos, procuro fazer com que o Pelador me fale sobre Manuel Mena, sobre a sua relação com Manuel Mena, mas essa tentativa deriva para uma espécie de enfrentamento ao longo do qual ele responde minhas perguntas com monossílabos ou com frases muito sucintas, ou simplesmente não responde, ou responde se esquivando da pergunta, incomodado, movendo a muleta de um lado para o outro. O Pelador conta que ele e Manuel Mena tinham quase a mesma idade, eram vizinhos e haviam sido amigos na infância, brincando juntos na rua de Las Cruces e no quintal de minha bisavó Carolina. Pergunto se eles continuaram a se ver quando deixaram de ser crianças, quando viraram adolescentes, e ele diz que sim, embora menos do que antes. Pergunto se ele se lembra que Manuel Mena partiu para a guerra e morreu na frente, e ele diz que sim, lógico que sim, e que também se lembra que ele morreu aos dezenove anos, quando era alferes das Regulares, e que quando voltava para o vilarejo de licença o fazia com seu assistente, um jovem que nunca se separava dele. Pergunto se eles se encontravam quando Manuel Mena tirava licença e voltava para casa, e ele diz que sim, que era quase impossível que não se vissem já que continuavam morando um do lado do outro. Pergunto se nesses encontros eles conversavam sobre a guerra e a vida de Manuel Mena na frente, e ele diz que não. Pergunto, então, se ele se recorda do dia do enterro, um dia do qual todos os idosos do vilarejo se recordam, e ele me diz que sim, perfeitamente, que assistiu a tudo da porta de casa; mas, quando tento fazer com que me dê mais detalhes do acontecimento, ele começa a falar de outro enterro, um enterro ao qual também compareceu muita gente ocorrido antes ou depois ou quase ao mesmo tempo que o de Manuel Mena, o enterro de um médico chamado *don* Félix, e, quando pergunto de novo sobre Manuel Mena ou sobre o enterro de Manuel Mena, ele se esquiva novamente e volta a falar de minha bisavó Carolina, meu avô Juan e minha família. Esse embate estranho se prolonga por alguns minutos, até que paro de fazer perguntas, sem dúvida convencido de que o Pelador se fechou e que seria inútil seguir adiante em meu interrogatório por essa via.

Então, depois de um novo corte, tem início o melhor capítulo do filme, que é também o último. Ele se intitula "Assassinato em Ibahernando" e começa com o rosto do Pelador, com sua tristeza impávida, e com minha voz formulando uma pergunta em um tom esquisito, demasiadamente alto:

— Então seu pai foi assassinado no começo da guerra?

Fica claro (pelo menos para mim) que, no filme, eu acabava de transformar em pergunta uma afirmação que o Pelador tinha feito fora da gravação; também fica claro que procurei reagir como se as palavras do meu interlocutor não me tivessem pego de surpresa, embora eu não saiba se formulei a pergunta com o objetivo de ganhar tempo para assimilá-las, para que o Pelador não mudasse de assunto, para me certificar de que a câmera estava registrando aquilo que eu acabara de escutar ou para as três coisas ao mesmo tempo. Seja como for, a conversa muda mais uma vez, e ao longo dos minutos seguintes o Pelador mergulha em momentos de silêncio ainda mais profundos com sua expressão ainda mais crispada, o olhar voltado para o chão invisível, os lábios cerrados. A resposta do Pelador à minha pergunta, dada em voz bastante baixa, quase inaudível, consiste em dizer que sim.

— Cortava cabelo — interrompe Carmen, trocando sua alegria natural por uma dor genuína. — Era barbeiro.

Nesse instante, ouve-se pela primeira e única vez a voz de David Trueba no filme.

— É mesmo? — diz ele. — Então os dois trabalhavam no mesmo ramo.

Ele se refere ao Pelador e a seu pai. Não sei se David interveio por ter sentido que chegara o momento crucial da entrevista e que preciso de ajuda, mas o fato é que seu comentário parece incutir confiança no Pelador, como se o silêncio anterior do meu amigo o tivesse intimidado (ou talvez o que o intimidasse fosse a câmera). Buscando meus olhos, o Pelador relata:

— No começo da guerra mataram algumas pessoas aqui. Uma delas foi um professor que se chamava *don* Miguel.

— O seu professor? — pergunto. — Aquele que veio de Santa Cruz?

— Não — esclarece o Pelador. — Outro. Um homem bom. Também mataram uma moça. Chamava Sara. Sara García. O namorado estava na zona vermelha. Dizem que ela foi assassinada por causa disso. — O Pelador silencia novamente; seu olhar se volta, mais uma vez, para o chão. Somos cinco pessoas naquele vestíbulo, mas a câmera não capta nenhum ruído vindo do ambiente. Por fim, o Pelador acrescenta: — Mataram bastante gente naquela noite.

Em seguida, sem que eu ou qualquer outra pessoa tivesse pedido, o Pelador passa a contar o episódio que mudou sua vida para sempre. E o faz com o olhar perdido, com poucas palavras, as quais, mais do que palavras, parecem objetos, e com uma frieza de gelar o sangue. Sua mãe havia morrido alguns anos antes, conta, e seu pai, sua irmã e ele estavam comendo, como todas as noites, na sala de jantar da casa. "Aí mesmo", esclarece, apontando vagamente para sua direita. Não se lembrava o que estavam jantando. Não se lembrava do assunto sobre o qual falavam, se é que estavam falando de algo. A única coisa de que lembrava é que, a certa altura, bateram na porta e seu pai lhe pediu que fosse abri-la. A guerra tinha acabado de explodir, mas ele não se lembrava de ter notado qualquer inquietação na voz do pai; tampouco se lembrava de ele próprio estar preocupado. Obedeceu, se levantou da mesa, abriu a porta. No umbral, mal delineados contra o sopro quente da noite de agosto que acabara de cair, havia alguns homens. Não se lembrava quantos nem como eles eram. Não conhecia nenhum deles. Os homens lhe perguntaram se o pai estava em casa, ele disse que sim e vários deles entraram e o levaram embora. Foi tudo. Não se lembrava se o pai tinha saído voluntariamente da casa ou se opôs resistência e os desconhecidos tiveram de levá-lo à força. Não se lembrava se o pai pôde se trocar para sair ou se saiu para a rua com a roupa que já estava usando. Não se lembrava se o pai estava ou não assustado. Não se lembrava se lhe disse alguma coisa antes de sair, ou se lhe dirigiu um último olhar. Lembrava-se apenas daquilo que tinha acabado de contar: o restante se apagara de sua memória ou nunca fora registrado nela. Tinha dezoito anos de idade, um a mais que Manuel Mena, e não voltou a ver o pai com vida.

Quando o Pelador termina de falar, produz-se um silêncio pétreo, intimidante, que somente Carmen ousa interromper.

— É a primeira vez que ouço meu pai falar sobre isso — diz ela com uma voz sem perplexidade, sem nenhuma pena: uma voz vazia. — Eu sabia disso tudo pela minha mãe, mas nunca tinha ouvido ele contar.

Demoro para reagir. Suponho que simplesmente por não saber como reagir e talvez por dizer a mim mesmo aquilo que volto a dizer a mim mesmo ao ver essas imagens: não é apenas a primeira vez que o Pelador conta essa história a sua filha, como também é provavelmente a primeira vez que a conta para qualquer um, ao menos da maneira que acaba de contá-la.

— O senhor sabe por que o mataram? — consigo perguntar.

O Pelador também demora para responder. Dá a impressão de estar desconcertado, embora seja difícil adivinhar por quê: talvez por não conseguir entender como tinha sido capaz de contar o que contou; talvez por sentir, com estranheza, que não foi ele que contou, mas sim outra pessoa.

— Não — responde por fim, e seus olhos se umedecem por um segundo e ele parece a ponto de começar a chorar. Mas isso dura apenas um segundo; quando volta a falar, o faz com sua triste secura habitual. — Naqueles dias se matava por qualquer coisa — prossegue. — Por desavenças. Por inveja. Por trocar algumas palavrinhas com alguém. Por qualquer coisa. A guerra foi assim. Dizem agora que foi a política, mas não foi a política. Não só. Alguém dizia que se devia ir com fulano, então iam com fulano. E acabou. É como estou lhe contando: nem mais nem menos. Foi por isso que tantas pessoas deixaram o vilarejo quando a guerra começou.

A partir desse momento e durante muitos minutos, o Pelador dá a impressão de falar de forma quase espontânea, sem restrições, ou grandes restrições, e, ao final, até mesmo com alguma afetuosidade. Ele conta que, certo dia, pouco depois de matarem seu pai, ele e a irmã conseguiram descobrir onde estava o cadáver, resgataram-no e o enterraram escondido, sem funeral nem cerimônia ou ajuda de ninguém. Conta, ainda, que mais tarde ele mesmo foi convocado e teve de se alistar para ir à guerra ao lado do exército daqueles que mataram seu pai. Conta que foi à guerra em Ávila e em algum ponto das Astúrias. Conta que, ao retornar ao vilarejo, encontrou sua irmã morando com uma mulher — uma mulher generosa, que a acolhera — e que ele foi viver com sua noiva e futura esposa, ou, melhor, foi ela que foi viver com ele. "Foi muito criticada por isso", diz, com uma espécie de fúria. "Você sabe como são os vilarejos; e, naquela época, nem preciso lhe contar... Mas ela nem ligava: veio morar comigo porque não admitia que eu vivesse sozinho". Depois, conta que, embora ele e a mulher fossem muito jovens, batalharam muito, que ele aprendeu sua profissão, que ela criou três filhos, que se sentia orgulhoso de seu trabalho e de ter criado uma família. "Pergunte sobre mim no vilarejo", disse ele, lançando-me um desafio. "Vai ver o que vão dizer". Depois de pronunciar essa frase, o Pelador cai em um silêncio exaurido, que Carmen corre para preencher falando sobre sua mãe e o trabalho do pai. Ele a ouve distraído, movendo a muleta e com os olhos voltados, mais uma vez, para o chão. Fica claro que deu a entrevista por encerrada e que não conseguirei tirar dele qualquer informação a mais, pelo menos nessa tarde, pelo menos sobre Manuel Mena e a guerra. Estranhamente, pareço não perceber isso, ou talvez não me resigne a aceitar sua decisão; de todo modo, a única frase com a qual ouso questioná-la é uma obviedade formulada como uma especulação e em tom bem mais solene. A frase é a seguinte:

— A guerra deve ter sido terrível.

Ele mal escuta essas palavras. O Pelador olha de modo fugaz na direção onde estou sentado, mas não fala nada, como se não tivesse entendido o que tinha acabado de ser dito ou como se tivesse acabado de ouvir uma observação feita por uma criança ou um louco. Carmen então me socorre, dizendo:

— Que não aconteça nunca mais.

Na sequência fica evidente que eu, com efeito, tento continuar a entrevista de qualquer jeito, pois troco a especulação por uma interrogação; o problema é que só faço essa alteração e nada mais, e o resultado é que acrescento outra obviedade solene, mas que agora, por algum motivo, não soa como uma estupidez:

— A guerra foi o pior que aconteceu com o senhor, não é?

É nesse momento que o Pelador, dirigindo mais uma vez o olhar para mim brevemente, ri pela primeira vez, à solta, e que ouço nessa risada surpreendente sua total incapacidade de me explicar aquilo que gostaria ou deveria me explicar e que vislumbro ou intuo em seus olhos apertados a alegria intacta daquela criança que não tinha nem sequer como imaginar que uma noite assassinariam seu pai, aquela alegria do Pelador anterior à guerra, que conheceu Manuel Mena. Não sei se ouvi e intuí ou vislumbrei isso naquele momento, ao escutar o Pelador no saguão de sua casa, mas tenho certeza de que o ouço e o intuo ou o vislumbro agora, anos depois, ao ver o filme feito por David Trueba. Passado esse momento, o Pelador baixa novamente os olhos e mergulha em sua tristeza de sempre. O silêncio que se instala em seguida é novamente sólido, e tão longo que, vendo as imagens, vêm-me à lembrança os silêncios intermináveis de *Gran Hermano*, os intermináveis silêncios de *A aventura*. Desta vez, não é Carmen, mas sim o próprio Pelador que o interrompe, fitando a câmera com seus olhos secos e inexpressivos e murmurando como se, para ele, a entrevista já tivesse se encerrado há um bom tempo.

— Bom, bom...

Após outro silêncio, bem mais breve, eu constato:

— O senhor não gosta de falar sobre a guerra.

— Não — diz o Pelador. Nem um pouco. — E acrescenta: — Quero que ela se dane.

— Não gosta ou tem medo? — pergunto, meio sério, meio brincando.

O Pelador esboça um sorriso.

— Não gosto e também sou prudente — responde.

— Mas tudo já acabou, pai! — exclama Carmen, recuperando sua alegria suave. — É coisa do passado!

— O senhor não falava sobre isso nem mesmo com sua mulher? — insisto.

— Nem mesmo com minha mulher — diz o Pelador, sem desfazer seu esboço de sorriso.

— É verdade, Javi — diz Carmen. — Meu pai nunca fala sobre a guerra. Mas minha mãe falava. Lembro que ela nos contava que, durante a guerra, raspavam o cabelo das mulheres dos vermelhos e circulavam com elas pelo vilarejo assim. Coisas desse tipo. Mas meu pai nunca nos contou nada. Nunca. Nunca. Nunca. — E repete mais uma vez: — É a primeira vez na minha vida que o escuto falar dessas coisas.

6

Em 20 de julho de 1936, três dias depois do levante do Exército de Franco contra o governo legítimo da República em suas guarnições na África e quase ao mesmo tempo em que os sublevados de Cáceres tomavam o poder na capital e declaravam o estado de guerra em toda a província, a direita de Ibahernando se somou à rebelião e assumiu o comando do vilarejo sem enfrentar qualquer resistência. Conhecemos muito bem o que aconteceu na Espanha quando a guerra explodiu. Conhecemos muito bem o que aconteceu na Estremadura, inclusive em Cáceres. Mas pouco sabemos sobre o que aconteceu em Ibahernando: nenhum historiador se preocupou em averiguar; as atas das reuniões da Prefeitura, escritas à mão por *don* Marcelino — ex-professor de Manuel Mena, então secretário municipal —, permitem apenas a reconstituição de alguns fatos; a maioria das pessoas que poderiam se lembrar do restante já morreu e a minoria ainda viva não se lembra de nada ou tem poucas recordações do resto. Como a maior parte de tudo que diz respeito a essa história, aquelas jornadas pavorosas caíram rapidamente no esquecimento.

Mas ainda existem alguns fatos que resistem a ele. Afirmei que, quando ocorreu a sublevação militar, a direita do vilarejo tomou o poder imediatamente; esclareço que isso não aconteceu por iniciativa própria, mas por determinação do comandante do posto local da Guarda Civil, que, por sua vez, obedecia a ordens vindas de Cáceres; esclareço, também, que, quando falo da direita, refiro-me na verdade à família de Javier Cercas, ou a uma parte significativa de sua família. Em 20 de julho, a Prefeitura realizou uma reunião plenária extraordinária na qual o último prefeito republicano, um dirigente socialista chamado Agustín Rosas, entregou o poder a um Comitê de Gestão constituído por quatro membros; dois deles pertenciam à família de Javier Cercas: um à família paterna — seu avô Paco Cercas—, outro à família materna — seu tio Juan Domingo Gómez Bulnes, genro do cacique do vilarejo, Juan José Martínez. Logo depois dessa plenária, realizou-se outra, na qual os quatro novos membros do comitê escolheram, em votação secreta, seu presidente; o eleito, por três votos a um, foi Paco Cercas. Quando a guerra começou, ele era um lavrador instruído, com fama de homem íntegro, dotado de uma autoridade congênita e de uma congênita capacidade de exercê-la; e era, também, um homem interessado na política: tinha militado na Ação Republicana — o partido progressista de Manuel Azaña, presidente da República —, fora vereador na condição de representante deste e, por algum tempo, simpatizante do socialismo; no final de outubro de 1935, não obstante, já era presidente da Sociedade de Agricultores, o sindicato conservador do campo, sendo destituído de seu posto de vereador pelo governo civil depois das eleições gerais de fevereiro de 1936 e, antes da guerra, preso junto com outros conservadores ou direitistas do vilarejo por posse ilegal de armas. Cabe dizer que esse percurso ideológico de Paco Cercas não foi absolutamente algo insólito durante a República e que, somado a seu prestígio pessoal, talvez tenha constituído um incentivo para que o escolhessem como o primeiro prefeito franquista. Cabe acrescentar que ele ficou no cargo apenas por algumas semanas.

Ao longo dos dias que se seguiram ao golpe, um furacão de pânico e violência atravessou toda a Espanha. Em Ibahernando, quem de longe sofreu a maior parte dos danos provocados pelo ciclone foram as pessoas de esquerda, posto que o vilarejo tinha caído nas mãos da direita. Os pesquisadores mais confiáveis afirmam que ao longo da guerra e dos primeiros meses do pós-guerra foram cometidos em Ibahernando onze assassinatos por razões políticas; Javier Cercas contabilizou treze, quase todos no final e no começo do conflito. Alguém poderia dizer que não se trata de um número alto se comparado com o número de homicídios efetuados pelo terror franquista em outros vilarejos da Espanha durante os três anos de guerra; é verdade, mas essa verdade não atenuou o terror nem poupou suas vítimas. Muitas delas foram arrancadas à força de suas casas e fuziladas sem qualquer tipo de julgamento; muitas delas nem sequer sabiam quem as estava matando: os executores materiais dos crimes muitas vezes provinham de outros lugares, mesmo que os responsáveis — aqueles que indicavam as vítimas e ordenavam ou estimulavam os assassinatos — residissem no vilarejo. Não sei se a família ou algum membro da família de Javier Cercas esteve entre eles; sei que, inclusive na guerra (talvez principalmente na guerra), todo mundo é inocente até que se prove o contrário e que nenhuma pessoa honesta incorreria na abjeção de condenar alguém sem provas sob a confortável imunidade da paz, muito menos quando, como ocorre neste caso, oitenta anos depois se torna praticamente impossível reconstituir os fatos com alguma precisão. Isso posto, parece impossível eximir a família de Javier Cercas de qualquer responsabilidade pelas atrocidades cometidas naqueles dias: primeiramente porque era ela que mantinha o poder no vilarejo, e é difícil aceitar a ideia de que todos os seus membros tenham feito tudo o que estava ao seu alcance para evitar o acontecido; e, em segundo lugar, porque, em várias ocasiões, eles protegeram alguns esquerdistas contra a violência descontrolada ou os retiraram do vilarejo por correrem perigo ali, às vezes entregando-os à justiça, como no caso de um republicano que, apesar de possuir inimizade com alguns deles, tinha sido seu amigo e pertencia à sua classe ou àquilo que eles consideravam sua classe: *Don* Juan Bernardo, o médico e líder esquerdista local, que acabou sendo preso em Trujillo, julgado e por fim absolvido por um tribunal militar. Quanto aos motivos dos assassinatos, eram obviamente políticos, mas nem sempre apenas políticos, e nem sempre estavam claros: ninguém conseguiu entender por que *don* Miguel Fernández, o professor, um homem que o vilarejo inteiro considerava uma boa pessoa, foi assassinado no final da guerra, a não ser que sua amizade com *don* Juan Bernardo tenha sido motivo suficiente para que o matassem; ninguém conseguiu entender muito bem por que, no começo da guerra — para ser mais preciso: em 26 de novembro de 1936, em um ponto da estrada entre Trujillo e Cáceres conhecido como Puente Estrecho — mataram, juntamente com mais três moradores do vilarejo, uma moça de vinte e dois anos chamada Sara García, embora há quem especule que ela foi morta por ser noiva de um jovem líder socialista que fugira de Ibahernando depois do golpe militar pelas mesmas razões que outros esquerdistas o haviam feito antes: para fugir do clima de perseguição que reinava no vilarejo e se juntar à resistência republicana que se organizava em Badajoz, província onde o golpe não tinha sido vitorioso.

De forma que, em Ibahernando, foram somente os republicanos que registraram assassinatos na retaguarda; em contrapartida, os franquistas experimentaram o medo, sobretudo no começo. De fato, os primeiros dias da guerra foram os de maior ansiedade para eles. Entre o final de julho e o começo de agosto, com a ajuda da aviação de Hitler, Franco havia conseguido fazer desembarcar no sul do país a maior parte de suas tropas marroquinas, e a partir daquele momento três colunas lotadas de veteranos das guerras coloniais na África comandadas pelo tenente-coronel Yagüe começaram a subir espalhando sangue e fogo em direção à região de Ibahernando, a partir da Andaluzia, rumo a Madri. Enquanto isso, uma violência totalmente desordenada tomara conta do país, na Estremadura a frente de batalha ainda não se estabilizara e os republicanos de Badajoz tentavam recuperar as regiões que o levante militar colocara nas mãos dos rebeldes. Foi esse o temor que se espalhou entre os franquistas do vilarejo durante os primeiros dias de disputa: que os esquerdistas que haviam fugido depois do golpe voltassem e, com o apoio dos seus correligionários de Badajoz, reconquistassem o vilarejo e acertassem as contas com eles. Provenientes da capital da província, orientações taxativas lhes chegaram no sentido de que, se os republicanos voltassem, todo o possível teria de ser feito para detê-los até que as tropas do Regimento Argel acantonadas em Cáceres chegassem para socorrê-los, e as novas autoridades então optaram por montar guarda nas principais entradas do vilarejo: na rua da Agua, no Barrero, no Pozo Arriba e na estrada de Robledillo. Convencidas da iminência do ataque republicano, as famílias conservadoras decidiram se entrincheirar de forma permanente em algumas casas da Plaza, com os homens armados até os dentes e as portas e janelas protegidas por sacos de terra. Um fato acontecido em 2 de agosto, duas semanas após o golpe, pareceu corroborar a necessidade de uma medida radical como essa. Às duas da tarde daquele dia, uma coluna com catorze caminhões Hispano-Suiza cheios de republicanos que se dirigiam a Trujillo pela estrada de Madri, procedentes de Ciudad Real, irrompeu em meio a gritos de saudações à República no vilarejo de Villamesías, a poucos quilômetros de Ibahernando; a coluna, comandada por um certo capitão Medina e conduzida por um religioso renegado conhecido como padre Revilla, era composta por milicianos armados, dentre eles vários mineiros de Peñarroya e Puertollano. Obedecendo às ordens de Cáceres, os guardas civis do posto e alguns direitistas locais ofereceram resistência o suficiente para que chegassem mais tarde ao vilarejo três companhias do Regimento Argel lideradas pelo comandante Ricardo Belda, que teve o tempo necessário para alocar suas metralhadoras na saída da localidade e crivar de balas aquele destacamento temerário de milicianos que circulava como um bando de fanáticos por aquela estrada em guerra, sem adotar nenhuma medida de segurança. O resultado foi uma matança gigantesca: em menos de uma hora, os republicanos foram aniquilados e a saída do vilarejo ficou obstruída pelos cadáveres de mais de cem milicianos.

A Batalha de Villamesías constituiu um pequeno êxito militar e um grande êxito propagandístico para os sublevados, mas desencadeou o pânico em Ibahernando, onde correu o rumor, nos dias seguintes, de que alguns esquerdistas do vilarejo integravam a coluna republicana aniquilada. O pânico, no entanto, durou pouco tempo. No dia 11 de agosto, as colunas de Yagüe ocuparam Mérida; no dia 14, Badajoz; pouco depois, Franco se instalaria em Cáceres e, no dia 25, reuniam-se em Trujillo, a poucos quilômetros de Ibahernando, os chefes das três colunas de Yagüe — Tella, Castejón e Asensio —, mais os de outras duas de reforço: Barrón e Delgado Serrano. Para os direitistas de Ibahernando, o perigo parecia ter passado, apesar de os republicanos terem mantido sua resistência na Estremadura até o final da guerra e de o vilarejo permanecer preocupado com uma frente de batalha que persistira nas proximidades, ainda que quase sempre adormecida. Mas, para os esquerdistas de Ibahernando, o perigo persiste: muitos deles passarão o restante da guerra com medo de que um carro cheio de assassinos parasse de madrugada na porta de sua casa como um arauto certeiro da morte.

Também não escaparam totalmente do perigo alguns direitistas transformados pelo golpe de um dia para o outro em franquistas ou falangistas (ou, mais comumente, nas duas coisas ao mesmo tempo), para os quais a guerra começa de verdade a partir daí. No final de setembro ou começo de outubro, vinte e cinco desses direitistas se incorporam ao exército sublevado; um deles é Paco Cercas, que parte para a frente de batalha depois de ter ocupado o cargo de prefeito por pouco mais de dois meses. O avô paterno de Javier Cercas é acompanhado nesse movimento por dois tipos de homens: de um lado, servos, camponeses com terra e arrendatários como ele, quase todos republicanos até poucos anos antes, como ele próprio, mas que se sentiam assustados com o rumo revolucionário tomado pela República ou com aquilo que viam como sendo o rumo revolucionário tomado pela República e sobretudo com a atmosfera de violência em Ibahernando; de outro lado, os servos dos servos, camponeses sem terra, diaristas afeiçoados à ordem, pessoas muito humildes assustadas com o vandalismo desesperançado e despropositado de outros servos de servos como elas e traumatizadas com a explosão em milhares de pedaços da convivência pacífica que havia no vilarejo. A maior parte dos membros dessa expedição já é de certa idade, a começar pelo avô de Javier Cercas, que tinha trinta e seis anos e teve de ouvir uma bela bronca da esposa quando lhe anunciou que estava partindo para a frente: María Cercas lhe perguntou aos berros se ele estava louco, se tinha esquecido que já era um velho e que tinha três filhos pequenos, que diabos poderia apitar numa guerra um velho com três filhos pequenos, disse que o matariam, que quem tinha de ir à guerra eram os jovens ou os que não fossem tão velhos como ele, que fosse quem quisesse ir, mas que não fosse ele, perguntou por que tinha de ser justamente ele a ir para a frente. Paco Cercas se agarrou a esta última pergunta para conter aquele vendaval com apenas uma resposta:

— Porque se eu não for, María, ninguém irá.

Não sei se esse episódio foi exatamente assim, mas foi exatamente assim que ele foi contado por um tio de Javier Cercas chamado Julio Cercas, que ouviu sua mãe contá-lo inúmeras vezes e que pôde testemunhá-la mesmo sem entender uma única palavra, pois ainda era, naquela ocasião, um recém-nascido. Quanto à resposta de Paco Cercas, é possível que fosse um exagero de sua parte, o único recurso em termos de argumentos que encontrou ali para se livrar da esposa, mas o fato é que alguns homens que partiram para a frente de batalha naqueles primeiros dias talvez não o tivessem feito sem ele e que, no decorrer dos acontecimentos da guerra que então se iniciava, o avô de Javier Cercas exerceu, se não uma autoridade militar, no mínimo uma autoridade moral sobre seus vinte e quatro companheiros.

O grupo se integrou ao 3º Batalhão da Falange de Cáceres, ou melhor, aos grupos de voluntários que com o tempo acabariam formando esse batalhão. Nada ou quase nada sabemos sobre essas unidades de voluntários franquistas de primeira hora, pois ninguém ou quase ninguém pesquisou a seu respeito, como se não tivessem existido ou ninguém se interessasse por elas; os arquivos tampouco ajudam, pelo menos neste caso: há no Arquivo Militar de Ávila um Diário de Operações do 3º Batalhão da Falange de Cáceres, mas só a partir de setembro de 1937, que é quando se instituiu oficialmente. De modo que aqui, como em outros momentos desta história marcada por pontos obscuros, é preciso muitas vezes avançar tateando e construindo o relato por meio de hipóteses. Algumas coisas, porém, parecem certas.

Os vinte e cinco voluntários de Ibahernando compunham um punhado heterogêneo de homens sem qualquer preparação para a guerra, precariamente vestidos com roupas civis e armados com espingardas de caça, e que, logo depois de agrupados em sua improvisada unidade, foram enviados a Madri com as colunas de Yagüe. Seus chefes eram militares profissionais, mas seu papel era subalterno: consistia, essencialmente, em avançar atrás das tropas coloniais garantindo sua retaguarda e suas laterais, facilitando seu abastecimento e suas retiradas e dando apoio ao avanço das colunas, o qual foi muito bem-sucedido até chegar aos arredores de Madri. Convencidos de que a capital estava prestes a cair e de que a guerra duraria poucas semanas, os vinte e cinco passaram por

Navalmoral de la Mata, por Talavera de la Reina, por Navalcarnero, chegaram no mês de novembro a Madri e assumiram posições na frente de batalha de Usera, ao sul da capital. Ali permaneceram por algum tempo. Não há certeza de que alguma vez tenham entrado em combate seriamente; de todo modo, tiveram apenas um ferido em suas fileiras: um homem chamado Andrés Ruiz. A campanha, no mais, foi breve, e a uma determinada altura daquele mesmo inverno, em meados ou final de janeiro de 1937, já estavam todos de volta ao vilarejo, devidamente dispensados e com sua guerra particular encerrada. Ignoro a causa desse retorno precoce: é provável que, à medida que a guerra avançava e se recrudescia, e à medida que se intensificava a suspeita de que ela se prolongaria mais do que o previsto, ficava mais evidente para muitos de seus comandantes a inaptidão daqueles camponeses já com certa idade, imperitos e armados de qualquer maneira, razão pela qual decidiram trocá-los por destacamentos com voluntários mais jovens, preparados e dotados de melhor armamento, mas também faz sentido considerar a possibilidade de que esse retorno antecipado tenha sido mais uma demonstração da ingênua pretensão de independência que alguns falangistas puros ainda alimentavam no começo da guerra, obcecados pela ambição de não serem engolidos pelo onívoro conglomerado franquista: a certa altura do outono ou do inverno de 1936, o capitão José Luna, falangista de primeira hora e chefe do partido na província de Cáceres, retirou da frente de Madri, sem pedir autorização nem dar explicações a ninguém, várias unidades de milícias que atuavam sob sua jurisdição, alegando que alguns oficiais do exército regular aplicavam maus tratos em seus integrantes, e o 3º Batalhão da Falange poderia ser uma delas. É possível, também, que essas duas hipóteses não sejam excludentes, mas sim complementares, e que as autoridades militares tenham neutralizado ou maquiado a indisciplina perigosa de Luna e o retorno de seus voluntários dispensando aqueles que eram considerados inaptos para o combate.

O fato é que, durante a viagem de volta das trincheiras de Madri para casa, Paco Cercas protagonizou um estranho incidente sobre o qual manteve silêncio durante o resto da vida e que somente o acaso acabou por resgatar, muito tempo depois, quando quase setenta anos já tinham se passado e o avô de Javier Cercas já estava morto havia duas décadas. Não, o acaso não: Delia Cabrera, a neta do outro protagonista do incidente. Não, Delia Cabrera não: Fernando Berlín, o jornalista para quem Delia Cabrera contou de viva voz como foi o incidente. Seja como for, no final de agosto de 2006 Javier Cercas o relatou por escrito em um artigo intitulado "Final de um romance", que diz o seguinte: "Os fatos que me disponho a relatar aqui foram desenterrados há mais ou menos um ano pelo jornalista Fernando Berlín. Naquela ocasião, Berlín havia criado um quadro dentro de um programa de rádio em que convidava os ouvintes a contar histórias da guerra civil. Um dos primeiros ouvintes que telefonaram foi uma mulher: tinha pouco mais de quarenta anos e seu nome era Delia Cabrera; ela telefonara para contar uma história sobre seu avô, Antonio Cabrera.

"A história é a seguinte:

"Em 18 de julho de 1936 Cabrera era o prefeito socialista de Ibahernando, um vilarejo da comarca de Trujillo, na província de Cáceres. Um mês depois, as tropas do Exército da África comandadas pelo general Franco chegaram até ali após cruzar o estreito de Gibraltar graças à aviação nazista e depois de arrasar com centenas de quilômetros de vilarejos e cidades inteiras, deixando em seu rastro uma fileira com milhares de cadáveres. O vilarejo tinha caído nas mãos dos rebeldes poucos dias depois de iniciado o levante, de tal forma que os soldados de Franco foram acolhidos com entusiasmo e, depois de se abastecer com alimentos e descansar um pouco, levaram consigo alguns falangistas do vilarejo e obrigaram alguns republicanos e simpatizantes ou militantes de partidos de esquerda a se somar às suas fileiras, assumindo tarefas administrativas. Um desses republicanos foi Antonio Cabrera, que passou o restante da guerra como soldado raso do exército de seus inimigos. Já não era jovem, mas sim forte, de maneira que conseguiu sobreviver a três anos de caminhadas inumanas por todo o território espanhol puxando um burro carregado de munições. A derrota definitiva da República o surpreendeu em Talavera de la Reina, a apenas cento e cinquenta quilômetros do seu vilarejo; surpreendentemente (ou talvez não: talvez tivessem apenas esquecido seu passado republicano ou considerassem que tinha se redimido dele na guerra), foi dispensado, liberado para voltar para casa, e durante vários dias ele procurou algum meio de transporte para fazê-lo, até que uma manhã cruzou por acaso com um morador de Ibahernando. Cabrera tinha envelhecido, estava fraco, esquálido e apresentava sintomas de exaustão, mas seu conterrâneo o reconheceu; e Cabrera também reconheceu seu conterrâneo: embora não fossem amigos, sabia que se chamava Paco, sabia que era um pouco mais novo do que ele, sabia que nos primeiros anos da República tinha sido socialista e que antes de a guerra explodir se filiara à falange; conhecia sua família. Os dois conversaram. O conterrâneo disse a Cabrera que no dia seguinte partiria em um caminhão de soldados rumo à região de Ibahernando, e Cabrera lhe perguntou se não haveria um lugar para ele. 'Não sei', respondeu o conterrâneo, mas disse para ele estar em um determinado lugar numa determinada hora. No dia seguinte, ao se apresentar no local e na hora combinados, Cabrera constatou que o caminhão estava lotado de soldados eufóricos com a vitória; constatou, também, apreensivo, que alguns daqueles soldados eram de Ibahernando e que o reconheciam. Por um instante, deve ter hesitado, deve ter raciocinado que seria mais prudente aguardar outro caminhão; mas quando Paco fez sinal para que embarcasse, a ansiedade de voltar para casa foi maior do que suas precauções, e ele embarcou.

"No começo a viagem transcorreu sem percalços, mas a aproximação gradativa do vilarejo transformou a euforia triunfal dos soldados em embriaguez, e a embriaguez em uma arrogância provocadora que encontrou ali a vítima perfeita: os que já conheciam Cabrera revelaram aos demais que ele tinha sido republicano e socialista e prefeito de seu vilarejo, tripudiaram dele, insultaram, obrigaram-no a comemorar a vitória, obrigaram-no a cantar o "Cara al sol", hino da Falange, obrigaram-no a beber até se embriagar. Por fim, quando estavam prestes a atravessar uma ponte sobre o rio Tejo, alguns soldados decidiram jogar Cabrera de lá de cima. Assustado, Cabrera pensou naquele momento que fosse morrer, e lhe pareceu injusto ou ridículo ou absurdo conhecer um destino como esse depois de ter escapado com vida de três anos de guerra, mas entendeu que já não tinha forças para resistir aos seus carrascos. Foi então, quando o caminhão já adentrava a ponte e ele sentia diversas mãos ferozes a erguê-lo, que escutou, às suas costas, uma pergunta: 'O que estão fazendo?'. Cabrera reconheceu a voz; era de seu conterrâneo Paco, que, logo em seguida, acrescentou: 'Dissemos a este homem que iríamos levá-lo para casa, e é isso que vamos fazer'.

"Tudo, então, parou por ali: os solados soltaram Cabrera e ele chegou a seu vilarejo são e salvo.

"Isso foi tudo: tudo o que Delia Cabrera contou a Fernando Berlín. Bem, tudo não. Depois de contar essa história, Delia acrescentou: 'O homem que salvou a vida de meu avô se chamava Francisco Cercas, era chamado por todos de Paco e era o avô paterno de Javier Cercas, o autor de *Soldados de Salamina*'.

"*Soldados de Salamina* é um romance que gira em torno de um episódio minúsculo que ocorreu no final da Guerra Civil, no qual um soldado republicano anônimo salvou a vida de Rafael Sánchez Mazas, poeta, ideólogo e hierarca falangista.

"Pouco depois de Delia Cabrera ter contado a Berlín a história que estava enterrada de seu avô Antonio e de meu avô Paco, conversei na rádio com ela, com Berlín e com Iñaki Gabilondo, diretor e apresentador do programa radiofônico em que se encaixava o quadro de Berlín. A certa altura da conversa, Gabilondo me perguntou se eu tinha me inspirado naquela história de meu avô para escrever *Soldados de Salamina*. Eu disse que não. Perguntou-me, depois, se eu já conhecia essa história antes de Delia Cabrera contá-la para Berlín. Eu disse que não. Perguntou-me, também, se meu pai a conhecia — eu disse que não — ou se alguém de minha família a conhecia — e eu disse que não. Perplexo, Gabilondo então perguntou: 'E por que você acha que seu avô não contou essa história a ninguém?'. Durante um segundo interminável, eu não soube o que responder. Lembrei-me de meu avô Paco escondido o tempo todo na marquise que ficava no quintal de sua casa em Ibahernando, muito velho e mirrado, concentrado na tarefa minuciosa de fabricar com madeira de azinheira suas miniaturas inúteis de carroças, arados e outros utensílios ligados à lavoura. Lembrei-me de um fim de tarde de trinta e cinco ou quarenta anos atrás, quando eu ainda era menino: meus avós, algumas de minhas irmãs e eu tínhamos pegado um táxi em Collado Mediano, um vilarejo próximo a Madri onde morava meu tio Julio, em direção a Ibahernando e, num determinado momento, quando passávamos por Brunete e a noite já começava a cair e eu começava a adormecer no colo de meu avô, este fez um gesto indicando o horizonte e saiu de seu silêncio, não como se estivesse saindo de seu silêncio, mas como se já viesse conversando comigo havia muito tempo: 'Olhe, Javi', disse ele, sussurrando. 'Ali ficavam as trincheiras'. Lembrei-me de um outro fim de tarde, desta vez mais recente, embora não muito, mais ou menos nos anos em que a Espanha começava a sair do buraco de décadas de uma ditadura que meu avô tinha ajudado, à sua maneira, a cavar e se apresentava, insegura e com medo, para a democracia: como em todas as tardes de verão, enquanto meu avô se fechava em sua marquise, nós, familiares, amigos e vizinhos, nos reuníamos no portão de sua casa para conversar; naquela tarde o assunto era política, e, perto do anoitecer, meu avô apareceu no portão, para sair e fazer seu passeio diário. Enquanto se ocupava por algum tempo cumprimentando os que estávamos ali, alguém lhe perguntou o que pensava daquilo que estava acontecendo na Espanha. Meu avô fez uma careta ou um gesto muito sutil, que não consegui decifrar (era algo que me pareceu estar a meio caminho entre um encolhimento de ombros e um sorriso sem alegria alguma), e, antes de seguir caminho, disse: 'Vamos ver se desta vez dá certo'. Lembrei-me de tudo isso enquanto Gabilondo aguardava minha resposta, enquanto eu me perguntava, como Gabilondo, por que meu avô não tinha contado a ninguém que tinha sido corajoso e tinha salvado a vida de um homem, e foi naquele exato instante que entendi que os romances são como sonhos ou pesadelos que não acabam nunca, apenas se transformam em outros pesadelos e sonhos, e que eu tinha tido a sorte inverossímil de que pelo menos um dos meus se acabara, pois aquele era o verdadeiro final de *Soldados de Salamina*. Assim, com alegria e um alívio imenso, respondi para Gabilondo: 'Eu não sei'."

Esse foi o artigo de Cercas. Ou quase todo ele: cortei algumas passagens supérfluas, fiz algumas precisões indispensáveis, atenuei um ou outro exagero sentimental; não quis omitir, em contrapartida, cinco erros factuais importantes que não devem ser atribuídos ao lado romancista natural do autor, à sua incurável predileção, como ficcionista, pela lenda vaga em detrimento da história precisa, mas sim à sua negligência ou ignorância. Primeiro erro: Antonio Cabrera não era o prefeito socialista de Ibahernando em julho de 1936, quando a guerra explodiu; ele o foi, mas de 1933 a 1934, em meio à República, e durante quase três meses em 1936: precisamente de 21 de fevereiro a 16 de maio de 1936, quando, pouco antes do golpe de Estado, foi substituído por Agustín Rosas. Segundo erro: Na marcha rumo a Madri, as tropas de Franco jamais passaram por Ibahernando, mas por Trujillo, e não fizeram no vilarejo nada daquilo que Javier Cercas disse que haviam feito; é fato, porém, que o antigo prefeito socialista foi obrigado a acompanhar seus inimigos e a lhes prestar apoio em tarefas administrativas, embora não o tenha feito durante toda a guerra — e este é o terceiro erro —, mas apenas durante alguns meses, o que explica que seu retorno da frente de batalha coincidisse com o de Paco Cercas e seus companheiros, no final de 1936 ou começo de 1937. Quarto erro: não consta em lugar algum que Paco Cercas, que sem dúvida conhecia o homem cuja vida salvou muito melhor do que pensava sua neta, tenha sido um socialista de carteirinha antes da guerra, nem sequer que tenha então se filiado à Falange; há registro, em compensação, de que se filiou ao partido depois e de que em 14 de abril de 1937, poucos meses após a volta para casa, foi nomeado como chefe local da Falange. Quinto e último erro: Paco Cercas não combateu na Batalha de Brunete, como Javier Cercas sempre acreditou, sem dúvida por ter deduzido isso do fato de que, no entardecer de infância que o artigo evoca, seu avô foi capaz de lhe mostrar onde ficavam as trincheiras, e porque nunca se dedicou a verificar se aquela dedução era correta, e ninguém, tampouco, a desmentiu; a verdade é que Paco Cercas só esteve presente na Batalha de Madri e que, se conhecia as trincheiras de Brunete, era porque, muitos anos depois de encerrada a guerra, visitou várias vezes aquelas que ficaram preservadas entre Villanueva de la Cañada e Brunete com seu filho Julio, que morava perto delas, em Collado Mediano. No mais, esses erros não são tudo que constitui o desconhecimento que Javier Cercas tem da vida de seu avô ou ao menos que tinha quando escreveu aquele artigo. Naquele momento, ele não sabia, por exemplo, que na verdade seu avô tinha sido chefe local da Falange durante um período muito breve: mais ou menos dois anos, desde a primeira metade de 1937 até a primeira metade de 1939. Também não sabia que, quando a guerra acabou, na época em que seu avô deixou o comando da Falange em Ibahernando, outra guerra se desencadeara no vilarejo, uma guerra política entre velhos e jovens, entre falangistas puros e franquistas pragmáticos, uma batalha impiedosa pelo poder que os primeiros — dentre eles seu avô — acabaram perdendo. Não sabia que, até o fim de seus dias, seu avô considerava os vencedores um bando de arrivistas e pulhas, quando não meliantes, e que jamais deixou de sentir um desprezo absoluto por eles. Javier Cercas não fazia a menor ideia de que, antes ou depois dessa derrota, seu avô não só tinha abandonado o cargo na Falange como também a própria Falange, e nunca mais em toda sua vida voltou a pertencer a qualquer partido. E sabia menos ainda que seu repúdio taxativo à Falange se duplicara em um repúdio taxativo à política, que nunca mais voltou a ocupar nenhum cargo político e que, enquanto os vencedores daquela guerra entre os vencedores da guerra monopolizaram o poder no vilarejo até o fim da ditadura, seu avô deixou Ibahernando com mulher e filhos e foi morar primeiro em Cáceres, depois em Mérida, arrendando aqui e ali pedaços de terra cultiváveis onde trabalhava de sol a sol para satisfazer seu anseio intransigente de que os três filhos estudassem na universidade. Não sabia que, dado seu desencanto com a falange, jamais permitiu que os filhos se filiassem a essa organização nem que tivessem alguma coisa a ver com ela, mesmo que ela fosse durante a ditadura o primeiro instrumento de socialização juvenil. Não sabia, por fim, que, além de se decepcionar com o franquismo, seu avô se decepcionou com as ideias que o fizeram ir à guerra (supondo-se que tenham sido as ideias, e não um impulso muito mais elementar, que o fizeram ir à guerra), embora seja impossível saber o alcance dessas duas decepções. Por desconhecê-lo, nem sequer sabia que, apesar dos seus quase vinte anos de diferença de idade em relação a Manuel Mena, a certa altura da guerra seu avô travara com ele uma amizade consistente o bastante para tê-lo convidado a comer em sua casa toda vez que o outro retornava da frente de batalha.

A eclosão da guerra pegou Manuel Mena de surpresa em Ibahernando. Tinha completado dezessete anos, acabara de concluir com notas brilhantes o colegial em Cáceres e se preparava para estudar direito em Madri. Estava passando as férias na casa da mãe, com seus três irmãos solteiros e dois de seus sobrinhos: Blanquita, que tinha cinco anos e era filha de seu irmão Juan, e Alejandro, de sete anos, filho de sua irmã María e que dividia o quarto com ele. O ano que passara em Cáceres acabara por afastá-lo de vez de seus amigos de infância, de maneira que seu verão devia transcorrer em meio a conversas com *don* Eladio Viñuela, leituras de livros e revistas emprestados de sua biblioteca e passeios com seu mentor e com Alejandro, que o acompanhava por toda parte; ele também se tornara inseparável de um rapaz de sua turma chamado Tomás Álvarez, irmão caçula do padre de Ibahernando e que desde antes da guerra passava longas temporadas no vilarejo. Por mais isolado que vivesse em Ibahernando, é impossível que Manuel Mena não respirasse ali a atmosfera de pré-guerra que se respirava no país inteiro, que não intuísse que aquela situação não podia se prolongar por muito mais tempo e que não sentisse a iminência da violenta explosão ou do golpe militar que todo mundo sentia; não há dúvida de que, quando o exército finalmente se levantou, ele aprovou o levante e comemorou o fim da legalidade republicana no vilarejo; não há dúvida, também, de que decidiu ir à guerra quando o fracasso do golpe a desencadeou.

A mãe se deu conta disso imediatamente e, talvez ciente de que não conseguiria impedi-lo, tentou impedi-lo. Os diálogos entre mãe e filho naquelas primeiras semanas de guerra constituíram durante anos um dos capítulos mais fartos da lenda de Manuel Mena. Conta-se que sua mãe lhe repetia que ele não tinha idade para lutar na guerra e que ela era viúva e pobre e ainda tinha duas filhas para casar, que ele não podia abandoná-la naquelas circunstâncias; conta-se que ela lhe lembrava que ele era a grande esperança da família, que ela e seus irmãos o tinham poupado do trabalho no campo para que não ficasse preso, como eles, no vilarejo e saísse para o mundo e fizesse uma carreira universitária e tivesse um futuro digno, e que ele ia colocar tudo isso em risco se partisse para a guerra; conta-se que ela lhe dizia que ele era seu filho mais querido e seu muro de lamentações, e lhe perguntava o que seria dela se o matassem; conta-se que ela insistiu, pediu, suplicou, que tentou coagi-lo com todos os meios de que dispunha. Conta-se também que Manuel Mena se mostrou sereno e resoluto e que, embora tenha tentado apaziguar a inquietação da mãe, nunca lhe deu a menor esperança de que acabaria cedendo aos seus apelos. Conta-se que Manuel Mena lhe respondia que tinha obrigação de ir à guerra, que não podia ficar escondido em casa enquanto outros como ele arriscavam a vida na frente de batalha, que tinha de estar à altura das circunstâncias e não se encolher, que iria defendê-la, bem como suas irmãs, seus irmãos e seus sobrinhos, que não ia fazer nada além do que outros já estavam fazendo, lutar por aquilo que era justo, por sua família, por sua pátria e por Deus; conta-se que ele lhe dizia: "Não se preocupe, mãe: se eu voltar, voltarei cheio de honra, se não voltar, um filho seu terá dado a vida pela pátria, e nada é mais grandioso do que isso. Além disso", concluía, "se me matarem você receberá uma pensão tão boa que não precisará se preocupar com mais nada". Isso tudo era o que dizia Manuel Mena a sua mãe, mas a frase que mais repetiu para ela não foi uma tentativa antecipada de consolá-la, mas sim um pedido.

— Mãe — dizia ele —, se me matarem, peço apenas uma coisa: que ninguém a veja chorando.

Manuel Mena partiu finalmente para a frente de batalha numa alvorada do início de outubro de 1936, mais de dois meses depois do início da guerra. Não sei se alguém o viu deixando o vilarejo; não sei se estava sozinho ou se alguém o acompanhava na fuga. Sei que, antes de partir, procurou, em vão, fazer com que seu amigo Tomás Álvarez o acompanhasse. Sei que partiu escondido, sem pedir licença a ninguém nem se despedir, pelo menos não de alguém de sua família: nem de sua mãe nem dos irmãos nem dos sobrinhos. Pouco tempo depois, em 6 de outubro, alistou-se como voluntário no 3º Batalhão da Falange de Cáceres, exatamente a mesma unidade na qual haviam ingressado, meses antes, os primeiros vinte e cinco voluntários do vilarejo, entre eles Paco Cercas. Não sei se foi um acaso. Há quem diga que certa vez o ouviu falar (ele mesmo ou alguém próximo dele) de sua presença na frente de Madri no começo da guerra; há quem diga que Manuel Mena e outros jovens voluntários como ele foram enviados a Madri para suceder a Paco Cercas e seus velhos voluntários de primeira hora; há quem diga que foi lá, naquela ocasião, que Paco Cercas e ele ficaram amigos. Também não sei. Essa é a fase mais incerta da vida de Manuel Mena. A única coisa que sabemos sobre ele é o que se sabe sobre os acontecimentos da guerra de que sua unidade participou desde outubro daquele ano até julho do ano seguinte, quando ele deixou de atuar nela.

Ao longo desses nove meses, a atuação bélica do 3º Batalhão da Falange foi muito escassa. Supondo que tenha combatido em Madri, retornou à Estremadura muito cedo, sendo encaminhado em seguida para a região de Miajadas, Rena e Villar de Rena, na província de Badajoz, onde a frente da Estremadura se estabilizara após o fim do descontrole das primeiras semanas de guerra com a paz de cemitério imposta pelas colunas africanas de Yagüe em sua passagem pela região. Era uma frente inativa, que não registrou mais do que algumas escaramuças sem grandes consequências até julho do ano seguinte, justamente quando Manuel Mena a abandonou. Tudo indica que, naqueles vibrantes primeiros meses de hostilidades, cheios de exaltação bélica e entusiasmo coletivo, Manuel Mena era um soldado tão sedento de glória e de batalhas quanto o tenente Drogo em *O deserto dos tártaros*, um jovem idealista e intoxicado com brilhantes discursos sobre o romantismo do combate e a beleza purificadora da guerra; tudo indica que a passividade e a falta de vigor reinantes na frente da Estremadura onde Manuel Mena passou aquele ano à espera dos republicanos não deviam ser muito diferentes da falta de vigor e da passividade reinantes na fortaleza Bastiani, onde a vida do tenente Drogo passou enquanto ele esperava pelos tártaros. Não era essa a ideia que Manuel Mena tinha da guerra; não fora para isso que ele havia se apresentado como voluntário, de modo que deve ter começado rapidamente a procurar por um lugar mais de acordo com suas expectativas.

Se assim de fato aconteceu, ele não demorou para encontrá-lo. Desde o início da guerra, o exército franquista padecia de um déficit dilacerante de chefes e oficiais; como paliativo, Franco improvisou um corpo integrado por jovens universitários que, depois de um pequeno curso de apenas duas semanas, foram alçados à condição de oficiais. Dessa forma, foram criados ao longo dos três anos de conflito quase trinta mil alferes provisórios, quase dois terços da oficialidade franquista em campanha. Cercado desde muito cedo por uma aura épica, a imagem do alferes provisório não tardou em se tornar o protótipo do herói para a propaganda franquista: era jovem, corajoso, idealista, generoso, ousado e, com sua permanente disposição para o sacrifício, constituía a coluna vertebral do exército rebelde. "Alferes provisório, cadáver efetivo", dizia-se, com razão: ao longo da guerra, mais de três mil alferes provisórios (dez por cento do total) foram mortos. Em março de 1938, meses antes de Manuel Mena tombar em combate, José María Pemán, poeta oficial franquista e alferes provisório honorário, estreou no teatro Argensola de Zaragoza uma peça intitulada *De ellos es el mundo* [*A eles pertence o mundo*], em que procurou imortalizar a figura do alferes provisório com versos que passaram rapidamente a correr de boca em boca:

Alférez... provisional.
Triste y bella cosa por
su misma fragilidad.

Como una flor en el viento,
como un vaso de cristal,
soy español por alférez
y más... por provisional.

Yo aquí, ofreciéndote, España,
veinte años, igual
que veinte dalias frescas,
y la Muerte
*de jardinero detrás.**

No início de julho de 1937, Manuel Mena entrou para a Academia Militar de Granada, de onde saiu no começo de setembro com o título de alferes provisório; essa era a duração dos cursos preparatórios naquela época: não duas semanas, como no início da guerra, e sim dois meses. Manuel Mena, a essa altura, já tinha completado dezoito anos e já estava havia seis meses na frente de batalha, duas das três condições indispensáveis para aspirar ao título de alferes; a outra era possuir diploma de secundário, o que Manuel Mena também já tinha desde o verão anterior. Depois do tédio e da inatividade da frente da Estremadura, a vida castrense em Granada deve ter agradado ao jovem, cercado que estava de estudantes como ele e bajulado pelos moradores da cidade, que paravam para admirar os cadetes e os aplaudiam quando desfilavam pela Gran Vía em direção à Academia ou ao campo de instrução enquanto eles cantavam:

Cuando los cadetes — salen de instrucción
todas las muchachas — salen al balcón.

*Em tradução livre: "Alferes... provisório./ Coisa bela e triste por/ sua fragilidade./ Como uma flor ao vento,/ como um copo de cristal,/ sou espanhol por ser alferes/ e mais... provisório.// Eu aqui lhe oferecendo, Espanha,/ vinte anos, como/ vinte dálias jovens/ e a Morte/ de jardineiro atrás". (N. T.)

Si miras arriba — les vas a ver las ligas,
*te van a castigar — corre, corre, corre con carrera mar.**

A Academia se localizava em um antigo seminário de jesuítas no meio de um bosque. Ali se preparavam os futuros alferes, com uma disciplina estrita e uma rotina imutável. Manuel Mena despertava todos os dias de madrugada e às seis da manhã já estava fazendo exercícios de campanha, de tiro ao alvo e de tática nos morros que se erguem atrás da Alhambra, de onde se avistava, abaixo, a cidade, e, acima, a Sierra Nevada. Ao meio-dia, ele voltava para a Academia e almoçava com os colegas em um refeitório amplo com um púlpito destinado à leitura, mas que nunca era usado. As aulas da manhã eram práticas e eram ministradas por instrutores alemães que mal conseguiam arranhar o castelhano, enquanto as da tarde eram teóricas e ministradas por instrutores espanhóis que ensinavam tática, logística, regimento interno, justiça militar e moral e religião. Os cadetes recebiam 320 pesetas por mês; certa vez, Manuel Mena contou que um veterano o alertou quando ele recebeu o seu primeiro soldo: "O primeiro é para o uniforme, 'pirulo'; o segundo, para a mortalha". "Pirulo" era como os cadetes veteranos chamavam os recrutas, aos quais aplicavam um trote martirizante durante as primeiras semanas; "padrecito" era como os veteranos chamavam a si mesmos.

Os últimos dias de Academia costumavam ser de grande nervosismo, pois havia uma norma na instituição segundo a qual não se aceitavam repetentes, portanto os aspirantes ao oficialato tinham de passar nos exames de primeira; as provas, para a sorte dos cadetes, não se caracterizavam por serem muito exigentes, de

*Em tradução livre: "Quando os cadetes saem de licença/ Todas as moças aparecem nos balcões/ Se você olhar para cima, verá suas ligas/ Irão puni-lo, corre, corre, corre sem parar". (N. T.)

modo que maioria era aprovada. Manuel Mena era religioso, sem ser carola, mas o mais provável é que, uma vez aprovado no cursinho, tenha ido junto com seus companheiros ao Santuário da Virgem das Angústias para ofertar à Virgem sua estrela de alferes e pedir força para ele e sua família, já que, para os cadetes, essa visita era um ritual quase obrigatório. Não creio que tenha pedido para ser alocado junto aos Atiradores de Ifni, uma unidade quase desconhecida, mas é possível que tenha pedido para ir para os Regulares, uma corporação militar criada na África e constituída essencialmente por tropas indígenas e às quais pertenciam os Atiradores de Ifni: afinal, as tropas Regulares eram uma das corporações mais cobiçadas pelos alferes. De toda forma, tendo ele pedido isso ou aquilo, no fim das contas foi o exército que definiu seu destino, de acordo com suas próprias necessidades. Certamente fez um juramento à bandeira em uma cerimônia com direito à missa de campanha, música militar, desfiles e discursos patrióticos, mas não sei onde isso teria ocorrido (pode ter sido em Granada mesmo, mas também em qualquer outra das capitais da Andaluzia), e é quase certo que o general Gonzalo Queipo de Llano, chefe do Exército do Sul, tenha assistido ao evento. É quase certo, também, que, depois do juramento, houve um banquete de confraternização com a presença dos oficiais recém-nomeados e seus instrutores, e que, à noite, encerrada a festa, Manuel Mena viajou para Ibahernando para desfrutar de uma semana de licença antes de se incorporar à nova unidade na frente de batalha.

Consegui resgatar duas histórias desse primeiro retorno à casa de Manuel Mena já como alferes; mais do que duas histórias, são duas cenas, dois momentos que, quase oitenta anos depois, ainda sobreviviam na memória de duas testemunhas. A primeira foi presenciada por Blanca Mena, mãe de Javier Cercas, na casa de sua avó Carolina durante a feliz tarde em que Manuel Mena chegou de Granada com seu diploma de oficial debaixo do braço. Aos oitenta e cinco anos, Blanca Mena conservava uma lembrança intacta da sala de jantar tumultuada pelo aparecimento retumbante de seu tio, pelo pranto de alegria de sua avó Carolina e pelo alvoroço das amigas e conhecidas de Manuel Mena — Isabel Martínez, María Ruiz, Paca Cercas —, que vinham de todos os cantos do vilarejo para festejar a presença do herói recém-chegado, meninas da mesma idade de Manuel Mena que revoavam em torno dele num fuzuê feminino, nervosas e risonhas, pressionando-o com perguntas sobre a Academia e sobre Granada e a guerra enquanto a avó procurava atendê-las ao mesmo tempo em que compartilhava com elas a alegria proporcionada pelo retorno de seu filho; Blanca Mena se lembrava de estar segurando com uma mão a farda de Manuel Mena e com a outra a empunhadura ou a bainha de sua espada de alferes, deslumbrada com aquela agitação de boas-vindas, e se lembrava de Manuel Mena com seu equipamento ainda por desfazer aos pés, alto, jovem e distinto como um príncipe, em seu impecável e branquíssimo uniforme — o quepe com a estrela dourada de oficial, a gravata preta, os galardões pretos com estrelas e seus botões dourados, a farda toda engomada e as calças retas, a abotoadura dourada e os sapatos reluzentes —, distribuindo sorrisos em meio à gritaria, diminuindo a importância de seus meses de cursos na Academia, de seu novíssimo título de alferes e do horror da guerra, e fazendo piadas que todos os presentes saboreavam efusivamente. Quanto à segunda história, quem contou há pouco ao romancista foi o tio de Javier Cercas, Alejandro García. Já registrei aqui que Alejandro García era sobrinho de Manuel Mena e que dividiu o quarto com ele durante vários anos na casa de sua avó Carolina; também que, quando Manuel Mena voltava dos estudos em Cáceres ou dos combates na frente, ele o acompanhava por toda parte, agarrado a uma de suas mãos e fiel como um cão: Alejandro se lembrava, por exemplo, de que às vezes ia com o tio ouvir rádio na casa de um homem apelidado de Conejo, o único ou quase o único que tinha um rádio no vilarejo, e que outras vezes, na hora de almoçar, ia com ele até a casa de Eladio Viñuela, na Plaza, ou até a casa de Paco Cercas, na Fontanilla, e que, seguindo ao pé da letra as suas orientações, voltava para encontrá-lo uma hora e meia ou duas horas depois, quando a refeição tivesse terminado ou quando ele calculasse que ela já tivesse terminado. Foi mais ou menos a mesma coisa que eles devem ter feito naquela semana de licença de que Manuel Mena desfrutou no vilarejo. A respeito dela, Alejandro se lembrava de duas coisas. A primeira é que Manuel Mena lhe trouxe uma lembrança de Granada: uma miniatura em gesso da Alhambra. A segunda é o episódio a que eu me referia.

Ele aconteceu dois ou três dias antes de Manuel Mena voltar para a frente de batalha, já como oficial do 1º Tabor de Atiradores de Ifni. Naquela tarde, Alejandro estava brincando na porta da casa da avó Carolina enquanto Manuel Mena lia no pátio. De repente, segundo contava Alejandro, ele sentiu que alguma coisa estranha estava acontecendo no ar ou no céu — como se as nuvens tivessem encoberto o sol bruscamente, mudando a cor da tarde, provocando um anoitecer precoce ou um presságio luminescente de um cataclismo — e se voltou em direção ao poente. O que viu, então, o deixou atônito. Embora ainda faltassem algumas horas para a noite, o sol parecia querer se esconder por trás dos últimos telhados do vilarejo; seu brilho, no entanto, não tinha desaparecido, pelo menos não totalmente: à direita ainda se via uma pincelada de luz amarela e irreal, mas a maior parte do horizonte estava tingida de vermelho, um vermelho não menos irreral do que o amarelo, rosado à esquerda e muito intenso ao longe e de frente para ele, cada vez mais intenso e mais invasivo, como se estivesse gestando no céu uma tempestade de sangue. De repente Alejandro se livrou do encantamento que o prendia a essa imagem e soltou um grito alarmante que atraiu um grupo de familiares e vizinhos: entre eles estava, naturalmente, Manuel Mena. Alejandro contava que o grupo ficou inicialmente mudo diante do susto, mas que depois as pessoas começaram a comentar o espetáculo, arriscando algumas hipóteses, discutindo sobre aquilo em voz alta; o único que permanecia imóvel e silencioso diante daquele horizonte incendiado foi Manuel Mena. Alejandro se aproximou e segurou na sua mão. Mais ansioso do que intrigado, perguntou:

— É a guerra, não é, tio?

— Não — respondeu Manuel Mena. — É a aurora boreal.

7

— Percebeu? — perguntou David Trueba. — Toda vez que você mencionava Manuel Mena o Pelador ficava nervoso.

Fazia já certo tempo que tínhamos saído da casa do Pelador e deixado Ibahernando passando pelo Pozo Castro e pela Plaza, iluminada, naquela hora, pelo brilho esférico de dois postes de luz e pelo brilho quadrado das janelas do bar, através das quais enxerguei alguns homens de pé na frente do balcão e outros sentados jogando cartas. Logo depois nos enfiamos na noite densa da estrada estreita de Trujillo e pegamos a rodovia para Madri no cruzamento onde ficava o La Majada, aquele restaurante onde havíamos almoçado por volta de meio-dia. A previsão era dormirmos em Trujillo, mas ainda não eram nem nove horas e calculamos que poderíamos chegar a Madri em um horário razoável, de modo que, ao chegar na saída para Trujillo, decidimos seguir em frente pela rodovia, deixando à nossa esquerda a Cabeza del Zorro, a colina sobre a qual se ergue o povoado, com as muralhas e as torres medievais do castelo iluminados na escuridão. Até aquele momento não tínhamos trocado uma só palavra sobre as duas horas e meia de conversa que acabáramos de ter com o Pelador, na presença de sua filha e seu cunhado, e eu atribuíra o silêncio de David a um desinteresse em relação ao que havia filmado; a partir do seu comentário, porém, deduzi que havia uma razão oposta, de modo que respondi rapidamente que eu também tinha percebido o que ele tinha percebido.

— Ele não parava de mover a muleta de um lado para o outro — acrescentei, referindo-me ao Pelador.

— É estranho — disse David. — Matam seu pai como um cachorro, sem saber quem nem por quê, e você tem de enterrá-lo às escondidas e sem que ninguém faça uma única oração. Que horror. Em compensação, Manuel Mena foi para a guerra porque quis, morreu lutando como um homem e o vilarejo inteiro compareceu ao enterro. Em Ibahernando, Manuel Mena era um herói, e o pai do Pelador não era nada, menos que nada, um vermelho que tinha tido o que merecia. Pobre Pelador: quase oitenta anos sem contar essa história a ninguém, quase oitenta anos com isso guardado dentro dele. Não sei você, mas eu tive o tempo todo a sensação de estar diante de um homem que passou a vida inteira doente e que nem sabe que está doente.

— Tive a mesma sensação — admiti. — Também tive a sensação de que ele falava da guerra como se tivesse sido uma tragédia natural.

— Pode ser — concordou David. — Muitos idosos que viveram a guerra, principalmente nos vilarejos do interior, falam dela dessa forma. Mas acho que o Pelador fazia isso de propósito, para dissimular.

— Dissimular?

— A sua família era uma das famílias de direita do vilarejo, certo? Ou seja: pessoas que ficaram do lado de Franco; enfim: pessoas que mataram o pai dele. Por mais que o Pelador falasse bem delas, por mais que gostasse delas elas foram isso. E você não vai querer que ele diga o que pensa realmente da guerra e de Manuel Mena para um membro dessa família, que é o que você é, concorda? Se não conta nem mesmo às próprias filhas...! Por isso, ele falou com o freio de mão puxado, cara. E não venha me dizer que a guerra já acabou há oitenta anos, porque, para esse homem, a guerra não terminou; ou pelo menos o franquismo, que no fim das contas foi uma continuação da guerra por outros meios. Eu não conseguiria dizer isso de forma mais clara para você.

— É — admiti. — Também acho que ele sabe mais do que nos contou.

— Mais, não: muitíssimo mais! — enfatizou. — Pelo menos sobre a guerra e sobre Manuel Mena.

Dei-lhe razão novamente e, talvez temendo que David mudasse de assunto, acrescentei a primeira coisa que me passou pela cabeça:

— Não achou que parecia que ele podia começar a chorar a qualquer momento?

David desviou o olhar da rodovia para me fitar com uma expressão de incompreensão ou de surpresa.

— Quem, o Pelador? — perguntou. Em seguida, voltou a olhar para a frente. — Aposto o que você quiser que ele nunca chora.

Pensei em minha mãe, que chorara tanto com a morte de Manuel Mena que esgotou ali toda a sua reserva de lágrimas, e entendi que David estava certo.

— Você está certo — eu disse. — Com certeza todas as lágrimas desse homem se acabaram quando mataram seu pai.

— Com certeza — assentiu David. — E você não pensou uma coisa?

Calado, me perguntei se a diferença fundamental que separa as pessoas não seria a que separa aquelas que podem chorar daquelas que não conseguem chorar; e também em silêncio me perguntei quantas pessoas não teriam parado de chorar ao longo da guerra. Em voz alta, perguntei:

— Que coisa?

— Que talvez o Pelador não tenha aceitado falar com você para contar a história de Manuel Mena.

Tentei processar a afirmação de David, sem êxito.

— Não estou entendendo — reagi.

Ele estalou a língua com uma expressão de enfado.

— Vejamos — começou ele, pedagógico. — Esse sujeito passou quase oitenta anos em silêncio, sem falar sobre a guerra nem mesmo com as filhas, e você acredita seriamente que de repente ele começaria a falar sobre o herói franquista do vilarejo, sem mais nem menos, e ainda por cima para você, que é sobrinho-neto desse herói franquista do vilarejo? Imagina! Aceitou falar com você para contar a história do pai dele, para que a história do assassinato do pai dele não passasse em branco, para que você soubesse dessa história e a contasse. Talvez ele não tenha total consciência de ter agido assim, mas foi por isso que ele o fez. Não se engane. Ou não foi ele que introduziu essa história na conversa? Aliás, não era Hannah Arendt que falava de responsabilidade? Pois assuma a responsabilidade.

A estrada estava quase deserta. Era uma noite sem luar. Dos dois lados, os campos de azinheiras desapareciam em uma escuridão quase hermética. Compridos como pescoços de girafa ou girassóis gigantescos plantados ao lado das duas vias, os postes de luz difundiam uma luminosidade da coloração do butano, mas havia trechos sem postes ou onde os postes estavam apagados e as trevas ocupavam inteiramente o meio-fio e sua tirania só parecia ser combatida pelos faróis do nosso carro ou dos raros outros carros que emergiam de vez em quando da escuridão vindo de frente pela pista oposta antes de se perderem de novo às nossas costas e os faróis dos carros, ainda mais escassos, que nos ultrapassavam na nossa própria pista. David tinha acionado o piloto automático a cento e vinte quilômetros por hora e dirigia calmamente, acomodado no assento, segurando o volante pela parte de baixo (acariciando-o, na verdade), com o olhar voltado para fora, para a rodovia, embora desse a impressão de que não olhava para fora, mas para dentro: não para o que via, mas para o que pensava. Deve ter ligado o rádio ou colocado um CD, pois se ouvia bem baixinho uma música que me parecia conhecida, mas que não reconheci. Tínhamos parado de falar sobre o Pelador; falávamos sobre Manuel Mena.

— As pessoas tinham antes uma visão muito diferente da guerra — disse meu amigo a certa altura; somada às do painel, a luz intermitente dos postes criava dentro do carro uma atmosfera irreal de tanque ou aquário. — A gente esquece, mas é assim. Na verdade, as pessoas sempre achavam que as guerras eram úteis, que serviam para resolver os problemas. É o que sempre se achou, durante séculos, durante milênios: que a guerra é uma coisa terrível e cruel, porém nobre, o momento em que mostramos quem somos verdadeiramente. Isso hoje nos parece uma estupidez, um delírio de malucos, mas a verdade é que até mesmo os maiores artistas pensavam assim. Não sei.. Quando você vê *A rendição de Breda*, com o campo de batalha ainda fumegante e todas aquelas pessoas tão nobres, tão dignas mesmo na derrota e tão magnânimas na vitória, dá vontade de estar ali, mesmo que seja como um derrotado: até os cavalos parecem inteligentes e generosos! Por outro lado, quando você vê *Os fuzilamentos de 3 de maio* ou *Os desastres da guerra*, fica de cabelo em pé e tem vontade de sair correndo. Claro, nós já sabemos que Goya está muito mais próximo da realidade do que Velázquez, mas faz pouco tempo que sabemos disso; ou talvez que Goya simplesmente pinta a guerra como ela é, enquanto Velázquez a pinta como ele gostaria que ela fosse ou como imaginamos durante séculos que ela era. Seja como for, o fato é que, quando Manuel Mena partiu para a guerra, ele tinha uma ideia dela muito menos parecida com a de Goya do que com a de Velázquez, que é a ideia da guerra que os jovens sempre tiveram antes de partir para a guerra.

Foi nesse momento que David resolveu mencionar um conto do escritor sérvio Danilo Kiš intitulado "É glorioso morrer pela pátria". Tenho certeza de que fez isso porque a história de Manuel Mena o fez lembrar do texto, embora eu não saiba exatamente por quê; fez isso porque o protagonista do conto de Kiš é um jovem guerreiro que morre jovem e de forma violenta, como Manuel Mena, embora também possa tê-lo feito porque queria me dizer alguma coisa que acabou não dizendo ou não ousou me dizer, ou que me disse, mas não abertamente, e eu, naquele momento, não entendi. Insisto em dizer que não sei. O que eu sei é que ele gostava do conto e tinha pensado, anos antes, em adaptá-lo para o cinema, razão pela qual o relera muitas vezes.

— A história se passa em lugar e tempo indefinidos — começou a contar, escolhendo cuidadosamente as palavras. — Indefinidos de propósito, é claro: estamos na Europa, fala-se de um império e de um imperador e se insinua que ambos são espanhóis, mas também se mencionam os *sans-culottes* e os jacobinos, que existiram quando já não mais havia nenhum império espanhol na Europa. Enfim... O protagonista da história, ou melhor, o protagonista visível, se chama Esterházy, é conde e tem a mesma idade que Manuel Mena tinha quando morreu. Mais ou menos, Esterházy pertence a uma família tão nobre e tão antiga como a do Imperador, que o condenou à forca por participar de uma insurreição popular contra ele. A ação começa pouco antes da execução da sentença. Um dia Esterházy recebe em sua cela de condenado a visita da mãe, uma aristocrata altiva e orgulhosa da nobreza de sua estirpe. Conversam um pouco, e o rapaz afirma à mãe que está preparado para morrer. Isso é o que ele diz. Mas pode ser que a mãe não acredite. A prova é que lhe transmite ânimo e procura incutir coragem no filho para que não desmorone, para que não fraqueje e mantenha a dignidade naquele momento tão terrível; e mais: anuncia-lhe que irá pedir o indulto ao Imperador e que está disposta a se ajoelhar diante dele para obtê-lo; e diz ao filho que, caso o obtenha, no dia da execução ela estará toda vestida de branco em uma varanda enquanto o conduzirem para o cadafalso, e esse será o sinal para o filho saber, então, que está salvo e que o indulto do Imperador chegará a tempo.

— David fez uma pausa, como se tivesse esquecido como a história continuava ou como se tivesse acabado de se dar conta de alguma coisa que ele até então tinha deixado passar. E prosseguiu: — O fato é que, durante sua permanência na prisão, a maior preocupação de Esterházy é preservar seu perfil aristocrático até o fim. O que o obceca é que ninguém o veja fraquejando ou tendo medo. Não quer transmitir nenhum sinal de fragilidade quando chegar a hora da morte. Assim, no dia da aplicação de sua sentença, o conde se levanta ao amanhecer, depois de ter passado a noite em claro, e faz tudo o que tem de fazer mantendo a pose de sempre: reza, fuma um último cigarro, deixa que lhe amarrem as mãos nas costas como se fosse um ladrão e embarca na carruagem que o leva até o patíbulo. É verdade que, durante seu percurso até a forca, há momentos em que o medo parece prestes a se impor, mas o rapaz se supera e acaba por vencê-lo. É o que acontece em uma das melhores cenas da narrativa, quando Esterházy chega a uma avenida tomada pela multidão que, ao vê-lo, começa a gritar e a erguer os punhos cheios de ódio e ele sente a coragem abandoná-lo enquanto o populacho se exalta e ruge de alegria ao redor, ao perceber sua insegurança. Mas logo depois tudo muda novamente e o conde se apruma mais uma vez e retoma as feições altivas e destemidas dos Esterházy. E sabe por quê? — Embora fosse óbvio que não esperava resposta a essa pergunta, David fez mais uma pausa. — Porque, ao deixar aquela avenida, ele avista numa varanda uma mancha branca brilhante. É a mãe, vestida de branco, apoiada no parapeito estampando o sinal salvador que havia anunciado ao filho... O conde entende, assim, que não vai morrer, que o Imperador ficara comovido com as súplicas da mãe e que no último momento ele será perdoado; assim, sobe para o cadafalso e encara a morte com a dignidade que se espera de um homem de sua linhagem. Bonito, não é? O único problema é que, no final, o perdão não vem. E Esterházy morre nas mãos do carrasco.

David ficou em silêncio, como se desse um tempo para que a conclusão da história, ou aquilo que parecia ser a conclusão da história, causasse algum efeito em mim.

— É uma história maravilhosa — limitei-me a dizer, com sinceridade.

— Sim — replicou David. — O melhor de tudo é a ambiguidade, não acha? Ou, melhor ainda, as ambiguidades, pois há várias nesse conto: uma explícita e outra implícita, uma aparente e outra real. A ambiguidade aparente e explícita é descrita pelo próprio Kiš em uma espécie de epílogo. Ele afirma, ali, que a história que acaba de contar tem duas interpretações possíveis. A primeira é a interpretação heroica, a dos pobres e perdedores; segundo ela, Esterházy morreu como um valente, com a cabeça erguida e plena consciência de que ia morrer. A segunda é a interpretação mais prosaica, a dos vencedores; segundo ela, tudo não passou de uma encenação da mãe.

David se virou para mim por um breve instante e sorriu com os olhos — foi ao menos o que me pareceu.

— Mas isso tudo é um conto, e muito bem contado — prosseguiu. — Quero dizer, com isso, que é uma mentira, que essa ambiguidade é apenas aparente. Porque nós sabemos que a versão heroica é a versão romanesca e lendária (ou seja: falsa), com a qual os pobres e os perdedores se consolam de sua própria pobreza e derrota, ou com a qual procuram se redimir delas, e que a verdade é que tudo foi uma encenação da mãe, que foi isso que aconteceu na realidade, mesmo sendo também aquilo que os vencedores e os historiadores oficiais contam justamente para evitar o surgimento de uma lenda heroica. Kiš é implacável, cruel, não deixa um único resquício de consolação ou de esperança: além de ter o poder, o poder é o dono da verdade. De modo que não é aí que reside a ambiguidade da narrativa, tampouco sua real genialidade. A ambiguidade está na mãe, na atitude ou no estratagema da mãe, que é a verdadeira protagonista da história. Porque a atitude dela, essa sim, possibilita duas interpretações. A primeira é que ela subiu até o balcão vestida de branco e enganou o filho levando-o a acreditar que o Imperador o perdoara porque o amava como só uma mãe pode amar o filho e queria poupá-lo da agonia de seus últimos instantes de vida, porque queria que ele morresse tranquilo e feliz, convencido, até o último segundo, de que, ao final, o indulto do Imperador acabaria chegando. A segunda interpretação é que a mãe enganou o filho porque o amava, mas não só por causa disso: ela o enganou para que ele se portasse à altura de seu nome e de sua linhagem, para que não fraquejasse na última hora e enfrentasse a morte com a altivez de um Esterházy.

— Para que ele tivesse uma boa morte — interrompi. — *Kalos thanatos*, como diziam os gregos. Era isso que a mãe queria para o filho.

— Exatamente — disse David.

— Os gregos achavam que essa era a melhor morte possível — expliquei. — A morte de um jovem nobre e puro que demonstrasse sua pureza e nobreza morrendo por seus ideais. Como o Aquiles da *Ilíada*. Ou como o conde Esterházy.

— Ou como Manuel Mena — sugeriu David.

Só então compreendi que meu amigo não tinha começado a falar sobre o conto de Kiš para parar de falar sobre a história de Manuel Mena. E disse:

— Isso supondo que ele fosse um jovem nobre e puro. — E logo acrescentei: — Aliás, será possível ser um jovem nobre e puro e ao mesmo tempo lutar por uma causa errada?

David refletiu um pouco antes de responder; e, quando o fez, tive o pressentimento de que ele já vinha pensando nessa questão havia muito tempo, talvez desde o momento em que adaptara meu romance sobre a guerra para o cinema.

— É possível sim — respondeu. — E sabe por quê?

— Por quê?

— Porque nós não somos oniscientes. Não sabemos tudo. A guerra aconteceu há oitenta anos, e tanto eu como você temos mais de quarenta; por isso, para nós, parece óbvio que a causa pela qual Manuel Mena morreu era injusta. Mas teria sido tão fácil assim para ele, que naquele momento era apenas um rapazinho, sem a perspectiva do tempo e que ainda por cima quase nunca tinha saído do seu vilarejo? Aliás, a causa pela qual Aquiles morreu era justa ou injusta? Para mim, parece totalmente injusta: será que a pobre Helena não tinha o direito de partir com Páris e abandonar Menelau, que aliás era um velho de merda? Acha que isso é motivo suficiente para declarar uma guerra, ainda por cima tão idiota como a de Troia? Estou falando sério: não julgamos Aquiles pela justeza ou não da causa pela qual morreu, mas sim pela nobreza de seus atos, pela decência e pela valentia e generosidade com que se comportou. Não deveríamos fazer a mesma coisa com Manuel Mena?

— Não somos gregos antigos, David.

— Pois talvez devêssemos ser, tanto nisso como em um monte de outras coisas. Veja bem, Manuel Mena estava politicamente equivocado, não há dúvida; mas, moralmente... Você se atreveria a dizer que é melhor do que ele? Eu não.

Para não ter de responder a essa pergunta, eu formulei outra:

— E se ele não foi nem nobre nem puro?

— Nesse caso eu retiro o que disse — respondeu, taxativo. — Mas, antes disso, você precisa me demonstrar que ele não foi nem uma coisa nem outra. Caso contrário...

Nesse instante, fomos ultrapassados por dois carros reluzentes, um grudado no outro; rapidamente, as luzes vermelhas dos faróis traseiros foram engolidas pela escuridão da estrada, como se a noite as tivesse devorado. David amaldiçoou os dois motoristas e comentou algo sobre seu filho Leo ou sobre um amigo de seu filho Leo. Em seguida, perguntou sobre o que estávamos falando.

— Sobre *kalos thanatos* — respondi. — A bela morte, que era o ideal ético dos gregos e a garantia de imortalidade. Mas isso tudo por causa do conto de Kiš.

— Claro — lembrou-se David. — Sobre as duas interpretações da história, não é? Sobre por que a mãe enganou o filho ao aparecer de branco no balcão. Na primeira interpretação, a mãe agiu somente por amor, para que o filho não sofresse; na segunda, agiu por amor, mas também por honra, por orgulho da família, para garantir que o filho estivesse à altura do nome dos Esterházy. Com qual das duas você fica?

Olhando adiante, para o negror quase opaco que se estendia para além da área iluminada pelos faróis do carro, com a linha branca do meio da pista correndo como uma centelha intermitente à nossa esquerda, procurei me concentrar na pergunta de David, mas, por algum motivo, voltei a me lembrar da frase que tinha vindo à minha cabeça naquela tarde no La Majada ("Escrevo para não ser escrito") e me ocorreu que a mãe de Esterházy é que decidira o destino de Esterházy, que não havia sido o jovem Esterházy que escrevera seu destino de herói, mas sim sua mãe, e então me perguntei se isso não teria ocorrido também com Manuel Mena, se não teria sido a mãe de Manuel Mena que, apesar da lenda familiar segundo a qual ela não queria que o filho fosse à guerra, o impulsionara a fazê-lo, mesmo que de maneira secreta ou inconsciente, se não teria sido ela que, para que o filho estivesse à altura de sua linhagem como membro da casta superior do vilarejo, escrevera para ele seu destino de herói. Pensei isso e disse a mim mesmo, mais uma vez, tal como fizera durante o nosso almoço no La Majada (com a diferença de que agora eu disse isso a mim mesmo com certo orgulho), que ao escrever eu me libertara do destino de Esterházy e de Manuel Mena, que me tornara escritor para não ser escrito por minha mãe, para que minha mãe não escrevesse meu destino com o destino que ela considerava mais elevado, que era o destino de Manuel Mena.

Talvez meio envergonhado por ter pensado assim, ou por ter sentido orgulho ao pensar assim, voltei a me concentrar no conto de Kiš e na pergunta de David. Ocorreu-me, então, outra coisa.

— Existe outra possibilidade — especulei.

— Qual possibilidade? — perguntou David.

— Não é a mãe que engana o filho, pelo menos não de propósito — expliquei. — É o Imperador que engana a mãe.

David assimilou de imediato minha especulação, razão pela qual deduzi que ele próprio já havia considerado essa hipótese. Ele perguntou:

— Você está dizendo que a mãe foi até o Imperador para suplicar o perdão para o filho, que se humilhou para obtê-lo e que, mesmo tendo-o conseguido, o Imperador, no fim, não cumpriu a promessa de perdoá-lo?

— Exato.

— Isso não é uma possibilidade — disse David. — Se fosse, o Imperador não seria um imperador, e a mãe não seria uma Esterházy: uma mulher como essa não se deixa humilhar por ninguém. Nem mesmo pelo Imperador. Nem mesmo para salvar o próprio filho.

David fez essa última afirmação com uma convicção que não admitia qualquer contestação. Não procurei fazê-la. Houve um silêncio, e foi só nessa hora que reconheci a música que vinha saindo o tempo todo do rádio ou do CD: era de Bob Dylan, ou de um bom imitador de Bob Dylan. Achei que David já não tinha mais nada a dizer sobre a história de Esterházy, mas estava enganado.

— Não sei como você vê isso, mas se tem uma coisa que eu detesto em um conto são esses finais sentenciosos e concludentes, que esclarecem tudo — prosseguiu. — O do conto de Kiš parece ser um deles, mas não é, já que, na verdade, não esclarece nada. Gosto tanto que sei esse final de cor. "A história é escrita pelos vencedores", diz; e depois continua: "As pessoas contam lendas. Os ficcionistas fantasiam. A única coisa certa é a morte".

David continuou falando, embora eu não me lembre o quê, de toda forma não foi sobre o conto de Kiš mas sobre alguma coisa sugerida pelo conto de Kiš ou talvez pelo final do conto de Kiš, e essas quatro frases ficaram flutuando por certo tempo dentro do carro como um enigma diáfano, e, enquanto eu ouvia a voz do meu amigo misturada com a música de Bob Dylan, ou do imitador de Bob Dylan, e com o ruído monótono do carro deslizando no asfalto noturno e irregular da rodovia, eu me entretive pensando que era verdade que nós, ficcionistas, fantasiamos e que a morte é uma coisa certa, mas também é verdade que, embora Manuel Mena tivesse sido um vencedor da guerra, as pessoas haviam se limitado a contar lendas sobre ele e ninguém escrevera sua história. Significaria que Kiš não tinha razão e que às vezes os vencedores também não têm história, mesmo sendo eles que as escrevem? Significaria que, no fim das contas, Manuel Mena não era um vencedor, embora tenha lutado do lado dos vencedores?

Ainda estava às voltas com as frases de Kiš quando paramos para tomar café em um restaurante de estrada, pouco depois da saída de Talavera de la Reina. Ali, inesperadamente (eu, pelo menos, não esperava por isso: não tinha motivo algum para esperar por isso), David começou a falar sobre seu casamento desfeito e sua ex-mulher, ou talvez já viesse falando sobre isso e eu é que não tinha notado até então. O fato é que, quando voltamos para o carro, ele ainda estava falando sobre o assunto. E o fez durante muito tempo, enquanto eu o ouvia com o corpo voltado para ele, como se observar o começo de barba grisalha que cobria suas bochechas e as duas mãos sobre o volante ou o seu olhar fixo na escuridão da estrada me permitisse esquecer Manuel Mena e me concentrar no que meu amigo dizia. Estava separado da mulher havia vários anos, mas eu nunca o tinha escutado falar sobre sua separação daquela forma, com uma serenidade autêntica, sem dor ou pelo menos sem que a dor transparecesse em suas palavras. A certa altura, ele disse:

— Sabe o que mais lamento? — Esperou que eu lhe perguntasse o que era. — Não estar apaixonado — respondeu. — Parece letra de musiquinha de verão, mas a verdade é que tudo fica muito melhor quando você está apaixonado.

Num outro momento, depois de descrever detalhadamente a nova vida feliz que sua ex-mulher levava com o indócil astro de Hollywood ao quadrado, ele espalhou pelo carro um silêncio pensativo.

— Não consigo entender, Javier — disse afinal. E, com a veemência de quem denuncia uma injustiça clamorosa, exclamou: — Mas, você poderia me dizer que porra tem o Viggo Mortensen que eu não tenho?

Virando-se um pouco para a direita, olhou para mim durante um segundo com uma perfeita seriedade; no instante seguinte, caímos na gargalhada.

— Parabéns, cara — eu disse, sem conseguir parar de rir. — Você está curado.

Passava das onze da noite e o tráfego ficava cada vez mais intenso. Dos dois lados da estrada, começavam a ficar raras as escuridões compactas das grandes extensões de campo aberto, desmanchadas na penumbra pelo brilho crescente e suburbano dos hotéis, restaurantes, postos de gasolina e complexos industriais; um brilho amarelado e profuso iluminava ao longe o céu, como brasas de um gigantesco incêndio: era Madri. Durante um bom tempo, falamos novamente sobre Manuel Mena e o Pelador.

— De uma coisa você pode ter certeza — concluiu David enquanto entrávamos na cidade pela estrada de Estremadura. — Esse homem vai levar para o túmulo um monte de segredos.

8

Manuel Mena assumiu seu primeiro posto como alferes em 25 de setembro de 1937. Até o dia de sua morte, doze meses depois, viveu com uma intensidade alucinada, acumulando aqueles tipos de experiências radicais com os quais, como afirmam publicamente alguns sobreviventes de guerras, se aprendem tantas coisas essenciais e com os quais, como dizem reservadamente todos os sobreviventes de guerra, não se aprende nada a não ser que os homens podem chegar a ser bem piores do que nós, que nunca estivemos em uma guerra, somos capazes de imaginar. Durante aquele período, Manuel Mena lutou na linha de frente em grande parte do território espanhol, atuou nas piores batalhas, suportou ao relento temperaturas de mais de cinquenta graus e de vinte graus abaixo de zero, sobreviveu a caminhadas infernais por desertos pedregosos e cordilheiras escarpadas, refutou ataques-surpresa, empreendeu ações violentas, tomou ou tentou tomar de assalto vilarejos e cidades abandonadas por causa do medo de seus habitantes, localizações inóspitas, linhas fortificadas e picos inacessíveis, foi ferido em cinco ocasiões pelo fogo inimigo e viu morrer e matou um número indefinido de homens. É muito possível, no entanto, que tenha chegado ao fim da vida sem ter dormido com uma mulher, a menos que tenha perdido a virgindade na visita a algum bordel da frente de batalha; algumas pessoas dizem que estava apaixonado por uma moça bonita, estudada, delicada, elegante e inteligente chamada María Ruiz, filha do maior proprietário de terras do vilarejo, mas não há qualquer sinal de que fosse correspondido, tampouco certeza alguma de que isso não seja mais uma das ficções que formam a aura de sua lenda.

Com a ajuda de alguns documentos, é possível reconstituir com certa precisão o último ano de vida de Manuel Mena. Não são documentos infalíveis — nenhum documento o é —, mas, manipulados com imaginação crítica, propõem um roteiro confiável para deixarmos a névoa da lenda e adentrarmos a limpidez da história. O mais importante deles é certamente o Diário de Operações da unidade de Manuel Mena: o 1º Tabor de Atiradores de Ifni, que pertencia ao Grupo de Atiradores de Ifni. O Grupo era originário e adotara o nome de um pequeno território do ocidente africano, localizado de frente para as ilhas Canárias, que se tornara oficialmente colônia espanhola em 1934. Era uma unidade de combate composta por locais e por espanhóis — sendo os soldados principalmente locais, e os chefes predominantemente espanhóis — enviada pelas autoridades rebeldes durante a guerra para as frentes mais difíceis com o objetivo de resolver situações graves; o resultado dessa especificidade foi que, ao final dos combates, a unidade contabilizava mais de cinquenta por cento de baixas: quase quatro mil feridos e mais de mil mortos. É possível que, depois de ter se entediado durante meses na modorra sem glamour da frente de combate da Estremadura, Manuel Mena almejasse experimentar um mergulho profundo no idealismo temerário da guerra em um lugar exaustivo e exposto; se foi isso mesmo, a realidade satisfez de sobra seu desejo.

Manuel Mena se alistou no 1º Tabor de Atiradores de Ifni justamente no momento em que a unidade, depois de ter lutado sem descanso durante quase um ano, passava para a retaguarda nas proximidades de Zaragoza. A expressão "sem descanso" não embute uma hipérbole: desde o começo do outono anterior os companheiros de Manuel Mena tinham participado dos combates decisivos da Batalha de Madri, tinham entrado em Brunete, combatido em Villanueva de Cañada e defendido Las Rozas, haviam conquistado o vértice de Cobertera, tinham evitado com um assalto abrupto a explosão da estratégica ponte de Pindoque, sobre o rio Jarama, tinham perdido, durante dois dias da primavera, trezentos e três homens na cabeça de ponte de Toledo — entre eles sete de seus treze oficiais —, tinham lutado na frente de Albarracín e contido a ofensiva republicana sobre Zaragoza lutando em Zuera, San Mateo de Gállego e Fuentes de Ebro. De forma que, quando Manuel Mena assumiu seu posto de alferes, no final de setembro, a unidade estava exausta e dizimada. Juntamente com o Grupo de Atiradores de Ifni como um todo, o 1º Tabor pertencia, então, à 13ª Divisão de Barrón, conhecida como "La Mano Negra", porque em seu distintivo havia uma mão negra sobre um fundo vermelho, com uma inscrição em alfabeto arábico que perguntava: "Quem entrou em Brunete?". Os dois meses seguintes foram para Manuel Mena um período de adaptação à sua nova vida de oficial, e para o 1º Tabor de Atiradores de Ifni, um intervalo sem hostilidades em que seus comandantes aproveitaram para descansar, para reorganizar o batalhão e para instruir os novos recrutas, tanto espanhóis como marroquinos, que chegavam para cobrir as baixas provocadas por quase doze meses de combates ininterruptos. É mais do que provável que Manuel Mena tenha participado do treinamento desses soldados inexperientes. Também é provável que ele próprio tenha sido treinado no manejo das metralhadoras Hotchkiss — tanto a leve M1909 Benet-Mercie como a média M1914, que eram as duas armas desse tipo com que os franquistas contavam —, já que foi inscrito imediatamente no setor das metralhadoras do Tabor. É até mesmo possível que ele tenha participado naqueles dias de alguma ação secundária ou auxiliar, com sua própria unidade ou com outra. O fato é que no início de dezembro o 1º Tabor estava em Alcolea del Pinar, nas cercanias de Guadalajara, preparando-se, ao lado da 13ª Divisão e do que havia de melhor no Exército franquista, para o ataque final a Madri, que resistia desde novembro do ano anterior. Porém, essa operação — idealizada por Franco depois da conquista do norte do país — nunca foi efetivada, e no começo de janeiro Manuel Mena foi novamente transferido para Aragón, junto com sua unidade, para participar de uma das batalhas mais sangrentas da guerra: a Batalha de Teruel.

Foi ali que aconteceu o primeiro combate de Manuel Mena com os Atiradores de Ifni. A batalha tinha começado duas semanas antes, quando um exército de oitenta mil soldados republicanos cercou aquela capital rebelde que quase desde o começo da guerra estivera cercada por tropas republicanas por todos os lados, menos por um, o vale do Jiloca, por onde passavam a estrada e a ferrovia que ligavam a cidade a Zaragoza e ao restante da zona franquista. O cerco republicano se completara na noite de 15 de dezembro, quando a 11ª Divisão de Líster rompeu a frente nos contrafortes do Muletón e cortou o vale do Jiloca e as comunicações de Teruel com a retaguarda franquista descendo dos altos de Celadas, tomando o vilarejo de Concud e juntando-se no de San Blas à 64ª Divisão, que vinha de Rubiales. Foi uma manobra tão rápida quanto eficaz, concebida pelo estado-maior republicano com dois objetivos principais: um propagandístico e outro estratégico. Inferior em todos os aspectos ao Exército franquista, o Exército republicano colecionara derrota após derrota desde o início da guerra, tendo sido incapaz de conquistar uma única capital de província, e seu estado-maior raciocinou que a tomada da pequena e mal defendida Teruel poderia levantar o moral abalado de suas tropas e atrair as atenções internacionais para sua causa, fomentando a esperança de que, com a ajuda externa, a República ainda poderia operar uma virada na guerra, que parecia cada vez mais perdida. Esse era o objetivo propagandístico. Quanto ao objetivo estratégico, ele consistia justamente em evitar o ataque de Franco a Madri com suas forças de elite, entre elas os Atiradores de Ifni, e ao mesmo tempo preparar o terreno para que o exército republicano pudesse levar a cabo seu plano mais ambicioso, conhecido como Plano P, que se baseava no lançamento de uma ofensiva na frente da Estremadura alcançando a fronteira com Portugal e dividindo ao meio a zona franquista. O sucesso dessa operação dependia, no entanto, de que a realidade confirmasse uma regra e uma hipótese complementares elaboradas pelo Estado Maior republicano no decorrer do confronto: a regra dizia que Franco não lhes faria qualquer concessão de terreno sem procurar recuperá-lo de imediato, promovendo o enfrentamento ali onde os republicanos o imaginavam; a hipótese considerava que Franco não aceitaria perder uma capital de província sem mais nem menos e concentraria suas melhores tropas na tentativa de reconquistá-la. Tanto a hipótese como a regra se mostravam acertadas e, embora Franco tenha hesitado até 21 de dezembro em seguir adiante em seus planos iniciais de avançar de novo sobre a capital da República, como lhe aconselhavam seus assessores, no final acabou decidindo pela suspensão do ataque, e, no dia 29 daquele mesmo mês, empreendeu com as tropas em princípio destinadas à ocupação de Madri uma contraofensiva direta para agir em apoio à Teruel assediada.

Cinco dias depois, em 3 de janeiro, Manuel Mena desembarcou na estação ferroviária de Cella, em pleno vale do Jiloca, a apenas vinte quilômetros de Teruel. A estação, mais exatamente a parada, era uma construção quadrangular de pedra que se erguia em uma rua solitária, longe de qualquer vestígio de civilização e cercada por montes lotados de trincheiras inimigas. Teruel ainda não tinha caído em mãos republicanas, mas desde 21 de dezembro davam-se ali combates de uma ferocidade inumana, casa a casa, corpo a corpo, com granadas e baionetas em meio a uma montanha de escombros onde alguns milhares de efetivos franquistas da 52ª Divisão resistiam desesperadamente, sob o comando do coronel D'Harcourt e escondidos nas ruínas dos edifícios do Banco da Espanha, do seminário e do governo civil, que se rendeu no mesmo dia, assim como o convento e o hospital de Santa Clara. Não sei se Manuel Mena já tinha visto neve antes na vida, mas durante os dias que antecederam sua chegada havia caído sobre Teruel e seus arredores uma tempestade terrível que levara a temperatura a quedas inauditas, cobrindo totalmente o vale do Jiloca de branco; é muito provável que a maior parte dos integrantes do 1º Tabor de Atiradores de Ifni jamais tivesse visto a neve, sendo no entanto obrigada, assim como Manuel Mena, a aguardar naquelas paragens perdidas, no meio do nada, a chegada do restante da 13ª Divisão.

Manuel Mena passou a noite de 3 para 4 de janeiro ali, nas proximidades da estação ferroviária de Cella, dormindo ao ar livre, tentando se proteger do frio. Não estava bem provido para enfrentá-lo — nem o calçado nem a roupa eram de inverno, e mal conseguia se cobrir com a manta e o capote do uniforme —, de modo que, quando a noite veio, abriu ou mandou abrir com pás um buraco na neve; em seguida, estendeu na terra descoberta uma manta e se embrulhou nela junto com dois ou três companheiros, na expectativa de que o calor natural dos homens deitados juntos, a proteção dos agasalhos que conseguiu vestir e a resistência de seus dezoito anos lhe permitissem conciliar algumas horas de sono e acordar depois sem sintomas de congelamento nos membros. Não sei como ele passou aquela noite, tampouco a manhã que a seguiu. Mas, ao entardecer do dia seguinte, a 13ª Divisão finalmente desembarcou na parada de Cella com todos os efetivos e, sem perder tempo, colocou-se em marcha rumo ao vilarejo e aos Altos de Celadas.

Manuel Mena seguia com ela. Os homens começaram a avançar enfileirados por um caminho cavado na neve que depois começou a ondular suavemente pela estepe, entre casas abandonadas e currais. Fazia um frio glacial, um vento gelado soprava e, sobre a coluna militar que cruzava como uma caravana fantasmagórica a brancura imaculada do campo, o céu estava baixo e homogêneo, cor de giz. À sua direita estava a 150ª Divisão de Sáenz de Buruaga, que já havia ocupado os montes localizados entre Cerro Gordo e a estrada de Celadas, e mais à direita ainda, a 62ª Divisão de Sagardía, que dominava a planície desde a véspera do Ano-novo, incluindo o vilarejo de Concud; quanto à 13ª Divisão, a de Manuel Mena, devia se apoderar da área 1207, um altiplano chamado La Losilla, que os republicanos tinham blindado quase desde o começo da guerra com um sistema de trincheiras escalonadas e que era decisivo para que a 150ª Divisão pudesse tomar o Alto de Celadas, estrategicamente essencial para a conquista de Teruel. Não sei se, ao avançar pelo vale do Jiloca rumo às posições republicanas, Manuel Mena tinha conhecimento da missão que fora atribuída à sua unidade; sem dúvida se inteirou dela no dia seguinte, quando o general Barrón reuniu seus oficiais no vilarejo de Celadas, a cerca de cinco quilômetros de La Losilla, e lhes expôs o plano das manobras. Naquela noite, todos voltaram a dormir a céu aberto em refúgios cavados na neve e, ao acordar, Manuel Mena pôde ver à sua volta o campo nevado e deserto, e durante um instante de uma estranheza insuperável pôde pensar que a 13ª Divisão os abandonara de madrugada, a ele e seus dois ou três companheiros de refúgio, ou que ainda estava dormindo e sonhava com aquela brancura vertiginosa sem ninguém, até entender que havia caído mais uma tempestade durante a noite e que a neve noturna encobria os soldados e todos os apetrechos de sua unidade como um grande lençol imaculado. Também lhe foi possível comprovar, mais tarde, nesse caso sem tanta estranheza, antes de retomar a marcha, como o frio havia solidificado, como uma pele marrom, o café com leite do seu cantil e como, de acordo com o que um de seus companheiros recordaria muito tempo depois, um sujeito totalmente insensato transformara sua própria cabeça em uma bola encrespada de estalagmites de gelo ao tentar se pentear molhando o cabelo com neve derretida.

Naquela mesma tarde, teve início o ataque da 13ª Divisão a La Losilla. Foi um ataque frontal, precipitado e insensato, porque o comando franquista queria romper a qualquer custo o cerco a Teruel e evitar, assim, a queda da cidade, que parecia iminente, e dada a urgência do momento abriu mão da preparação de artilharia que seria indispensável para desfazer uma linha de frente republicana bastante sólida, defendida por homens bem armados da experiente 39ª Divisão republicana sob o comando do major Alba Rebullida, que além disso tinham reforçado suas posições nas semanas anteriores com fortificações e cercas de arame farpado e tinham cavado trincheiras, poços para encaixar metralhadoras e morteiros. Os ataques franquistas partiam do Peirón, um morro localizado em frente a La Losilla em cuja encosta a 13ª Divisão tinha acampado. Eram ataques, insisto, imprudentes, quase suicidas. Os primeiros estiveram a cargo dos 4º e 5º Batalhões da Legião e foram contidos pelos republicanos em El Pozuelo, uma depressão que separava as posições franquistas das republicanas e que ficou repleta de mortos, feridos e invasores frustrados que se lançaram ao chão e buscaram refúgio naquele fundo de vale sem refúgio, oferecendo-se, com seus uniformes verdes em contraste com a neve branca, como alvos fáceis para o inimigo, até que a chegada da noite lhes permitiu voltar para a sua base.

Foi ali que Manuel Mena foi ferido em combate pela primeira vez. O episódio ocorreu em 8 de janeiro. Nos dias 6 e 7, a 13ª Divisão havia lançado cinco novos ataques contra La Losilla, todos rechaçados com muitas perdas; era como bater com a cabeça contra uma parede — os republicanos não só estavam bem armados, com fortificações e bem distribuídos, como também gozavam de um campo de visão perfeito sobre El Pozuelo, único lugar por onde os inimigos poderiam atacá-los —, mas os franquistas não cediam em seu esforço e na primeira hora do dia 8 foi a vez do 1º Tabor de Atiradores de Ifni de empreender o ataque.

Não sei exatamente como se deu o ataque. Ninguém sabe: dele não restou qualquer testemunho escrito nem um único sobrevivente capaz de relatar o acontecido; assim, nesse ponto eu deveria me calar, parar de escrever, ceder a palavra ao silêncio. É claro que, se eu fosse um ficcionista e isto aqui fosse uma ficção, eu poderia fantasiar sobre o ocorrido, teria autorização para fazê-lo. Se eu fosse, aqui, um ficcionista, poderia, por exemplo, imaginar Manuel Mena horas antes do ataque, todo enrolado em seu refúgio noturno cavado na neve, despertado pelo frio polar e pela certeza de estar prestes a arriscar sua vida. Poderia imaginá-lo com medo, mas também poderia imaginá-lo sem medo. Poderia imaginá-lo fazendo uma oração em silêncio, pensando em sua mãe e em seus irmãos e sobrinhos, sabendo que tinha chegado a hora da verdade e reunindo forças para estar à altura dele e manter-se firme e não se abater, para não decepcionar ninguém, talvez para não decepcionar, acima de tudo, a si próprio. Poderia imaginá-lo levantando-se no escuro, convencido de que não dormirá mais, subindo para o alto do Peirón para contemplar ou imaginar diante de seus olhos, na claridade titubeante do dia que parece começar a despontar atrás de La Losilla, sobre os cumes de Cerro Gordo de Formiche, as trincheiras republicanas que se espalham à sua direita, silenciosas e insones, até o Alto de Celada e talvez mais abaixo, até Teruel, naquela hora ainda na penumbra. Poderia imaginá-lo acordando seus homens, dando ordens para se formarem na encosta do Peirón, tentando fazer com que seu estômago atormentado diante da iminência do combate tolere algum alimento, preparando seus soldados para a luta, transmitindo novidades a seu capitão ou a seu tenente e recebendo as últimas instruções para o ataque. Poderia imaginá-lo descendo do cume do Peirón e logo a seguir lançando-se agachado, entre a neve recente do amanhecer, rumo à depressão do Pozuelo à frente de seus homens, engolindo o medo, primeiro caminhando firme e depois correndo, até que os disparos dos republicanos que começam a perfurar a neve o obrigam a se lançar no chão e a procurar um local seguro ou teoricamente seguro para colocar suas metralhadoras e começar a disparar contra as trincheiras inimigas para proteger o avanço da linha de frente, abrigando-se talvez em um poço cavado nos dias anteriores ou atrás de um muro de pedras improvisado pelos inimigos repelidos na véspera e ainda aproveitável. Poderia imaginá-lo golpeando ou mandando golpear com toda fúria e durante horas as posições republicanas à base de rajadas de metralhadoras, tentando se proteger do fogo inimigo ou tentando, sem êxito, avançar pela depressão do terreno ou procurando uma posição melhor para suas armas na ladeira que sobe em direção a La Losilla, já a poucos metros dos arames farpados dos inimigos. Obviamente também poderia imaginar o momento em que ele foi ferido: sei, com certeza, que se trata de uma ferida no braço direito — embora não saiba se causada por um fuzil, uma metralhadora ou um morteiro —, e poderia imaginar o grito de dor e o simultâneo instante de pânico, o rasgo provocado pelo disparo na manga do uniforme e o vermelho do sangue se espalhando na neve branca, assim como poderia imaginar algum de seus subordinados fazendo-lhe um torniquete para estancar a hemorragia — a menos que ele próprio tenha feito isso —, e poderia imaginá-lo caído ao chão durante horas sobre a neve resplandecente, suportando a dor desconhecida do ferimento, à espera da escuridão da noite para que pudesse ser resgatado daquele inferno em meio às rajadas das metralhadoras, disparos de fuzis e de morteiros, bem como da artilharia pesada, que preenchiam os ares do campo de batalha juntamente com os gritos e xingamentos que desciam das trincheiras para o vale e subiam do vale para as trincheiras, o choro dos mortalmente feridos clamando por socorro como meninos aterrorizados e o silêncio ensurdecedor dos cadáveres sobre a neve.

Eu poderia imaginar tudo isso. Mas não o imaginei, ou pelo menos fingirei que não o imaginei, já que nem isto aqui é uma ficção nem eu sou um ficcionista, de modo que devo me ater à segurança dos fatos. Não lamento isso, pelo menos não muito: no final das contas, por mais que eu viesse a fantasiar, jamais conseguiria imaginar o essencial, que sempre nos escapa. E o essencial — pelo menos aquilo que me parece hoje essencial —, aqui, seria definir que tipo de sentimento Manuel Mena experimentou naquela noite ao ser finalmente retirado do campo de batalha depois de sua primeira experiência concreta de combate e ao entrar no hospital de campanha da Divisão e se dar conta de que todo o pavor que dele tomara conta nas doze horas precedentes fora inútil, pois não só o enésimo ataque a La Losilla fracassara, como também fora suspensa a grande ofensiva sobre Teruel, cujo último reduto franquista acabara de cair em mãos republicanas.

9

No começo de 2015, quando fazia exatamente um ano desde que eu fora informado por minha mãe da morte do Pelador e dois ou três desde que começara a compilar informações sobre Manuel Mena, ligaram-me de uma produtora de audiovisual para contar que estavam preparando uma série de televisão sobre catalães nascidos em outros pontos da Espanha e propuseram que eu gravasse um capítulo sobre meu caso. Como sempre acontece quando me convidam para aparecer na televisão, lembrei-me por um momento daquilo que uma amiga de Umberto Eco disse certa vez a Umberto Eco ("Umberto, cada vez que *não* o vejo na televisão, você me parece mais inteligente"), de modo que respondi negativamente. Logo em seguida, porém, lembrei-me de minha mãe, de Manuel Mena, do Pelador, e disse que sim, com uma condição: que a filmagem fosse em Ibahernando e junto com minha mãe.

A produtora aceitou e, durante três dias do final de junho de 2015, ficamos filmando em Ibahernando. Àquela altura, eu já conhecia bem a história de Manuel Mena, tinha conversado com muitas pessoas que o haviam conhecido ou sabiam coisas a respeito dele, tinha explorado arquivos e bibliotecas, tinha viajado pelos lugares onde Manuel Mena havia combatido durante a guerra — os arredores de Teruel, Lérida, o vale de Bielsa e os cenários da Batalha do Ebro, na comarca de Terra Alta — e fizera contato com historiadores profissionais, com historiadores amadores, com eruditos locais, com associações de historiadores e amantes da história da comarca, com simples moradores locais. Apesar de tudo isso, eu ainda não conseguia enxergar Manuel Mena; quer dizer: Manuel Mena continuava sendo, para mim, o que sempre fora: uma figura obscura e distante, esquematizada, sem traços humanos nem complexidade moral, tão rígida, fria e abstrata como uma estátua. Além disso, no início das minhas averiguações eu passara, também, por alguns sustos. Lembro-me, por exemplo, da minha primeira troca de mensagens por correio eletrônico com Francisco Cabrera, um guarda civil aposentado que guardava em sua casa de Gandesa, a capital da Terra Alta, um arquivo com os documentos compilados em mais de vinte anos de dedicação quase exclusiva à história da Batalha do Ebro e que publicara vários estudos alentados sobre o assunto. Obtive seu e-mail com uma amiga e colaboradora dele que eu tinha conhecido por acaso em uma biblioteca de Barcelona, e contei-lhe resumidamente, por escrito, o que eu procurava. Cabrera me respondeu de imediato, como se estivesse esperando por minha pergunta ou como se seu único ofício consistisse em responder perguntas como a minha. "Sinto discordar daquilo que você conseguiu apurar sobre o seu tio-avô até agora", escreveu. "De acordo com minha base de dados, ele faleceu em 8 de janeiro de 1938 na Batalha de Teruel e não em 21 de setembro de 1938 na Batalha do Ebro. Espero que não fique chateado comigo pelo fato de meus documentos não confirmarem o que você acreditava saber até agora sobre a morte de seu antepassado." Em seguida, sob a sua resposta, ele acrescentava uma página com um histórico do 1º Tabor de Atiradores de Ifni em que se resumiam as ações militares de que participara a unidade de Manuel Mena entre 3 e 27 de janeiro de 1938, nas cercanias de Teruel, e onde Manuel Mena aparecia entre as vítimas fatais dos combates daquelas jornadas terríveis.

Mais do que perplexidade, a notícia provocou em mim uma espécie de vertigem. Mas logo me recuperei. Não fazia muito tempo que eu iniciara minhas pesquisas sobre Manuel Mena e, embora seja possível que eu então já soubesse que ele tinha combatido em Teruel, ou que ao menos tivesse ouvido falar nisso, não sabia o que ele tinha feito nessa batalha; já tinha visto, em contrapartida, o atestado de óbito de Manuel Mena, que se encontrava no arquivo da igreja local de Ibahernando e que eu tivera a boa ideia de fotocopiar durante uma visita ao vilarejo. Comecei a procurá-lo, e logo encontrei: o documento é datado de setembro de 1938, em plena Batalha do Ebro, e não em janeiro de 1938, em plena Batalha de Teruel. Em tese aliviado, mas ainda ansioso para desfazer o mal-entendido, transmiti a Cabrera o que estava registrado no atestado de óbito. Cabrera me respondeu por e-mail. "Olá de novo, Javier", escreveu de forma fleumática. "Confirmo aqui aquilo que havia dito sobre a data da morte do alferes d. Manuel Mena Martínez (8/1/1938), em Teruel e não no Ebro." E acrescentava: "Ver anexo".

Abri o arquivo que ele tinha enviado e o olhei com atenção. Era um fragmento de um relatório das baixas sofridas durante a guerra pelo 1º Tabor de Atiradores de Ifni; ele se dividia em cinco colunas verticais: segundo se esclarecia em uma faixa horizontal que ocupava a parte superior do documento, na primeira coluna da esquerda para a direita estava o cargo ocupado pela vítima, na segunda, seu número e na terceira, o nome; na quarta e na quinta se especificava se a vítima era um morto ou um ferido, bem como a data em que havia morrido ou sido ferido. Percorri a lista de nomes de alto a baixo e, quase no fim, encontrei o de Manuel Mena: à esquerda se registrava seu posto de alferes; à direita, que ele havia morrido em 8 de janeiro de 1938. Pareceu-me uma prova irrefutável de que Cabrera estava certo. Será que isso significa que era tudo mentira?, eu me perguntei. Significa que Manuel Mena não morreu no Ebro e sim em Teruel? Será possível que o atestado de óbito esteja errado e que tudo o que minha mãe sempre me contou sobre a sua morte e a chegada do cadáver ao vilarejo não aconteceu quando ela conta que aconteceu, mas sim quase um ano antes? Claro que era perfeitamente possível que quem redigiu o atestado de óbito de Manuel Mena tivesse cometido um erro ou uma série de erros e que a memória de minha mãe tenha confundido as datas; mas, se as duas coisas fossem verdadeiras e o lugar e a data da morte de Manuel Mena fossem falsos, o que mais seria falso em toda a história? Seria falsa toda a história? Ainda tentava me recompor do susto quando apareceu na minha caixa de entrada uma nova mensagem de Cabrera. Nesta, o antigo guarda civil anexava uma página do Diário de Operações do 1º Tabor de Atiradores de Ifni referente aos primeiros dias de 1938, em que o redator registrava que Manuel Mena fora ferido nas proximidades de Teruel. "Pode ser que no começo ele aparecesse como ferido, tendo morrido posteriormente, como registra o relatório de mortos e feridos", especulava Cabrera. Só então decidi responder: incrédulo, pensando que o atestado de óbito não poderia estar errado e que a história de Manuel Mena não poderia ser totalmente falsa, insisti, pedi a Cabrera que consultasse no Diário de Operações do 1º Tabor de Atiradores de Ifni as datas de 20 e 21 de setembro daquele mesmo ano. "Tudo bem", respondeu, um pouco impaciente. "Este assunto dá um romance." Estava enganado: poucos minutos depois, ele respondeu anexando outra página do Diário de Operações em que se registrava que Manuel Mena fora ferido em 20 de setembro de 1938 enquanto combatia na Batalha do Ebro, na área 496, tendo morrido em seguida. "O relatório de baixas estava errado", concluía Cabrera, sem esconder sua decepção. "Em vez de colocar o seu tio-avô entre os feridos de Teruel, o colocaram entre os mortos. Para você ver como se deve confiar nos documentos... Enfim: caso encerrado, como diria o Inspetor Bugiganga."

EMPLEOS	NUMERO	NOMBRES	Muertos Día	Muertos Mes	Muertos Año	Heridos Día	Heridos Mes	Heridos Año
		Un herido de tropa				13	8	37
		Dos heridos más				14	8	38
		Tres heridos tropa				19	8	37
Sargento	4172	Brahim Ben Lahssen				25	8	37
otro	3830	Aomar Ben Mohammed				25	8	37
otro	3798	Buselham Ben Hamed	25	8	37			
otro	3834	Brahim Ben Mohammed				25	8	37
3926	3928	Abdeselam Ben Mohammed				25	8	37
		Dos muetos y 22 heridos tropa	25	8	37	25	8	37
		Un muerto y tres heridos tropa	26	8	37	26	8	37
Sargento	3827	Mohammed Ben Embark				27	8	37
		9 muertos y 17 heridos tropa	27	8	37	27	8	37
		16 heridos tropa				28	8	37
		Uno de ttopa herido				6	9	37
Sargento	3134	Maati Ben Hamed				10	9	37
		Tres de tropa heridos				12	9	37
		Tres de tropa heridos				13	9	37
		Uno de tropa herido				15	9	37
Sargento	3331	Brahim Ben Lahssen	23	9	37			
		Uno de tropa herido				28	9	37
		Uno de tropa herido				5	1210	37
		Un muerto y dos heridos tropa	13	10	37	13	10	37
		Un muerto y dos heridos tropa	14	10	37	14	10	37
		Un muerto y un herido	15	10	37	15	10	37
Sargento	3127	Said Ben Abdeselam				18	10	37
		Uno de tropa herido				20	10	37
		Uno de tropa herido				23	10	37
O. Moro		Sid Hamed Ben Kad-dur				27	10	37
		Un herido de tropa				10	11	37
		Uno de tropa herido				12	11	37
		Un muerto y un herido tropa	18	11	30	18	11	30
		Un muerto de tropa	25	11	37			
		Un herido de tropa				29	11	37
Sargento	3132	Mohammed Ben Abdeselam				30	11	37
		Uno de tropa herido				30	11	37
		Uno de tropa herido				4	12	37
		Uno herido de tropa				6	12	37
		Uno de tropa herido				8	12	37
		Dos de tropa heridos				10	12	37
		Uno herido de tropa				17	12	37
		Uno de tropa herido				19	12	37
Sargento	3720	Mohammed Ben Mohammed				23	12	37
		Uno de tropa herido				24	12	37
Sargento	3727	Brahim Ben Lahssen				25	12	37
		Uno herido de tropa				26	12	37
		Dos heridos de tropa				1	1	38
Sargento	3128	Mohammed Ben Kad-dur				2	1	38
		Uno de tropa herido				2	1	38
Capitan		Don Nicolás Baliño Carballo				4	1	38
		Uno de tropa herido				4	1	38
Capitan		Don Rafael Barros Manzaneres				5	1	38
Alferez		Don Leoncio Dominguez Perez	5	1	38			
Cabo		Emilio Iglesias Prieto				5	1	38
Sargento	3138	Hassen Ben Mohammed	5	1	38			
		7 muertos y 30 heridos de tropa	5	1	38	5	1	38
		Un muerto y ocho heridos	6	1	38	6	1	38
Sargento	3333	Abdeselam Ben Mohammed	7	1	38			
Teniente		Don Angel Gonzalez Coret				7	1	38
		4 muertos y 27 heridos de tropa	7	1	38	7	1	38
Alferez		Don Manuel Mena Martinez	8	1	38			
		Un muerto y 14 heridos de tropa	8	1	38	8	1	38
		Un herido de tropa				9	1	38
O. Moro		Si Hamed Ben El Meki				10	1	38
		Dos heridos de tropa				10	1	38
		Dos Heridos de tropa				11	1	38
		Uno de tropa herido				13	1	38
O. Moro 2		Si Hamed Ben Mohamed				14	1	38
		Tres heridos de tropa				15	1	38
Sargento	3326	Aomar Ben Tahar				17	1	38
		Cinco Heridos de tropa				17	1	38

Gostei de ver Cabrera citando um personagem de desenho animado (por um momento o imaginei assistindo à televisão em meio à agitação dos netos e pensando, digamos, no ataque do Terço de Montserrat a Punta Targa, na área 481, defendida durante a Batalha do Ebro pela 60ª Divisão republicana e por um batalhão da 3ª Divisão), mas o caso, obviamente, não estava encerrado; na verdade, pelo menos para mim, estava apenas começando. E o fato de ele ter começado na base de um documento que continha um erro evidente gerou em mim uma desconfiança total em relação aos documentos, uma consciência muito forte de sua falibilidade e da dificuldade de se reconstituir o passado com precisão. Essa desconfiança se justificava: não se trata apenas, como pude comprovar com muita frequência, que os textos dos historiadores estavam repletos de imprecisões e falsidades, mas sim que os próprios documentos também o estavam.

Eis mais um exemplo. Um historiador das guerras napoleônicas afirma que um historiador que não se dê ao trabalho de visitar os campos de batalha é como um detetive que não se dá ao trabalho de visitar a cena do crime; ao investigar o caso de Manuel Mena, aprendi que a comparação é perfeita. O Diário de Operações do 1º Tabor de Atiradores de Ifni não é o único documento a atestar que Manuel Mena foi ferido em Teruel; isso também aparece em um boletim médico redigido em Trujillo por um comandante médico chamado Juan Moret. Encontrei-o no Arquivo Militar de Ávila, pouco tempo depois da frenética troca de e-mails com Cabrera que acabo de relatar, e nele se lê, entre outras coisas, que Manuel Mena foi ferido em 8 de janeiro de 1938 na região 1027 da frente de Teruel. A data está correta, mas não o lugar. Para descobrir esse erro, tive de viajar a Teruel e passar um fim de semana inteiro circulando pelos arredores como um detetive na cena de um crime. Fiz isso na companhia de Alfonso Casas Olgaray, um advogado de Teruel que conhece cada palmo dos cenários da batalha e que me demonstrou, no próprio campo, que Manuel Mena não poderia ter sido ferido em 8 de janeiro na área 1027, como constava no boletim médico; e a razão é simples: a área 1027 havia caído nas mãos dos franquistas alguns dias antes, na noite de 30 para 31 de dezembro, por causa da inépcia e da precipitação com que algumas forças das 68ª e 39ª Divisões republicanas ocuparam o lugar da 11ª Divisão de Líster, o que permitiu que a 62ª Divisão de Sagardía tomasse aquela área sem grande dificuldade. Dessa forma, entendi que, na verdade, Manuel Mena não levou um tiro na área 1027, mas sim na 1207, mais conhecida como La Losilla, onde ocorreram fortes enfrentamentos no dia 8, e que quem redigiu o boletim médico trocou sem querer um número de localização, escrevendo 1027 em vez de 1207: um erro mínimo, compreensível e sem nenhuma importância aparente, mas que, no entanto, situava o combate onde Manuel Mena foi ferido em um local absurdo, a vários quilômetros de distância do local onde ele de fato aconteceu, e que falsificava esse item essencial de sua história.

Episódios como esses que acabo de relatar explicam as suspeitas e desconfianças que se apossavam de mim sempre que, ao longo de vários anos, entre um livro e outro ou ao mesmo tempo em que escrevia outros livros, eu retomava a busca do rastro evanescente de Manuel Mena pela evanescente geografia da guerra, tentando colocar os pés exatamente onde ele tinha pisado, ver exatamente o que ele havia visto, cheirar exatamente o que ele havia cheirado e sentir exatamente o que ele havia sentido, reunindo com um detalhamento doentio a informação existente em livros, documentos e recordações referentes a ele próprio e à sua unidade, como se naquela história pessoal eu não pudesse confiar em outra coisa que não fosse minha própria experiência pessoal. É possível que esse prurido obsessivo de veracidade explique, em parte, o fato de que, quando a produtora de audiovisual me propôs gravar o programa de televisão, eu tenha aceitado quase de

Hospital Militar de TRUJILLO

Diagrama hoja clínica de heridos de guerra y lesionados a los que se les considera como tales.

ARMA O DEPENDENCIA	Número del nomenclátor patológico	MOTIVO DEL ALTA
Infanteria.		Curado.

Hospital Militar *de* Trujillo *Clínica* Oficiales *Número* 1

REGIMIENTO	Batallón	Compañía	CLASE
Tiradores de Ifni.	1º Tº	Amet	Alférez.

Estuvo sucesivamente en Zaragoza y Logroño.

SALA	HERIDAS QUE PADECE	ENTRADO Día	ENTRADO Mes	SALIDO Día	SALIDO Mes	Nomenclátor
Ofic.	H.a.f.	18	1	10	II	

Diagrama hoja clínica del herido de guerra DON MANUEL MENA MARTINEZ.

Hijo de Alejandro y de Carolina natural de Ibahernando, provincia de Caceres, profesión ______, edad 18 años. Empezó a servir el ____ de ______ de ______ del reemplazo de ______

Entrado el 18 de Enero de 1938
Salido el 10 de Febrero de 1938
Estancias causadas ______

Diagnóstico Herida por arma de fuego en brazo derecho.

(1) Pronóstico Leve, incluído en el artículo ____ de la ____ categoría
Lugar del hecho de armas Cota 1.027 (Frente de Teruel)
Fecha del hecho de armas 8 de Enero 1.938
Terminación o concepto de la salida Alta por curación.

(1) Nota de puño y letra del Jefe de la Clínica.

ESTADISTICA SANITARIA.-Modelo XXX.-R. O. 18 Junio 1926 (C. L. núm. 220)

Día	Mes	Año	Curso de curación	Pronósticos sucesivos (1)
			Curas asépticas.	
			EL JEFE DE LA CLINICA	
			Juan Moret	
			=Rubricado=	
			ES COPIA	
			EL COMANDANTE MEDICO DIRECTOR.	

(1) Cuando se agrave un herido, el Jefe de la clínica modificará el pronóstico, señalando el artículo y la categoría en que se halla comprendido por su agravación.

imediato, desde que a filmagem fosse feita em Ibahernando: por um lado, já fazia quase um ano que eu não voltava ao vilarejo; por outro, queria entrevistar três pessoas que tinham conhecido Manuel Mena e falar com outras duas que sabiam algumas coisas sobre ele e sobre a Ibahernando da República e da guerra. Hoje acredito que outro fato pode ter influenciado essa minha decisão. Três anos atrás, quando David Trueba me acompanhou a Ibahernando para filmar o Pelador, meu amigo rompeu, sem saber, com um veto que me impedira até então de abrir a qualquer pessoa aquele território íntimo, nebuloso e vexatório, mas essa ruptura fora confidencial, passara quase despercebida e não tivera consequência alguma, e é possível que, passados três anos, eu estivesse me perguntando se uma tropa ruidosa de forasteiros armados com câmeras de televisão e dispostos a divulgar imagens do vilarejo aos quatro cantos do mundo não acabaria de uma vez por todas com aquele tabu, ou se não transformaria esse tabu em outra coisa. E hoje me pergunto se não foi justamente isso que aconteceu.

Foram dias meio surreais. A produtora mandou para lá uma equipe com seis pessoas, todas muito jovens e lideradas pelo apresentador do programa, um editor versátil chamado Ernest Folch, que eu já conhecia de alguns anos antes; ele estava acompanhado por um diretor de fotografia, um câmera, um técnico de som, um roteirista e um responsável pela produção. Minha equipe, por sua vez, era composta por quatro pessoas: minha mulher, minha mãe, meu filho e meu sobrinho Néstor. Fui eu que pedi que fossem comigo. Minha mulher me acompanhava sempre que podia; minha mãe me pareceu indispensável desde o início: em nossas conversas preparatórias para a viagem, eu tentara explicar aos responsáveis pelo programa que, se a ideia era falar sobre a emigração do restante da Espanha para a Catalunha por meio de minha biografia, o protagonista secreto do programa devia ser minha mãe, já que tinha sido ela que havia vivido a fundo a experiência da emigração e se tornara, por causa da emigração, como lhes expliquei, uma variação viva do tenente Drogo de *O deserto dos tártaros*, presa à espera permanente de um retorno impossível; os responsáveis pelo programa entenderam isso, ou pelo menos agiram como se o tivessem entendido. No que se refere a meu filho e a meu sobrinho Nestor, ambos estavam perto dos vinte anos, iam muito bem, tinham acabado de concluir suas provas na universidade e adoravam a avó: os dois se divertiam com o incrível apetite que ela tinha em relação ao pós-guerra e seu catolicismo ferrenho, gostavam da forma como ela falava o castelhano, as expressões que usava, seu incorrigível sotaque de Estremadura e, embora nenhum dos dois soubesse quem tinha sido Manuel Mena — o que não impedia que aos meus olhos se parecessem cada vez mais com ele fisicamente, talvez por terem uma idade próxima àquela com que ele morreu —, os dois a chamavam de Blanquita, tal como Manuel Mena, e os dois sempre se despediam dela com um indicador em riste e um alerta: "Comporte-se, Blanquita!". Isso tudo os transformava nos *chevaliers servants* ideais para cuidar de minha mãe naqueles dias, enquanto eu e minha mulher nos ocupávamos com a filmagem e com minhas pesquisas sobre Manuel Mena.

As duas equipes se instalaram em Trujillo: a da produtora em algum hotel, não sei qual; a minha no Parador, um antigo convento reformado (decidimos, na ocasião, que não valia a pena abrir a casa de Ibahernando por tão poucos dias, além do fato de ela ser habitável, por outro lado, quase que apenas no verão). Como era de se esperar, a presença dos cinco jovens forasteiros da equipe da televisão agitou um pouco o vilarejo; os próprios jovens pareciam estar agitados: se surpreendiam com tudo, intrigavam-se com tudo, fascinavam-se com tudo. Quanto a mim, dez dias antes de fazer essa viagem havia decidido dar um tempo no romance que vinha escrevendo para mergulhar no mar de informações que havia reunido nos últimos anos sobre Manuel Mena. A consequência dessa imersão foi que, ao chegar a Ibahernando, eu estava tão envolvido pela história de Manuel Mena que durante a gravação do programa não deixei um único momento de pensar nele nem de me colocar na pele dele, até mesmo, vez por outra identificando-me com ele (e hoje acredito que a consequência dessa consequência foi o lado irreal daqueles dias). Quero dizer que, enquanto a equipe de televisão filmava Ernest Folch e eu andando pelas ruas vazias do vilarejo entre a expectativa dos moradores, eu às vezes imaginava Manuel Mena caminhando por aquelas mesmas ruas há quase oitenta anos, com suas passadas de oficial das Regulares e seu ar um pouco perdido, pálido, alheio a tudo e muito jovem, procurando aparentar a alegre extroversão de sempre, mas obscuramente recheado de violência e de morte, procurando ser fiel à imagem vitoriosa, idealizada e romântica que um alferes franquista tinha de projetar enquanto se debatia com uma incipiente e difusa sensação de fracasso, e eu devia me perguntar, por exemplo, se aquele adolescente que antes de partir para a guerra já sabia ou intuía que não se encaixava mais naquele vilarejo não estaria sentindo uma estranheza ainda maior toda vez que retornava da frente de batalha, como se retornasse de outro mundo, ou, melhor, como se retornasse para um mundo que já não era seu nem poderia sê-lo. Quero dizer que, enquanto eu e Ernst Folch éramos filmados conversando no Prado de las Encinas — um terreno que minha mãe ainda mantinha nos arredores do vilarejo —, com um curral em ruínas às nossas costas e as câmeras e microfones da equipe à nossa frente, em meio ao calor resplandecente da tarde, eu devia me perguntar, por exemplo, se por ocasião daqueles retornos fugazes de Manuel Mena ao vilarejo, ele se sentia melhor ou pior do que aqueles que o cercavam: se sentiria pior do que os outros porque tinha matado pessoas e presenciado cenas terríveis e degradantes e participara ou sentia que participara delas ou não as havia evitado? Ou se sentia melhor por ter sido capaz de arriscar o que tinha de melhor por uma causa justa, por algo que julgava superior a ele, porque tinha demonstrado que estava à altura e dava tudo de si e não se dobrava, que era capaz de arriscar a vida e defender com ela seus ideais, sua família, sua pátria e seu Deus? Ou se sentia ao mesmo tempo melhor e pior do que os outros? Será que se sentia limpo e iluminado por fora e sujo e obscuro por dentro?

Eram perguntas desse tipo que eu certamente fazia a mim mesmo; era nessas coisas que eu devia estar pensando. E é curioso: que me lembre, ao longo das várias horas de interrogatório a que Ernst Folch me submeteu em Ibahernando, eu não mencionei Manuel Mena uma única vez, nem sequer quando passamos pela rua que leva seu nome; ou talvez nem seja curioso: no final das contas, o essencial muitas vezes costuma estar invisível, não por estar oculto, mas por estar à vista de todos. Seja como for, durante aqueles poucos dias de filmagem eu acreditei ter entendido algumas coisas sobre Manuel Mena que não havia entendido antes. Em especial duas coisas. A primeira já insinuei, e é que, a partir do final da infância ou do começo da adolescência, Manuel Mena passou por um crescente distanciamento ou estranhamento em relação a seu vilarejo. Inicialmente o estranhamento fora de ordem intelectual e lhe revelara, em grande parte por influência de *don* Eladio Viñuela, que seus interesses verdadeiros se situavam longe dos interesses da gente de seu vilarejo; depois, durante o ano que passou em Cáceres, o estranhamento foi físico, permitindo-lhe vislumbrar um horizonte que ia além do horizonte minúsculo de seu vilarejo, o que acentuara seu distanciamento intelectual; por fim, o estranhamento fora também moral, um estranhamento causado pela guerra e que o fizera descobrir vertentes desconhecidas de si mesmo e do mundo e que levara os estranhamentos anteriores a uma elevação efêmera.

Essa foi a primeira coisa que acreditei ter compreendido durante aqueles dias: que, no final da vida, Manuel Mena era um estrangeiro em seu próprio vilarejo. A segunda coisa que acreditei ter compreendido é que, sendo a guerra um acumulador acelerado de experiências, Manuel Mena, graças à sua passagem pela guerra, havia acumulado em seus dezenove anos de vida tanta veteranice quanto um homem comum aos cinquenta, e que talvez, em suas últimas visitas ao vilarejo, quando voltava da frente de batalha em licença, seu olhar era ao mesmo tempo o de um velho e o de um jovem, o de um forasteiro e o de um conterrâneo, e que esse seu olhar não devia ser muito diferente do meu próprio olhar de hoje em dia. Acrescento que não tenho dúvida alguma de que somente Manuel Mena, ou minha obsessão, naqueles dias, por Manuel Mena, explica muitas das respostas que dei às perguntas de Ernst Folch diante das câmeras. A certa altura, por exemplo, Folch me perguntou o que tinha significado para mim o fato de ter sido levado por meus pais, aos quatro anos de idade, da Estremadura para a Catalunha, e tenho certeza de que eu estava pensando em Manuel Mena ao lhe responder que o mais provável é que significava que desde pequeno era um deslocado, um sujeito que não se encaixava nem na Catalunha nem na Estremadura, e que sempre tinha vivido nos dois mundos com uma sensação de estranheza, sentindo-me um forasteiro em ambos, como se toda vez que voltasse da Catalunha para a Estremadura ou da Estremadura para a Catalunha estivesse voltando de outro mundo, ou, melhor, como se estivesse retornando para um mundo que já não era o meu, nem podia sê-lo. Em outro momento, Folch me perguntou se eu me sentia estremenho ou catalão, uma pergunta que já me haviam feito centenas de vezes desde a infância, e tenho certeza de que também estava pensando em Manuel Mena ao me ver respondendo de uma forma que nunca havia respondido antes; respondi que durante toda minha vida eu sentira vergonha de ser de Ibahernando e que, embora tivesse partido de Ibahernando ainda criança e só retornasse a Ibahernando ocasionalmente e tivesse sempre sido em Ibahernando ao mesmo tempo um forasteiro e um conterrâneo ou um estrangeiro em seu próprio vilarejo e sempre me encaixara em Ibahernando tão mal quanto em qualquer outro lugar, a verdade é que a gente é de onde deu o primeiro beijo e viu o seu primeiro filme de faroeste, e que eu não me sentia nem catalão nem estremenho: eu me sentia como sendo de Ibahernando.

As duas primeiras pessoas com quem eu tinha marcado um encontro para falar sobre Manuel Mena durante aquela visita a Ibahernando eram meu primo Alejandro Cercas e seu amigo Manolo Amarilla. Alejandro é um dos seis filhos de minha tia Francisca Alonso e do meu tio Juan: a primeira foi colega de turma de Manuel Mena na escola de seu Marcelino; o segundo, primo-irmão tanto de meu pai quanto de minha mãe, e talvez por causa desse duplo parentesco tenha mantido uma relação muito próxima com ambos até a sua morte. Alejandro e eu não tínhamos herdado essa relação, em parte porque temos uma diferença de idade de treze anos, em parte por termos levado vidas muito diferentes. Como a maioria dos habitantes de Ibahernando nos anos 1950 e 1960, Alejandro emigrara do vilarejo com sua família; não partira, porém, para a Catalunha, como eu, mas para Madri, onde desde muito jovem, nos anos finais do franquismo e no começo da democracia, se destacara como dirigente socialista, ocupando cargos de responsabilidade no partido e na Câmara de Deputados, até que, em 1999, foi eleito representante espanhol do Parlamento Europeu. Manteve-se nessa função por várias legislaturas e, depois de ter passado mais de dez anos em Bruxelas, tinha acabado de se aposentar e de se recolher em Ibahernando e em Cáceres, em cuja universidade dava aulas sobre questões relacionadas à integração europeia. Nos últimos tempos tínhamos nos encontrado com certa frequência, quase sempre em Bruxelas ou em Ibahernando, e eu tinha observado, sem grande surpresa que, embora ele tivesse partido para Madri ainda adolescente, sua relação com o vilarejo continuava intensa e apaixonada, e que ele conhecia muitos detalhes de sua história.

Lembro da primeira vez que lhe fiz uma pergunta sobre Manuel Mena. Deve ter sido pouco depois de eu começar a reunir informações a seu respeito, embora não me lembre onde foi, nem sequer se foi pessoalmente ou pelo telefone. Recordo-me muito bem, no entanto, da sua reação. "Ixe!", exclamou. "Tem certeza de que quer mesmo escrever sobre isso?" "Quem lhe disse que vou escrever sobre Manuel Mena?", respondi de imediato. "Ninguém", disse ele, acrescentando com uma ironia que eu talvez não tenha captado na hora: "É que eu achava que vocês, escritores, só fazem perguntas a respeito de coisas sobre as quais vão escrever". Esclarecido o engano, quis saber por que lhe parecia uma má ideia escrever sobre Manuel Mena. "Não é que me pareça uma má ideia", respondeu. "Talvez até seja muito boa. Não sei. O que sei é que ela é muito barra pesada." "E daí?", questionei. "Como e daí?", reagiu, trocando momentaneamente a ironia pela paixão. "A guerra foi uma coisa horrível, Javi. Horrível. E mais ainda nos vilarejos. Você é um homem de esquerda, como eu, e nossa família era de direita. Se você remexer na história de Manuel Mena, pode ser que encontre coisas de que não vai gostar." "Sobre ele?", perguntei. "Sobre ele ou qualquer um", respondeu. "O que você vai fazer, então? Vai contar?" "Claro que sim", eu disse. "Se tivesse de contar, eu contaria." "E a sua mãe?", perguntou. Não respondi, e Alejandro aproveitou meu silêncio para explicar o seguinte: "Olhe, Javi. Eu nunca quis saber nada sobre minha família; principalmente sobre o lado de meu pai, que é a sua família, como você sabe, aqueles que mandavam no vilarejo. Eles sempre me pareceram terríveis. Hoje, com a idade, acho que consigo entendê-los melhor, mas...". "É isso que eu deveria tentar fazer se contasse a história de Manuel Mena", intervim. "O quê?", perguntou Alejandro. "Saber", respondi. "Não julgar", acrescentei. "Entender", esclareci. E, ao final, concluí: "É a isso que nós, escritores, nos dedicamos".

Naquele mesmo dia, Alejandro me confessou que a pior lembrança que tinha de sua infância era o rastro silencioso de ódio, rancores e violência que a guerra havia deixado; disse-me também que ele se enfiara na política para acabar com aquilo e para que nada semelhante àquilo voltasse a acontecer. Em seguida, resumiu-me o que tinha ouvido falar sobre Manuel Mena (sobretudo de seu pai e sua mãe, que o haviam conhecido), e depois desse dia quase não voltamos a nos encontrar nem a falar sem que, por um caminho ou outro, desembocássemos em alguma conversa sobre a guerra e Manuel Mena. Manolo Amarilla deve ter aparecido bem cedo naquelas conversas, porque Alejandro sempre associava seu amigo a Manuel Mena, de forma que nunca falava sobre Manuel Mena sem falar de Manolo Amarilla e sem me incitar a conhecê-lo. Seu nome não me era nada estranho. Fiquei sabendo por intermédio de Alejandro que Amarilla nasceu e ainda vivia em Ibahernando, que era, como ele, um velho militante socialista, que tinha sido professor em escolas de Las Hurdes e de Cáceres e que sua mulher era filha de Andrés Mena, um dos irmãos de Manuel Mena. Dessa forma, não é de se estranhar que, depois de aceitar fazer a filmagem do programa de televisão em Ibahernando, eu tenha ligado para Alejandro e lhe perguntado se Manolo Amarilla estava no vilarejo e se eu poderia aproveitar a viagem para encontrá-lo. "Manolo não está em seus melhores dias", alertou-me Alejandro. "Acaba de ficar viúvo. Mas certamente vai gostar de encontrar você e de conversarmos. Vai se distrair com isso." Foi só nesse momento que ele me contou que Manolo Amarilla guardava em sua casa algumas recordações de Manuel Mena, herdados do sogro. "Entre elas", detalhou, "um texto escrito à mão por ele". Fiquei pasmo. "Por que você não me contou isso antes?", perguntei. "Não sei", respondeu. "Não sabia que era tão importante. Você não disse que não vai escrever sobre Manuel Mena?" Em vez de responder à pergunta, formulei outra: "Tem certeza de que se trata de um texto escrito realmente por ele?". "Absoluta", respondeu. "Eu diria que são algumas notas redigidas para um discurso dirigidos aos falangistas de Ibahernando. Ou algo assim." Alejandro então falou sobre o texto ou sobre aquilo que lembrava do texto. "Você sabia que não resta um único papel escrito por Manuel Mena?", perguntei de novo, quando ele acabou de falar. "Nenhuma carta. Nenhuma recordação. Nada. Tudo foi destruído quando ele morreu. Tudo, com exceção de um retrato." "Eu não disse?", reafirmou Alejandro. "Você precisa conhecer Manolo Amarilla." Passou-me o telefone do amigo, para quem eu liguei. Conversamos algumas vezes e, depois de acertar com a equipe de televisão as datas exatas da filmagem, combinei um encontro com ele e com Alejandro em Ibahernando.

10

Manuel Mena levou mais de um mês para se recuperar completamente de seu primeiro ferimento de guerra. De acordo com um relatório redigido no hospital militar de Trujillo pelo comandante médico Juan Moret, depois de receber o impacto de uma bala republicana no braço em 8 de janeiro de 1938, a poucos quilômetros de Teruel, nosso homem foi socorrido sucessivamente nos hospitais de Zaragoza e Logroño, antes de chegar ao hospital de Trujillo, onde ficou internado de 18 de janeiro a 10 de fevereiro de 1938, data em que teve alta. Não sei como foi a vida de Manuel Mena durante esse parêntese bélico, nem qual era seu estado de ânimo, embora tenha certeza de que recebia visitas de amigos e familiares que saíam de Ibahernando para saber como ia a saúde de seu herói e para passar algum tempo com ele; também tenho certeza de que, uma vez encerrada a convalescença, ele usufruiu alguns dias de licença no vilarejo e, em algum momento, ficou sabendo, talvez mais com melancolia do que com satisfação, que Teruel finalmente caíra em mãos franquistas em 22 de fevereiro, um mês e meio depois de ele próprio ter entrado em combate pela primeira vez junto aos Atiradores de Ifni com o objetivo de conquistá-la. Vários testemunhos confiáveis, dentre eles o da mãe de Javier Cercas, registram que, nas primeiras vezes em que Manuel Mena retornou da frente para o vilarejo em licença, ele o fez acompanhado por um assistente mouro que o seguia ou procurava segui-lo por todos os lados — inclusive nos passeios que dava ao entardecer com suas amigas pela estrada de Trujillo — e que, naquele vilarejo onde ninguém tinha visto um árabe havia ao menos sete séculos, esse assistente provocava o mesmo pavor que teria provocado um extraterrestre. Essa apreensão explica um caso ocorrido na primeira noite que o assistente mouro passou em Ibahernando. A família de Manuel Mena não sabia muito bem como tratá-lo e, antes que todos se recolhessem para dormir, a mãe de Manuel Mena perguntou ao filho, reservadamente, se devia preparar a cama para seu acompanhante no palheiro ou no chiqueiro, junto com os animais.

— Como a senhora pode pensar uma coisa dessas, mãe? — respondeu Manuel Mena, escandalizado, segundo a lembrança de Blanca Mena. — Esse homem é igual a mim. Vai dormir onde eu dormir e comer onde eu comer.

José Cercas, pai de Javier Cercas, também tinha uma reminiscência infantil específica daquelas licenças de Manuel Mena durante a guerra. De acordo com ela, Manuel Mena nunca passava dias de descanso em Ibahernando sem almoçar ao menos uma vez em sua casa, com ele, seus dois irmãos, sua mãe e seu pai, Paco Cercas, que era então o chefe da Falange no vilarejo. José Cercas não se recordava de que se falasse sobre a guerra nesses almoços familiares, mas sim que, ao final, Manuel Mena e seu pai se fechavam a sós no escritório deste último e passavam a tarde conversando e fumando enquanto ele e sua irmã Concha tentavam captar pedaços da conversa através da porta fechada. Ninguém tem lembrança, por outro lado, de que nessas passagens fugazes pelo vilarejo, Manuel Mena retomasse sua amizade de discípulo com *don* Eladio Viñuela; teria sido, em todo caso, uma lembrança enganosa, pois naquelas ocasiões já fazia tempo que o mentor de Manuel Mena havia sido recrutado pelo exército franquista, atuando como médico de guerra no vilarejo de Vitigudino, na província de Salamanca. De resto, não sei quanto tempo Manuel Mena passou exatamente em Ibahernando depois de se curar do ferimento no braço naquele inverno; mas, qualquer que tenha sido esse tempo, não há dúvida de que no começo de março ele já tinha se reunido novamente aos companheiros do 1º Tabor de Atiradores de Ifni, que se encontravam, então, na retaguarda nos arredores de um vilarejo da província de Teruel chamado Azaila, e de que, integrado à 13ª Divisão, que se integrava por sua vez ao Corpo do Exército Marroquino de Yagüe, se preparava para participar da grande ofensiva sobre Aragón e a Catalunha que Franco e seus generais haviam planejado para aquela primavera.

A 13ª Divisão só se pôs em marcha a partir do dia 22, várias semanas depois de Manuel Mena se reincorporar a ela. A unidade do general Barrón estava havia alguns dias acampada no vilarejo de Quinto, na margem direita do Ebro, quando recebeu a ordem de criar uma cabeça de ponte do outro lado do rio, para que todo o corpo do exército pudesse atravessá-lo. Era uma operação tão complexa quanto repleta de riscos, em especial no início, já que na margem esquerda, solidamente entrincheirada, aguardava-os a 26ª Divisão republicana, antiga coluna Durruti, e a cúpula da divisão a confiou então ao 4º Batalhão da Legião, sob a liderança do comandante Iniesta Cano, e ao 1º Tabor de Atiradores de Ifni, sob a liderança do comandante Villarroya.

A operação teve início às nove da noite. Não fosse a escuridão quase absoluta, Manuel Mena poderia ter visto, naquele momento, a partir da margem direita, como os *pontoneros** estendiam as pontes transitórias e como os legionários as atravessavam em silêncio, sob uma chuva leve que molhava suas armas e ensopava suas roupas. Uma hora e quinze minutos depois, o 4º Batalhão atravessaria

*Militares especializados em obras de engenharia no Exército espanhol. (N. T.)

o rio sem percalços; após alguns minutos de expectativa, ao som da chuva e da agitação das águas escuras, caudalosas e aceleradas do Ebro, foi a vez de o 1º Tabor de Atiradores de Ifni realizar a travessia. Esta se encerrou pouco depois das onze, e já na margem esquerda a unidade de Manuel Mena se refugiou no silêncio úmido de um canavial enquanto procurava se reagrupar e se reorganizar. Em seguida, iniciou o avanço, com dificuldade, chapinhando às escuras em um lamaçal cortado por valetas, em direção a um local chamado Casa de Aznares (embora em alguns mapas constasse como Casa de los Catalanes), até que, depois de certo tempo, não longe de onde se encontravam, ouviu-se um disparo. Depois outro. E logo outro. Em seguida, desencadeou-se um tiroteio misturado com gritos, xingamentos e juras. Eles entenderam, então, que os legionários do 4º Batalhão tinham se deparado com os soldados de Líster; mesmo assim, receberam ordens para se deter e aguardar enquanto os tiros de fuzis se misturavam na escuridão com as detonações de morteiros e as rajadas das metralhadoras. Embora os enfrentamentos aumentassem, continuaram aguardando, sem se envolver neles. Depois de algum tempo, o silêncio voltou, pouco a pouco, e receberam então a ordem de tentarem adormecer. Não conseguiram pelo menos durantes umas boas duas horas, porque antes do amanhecer o comandante Villarroya convocou seus oficiais para lhes informar sobre a situação e dizer que, como o 4º Batalhão estava, de fato, à frente deles, contido pelos republicanos, eles deveriam se deslocar para o lado direito e tentar ocupar as posições do inimigo por ali. Quando a aurora começou a surgir, lançaram-se ao ataque. As primeiras investidas do 1º Tabor de Atiradores de Ifni foram repelidas, mas, passado certo tempo, chegaram vários aviões franquistas que, depois de lançar algumas bombas sobre as suas próprias posições, corrigiram o rumo e começaram a bombardear as posições republicanas. Quando os aviões partiram, chegou em seu lugar, do outro lado do rio, a artilharia. Por fim, mais duas unidades franquistas avançaram pelo sul para surpreender por trás o inimigo, o qual, antes de ser abatido, abandonou suas posições para o 4º Batalhão.

A construção daquela cabeça de ponte na margem esquerda do Ebro custou a vida de duzentos e sessenta e cinco franquistas e duzentos e dezoito republicanos, mas, a partir desse momento e até chegar às portas da cidade de Lérida, já na Catalunha, o avanço da 13ª Divisão foi quase que um passeio militar. Ao final desse primeiro dia de ofensiva, o Corpo do Exército marroquino havia avançado dez quilômetros sobre território republicano enquanto a frente inimiga desmoronava. Nos dois dias seguintes, seu avanço foi brilhante: cruzando o deserto dos Monegros com o 1º Tabor de Atiradores de Ifni sempre na vanguarda — e com a 150ª Divisão à sua esquerda e a 5ª de Navarra à sua direita —, a 13ª Divisão ocupou Bujaraloz no dia 25, Candasnos no dia 26 e Fraga e as margens do Cinca no dia 27; no dia seguinte, a 5ª de Navarra tomou Mequinenza, e no dia 29, Serós, Aytona e Soses, onde se juntou à 13ª Divisão, que, no dia 30, tomou Alcarrás. Ali, tudo se complicou. Ali, as vanguardas franquistas começaram a ser atacadas pela artilharia inimiga, o que desacelerou sua marcha, e ao chegarem a um local chamado Partida de Butsenit, a quatro quilômetros de Lérida, já com a cidade e o castelo de Gardeny à vista em meio à luminosidade avermelhada do entardecer, foram atacadas pela infantaria e por veículos militares republicanos, o que obrigou seus homens a descerem dos caminhões, se espalharem e formarem uma linha de frente ao longo do caminho de Collastret, até Mantagut e Serra Grossa.

No dia seguinte, teve início a Batalha de Lérida. Três dias antes, seus habitantes haviam desencadeado um êxodo massivo depois de serem bombardeados por quatro esquadrilhas de Heinkel HE-51 alemães advindos do aeródromo de Sariñena, razão pela qual a cidade se encontrava naquela altura praticamente deserta; sobraram ali apenas alguns vestígios de tropas republicanas desmoralizadas que vinham havia meses recuando em debandada e às quais se somara, nas últimas horas, apressadamente, a 46ª Divisão de Valentín González, o Campesino. Este sabia muito bem que, dos três pontos-chave para a conquista de Lérida, o mais fundamental era Gardeny — os outros dois eram Les Collades e Serra Grossa —, um castelo da ordem dos Templários construído no alto da encosta que coroa o monte de mesmo nome, do qual se pode ver toda a cidade. Sua localização estratégica explica o fato de que, já no começo da guerra, os republicanos tenham construído no sopé, no topo e na encosta do monte um sistema escalonado de refúgios, fortificações, cercas, poços de metralhadoras e caminhos de evacuação que o Campesino então logo se apressou em reforçar e armar com metralhadoras, morteiros, tanques e homens, confiando na expectativa de conter os franquistas por ali.

Não teve êxito. Ao longo da noite de 30 para 31, o 1º Tabor de Atiradores de Ifni permaneceu acampado na Partida de Butsenit e na manhã seguinte começou a avançar em formação de combate sobre Lérida seguindo uma trilha que ziguezagueava em meio a elevações secas de terreno à esquerda da estrada. Ele ia à frente do 2º Regimento da 2ª Brigada, com o 1º Regimento à sua esquerda e a 5ª de Navarra à sua direita, entre a estrada e a margem do Segre, e durante todo o dia conseguiu avançar apenas um quilômetro ou um quilômetro e meio, fustigado sem descanso pela artilharia republicana, que disparava a partir do outro lado do rio, e pelos homens da 46ª Divisão, que lhes opunham uma resistência feroz. Naquela noite, eles dormiram ao relento, com os republicanos muito próximos, e no dia 1º tomaram Creu del Batlle, uma chácara localizada a cerca de cem metros de Gardeny que até poucas horas antes abrigava o quartel-general do Campesino. Ali, durante uma reunião noturna de oficiais da qual Manuel Mena participou, o comando da 13ª Divisão decidiu que no dia seguinte, enquanto os dois regimentos da 1ª Brigada atacassem Les Collades, a 2ª Brigada atacaria Gardeny: o 2º Regimento agiria pela frente, pelo local mais íngreme e mais bem protegido, e o 1º Regimento tentaria cercá-lo pelo Camí de Gardeny, uma região mais acessível localizada ao norte do castelo; decidiu-se, também, que o 1º Tabor de Atiradores de Ifni entraria em combate na vanguarda do 2º Regimento, à frente dos outros dois batalhões que o formavam — o da Vitória e o 262.

Foi mais um ataque desajuizado. Desde as primeiras horas da manhã, a artilharia da 13ª Divisão bombardeou impiedosamente as posições dos republicanos enquanto estes replicavam com fogo de contrabateria sobre as posições franquistas, mas só ao meio-dia é que os Atiradores de Ifni deixaram seus refúgios em torno de Creu del Batlle e avançaram sobre Gardeny. E o que se passou, então, foram seis horas seguidas de pesadelo. Manuel Mena instalou suas metralhadoras ao pé do monte, na tentativa de dar cobertura, a partir dali, à subida pela encosta dos seus companheiros, que tentavam aproveitar as pausas da artilharia, dos morteiros, das metralhadoras e dos fuzis inimigos para ganhar alguns metros engatinhando entre moitas queimadas e buscar abrigo em valas e buracos abertos pelas bombas na terra vermelha, procurando escalar centímetro a centímetro aquele promontório argiloso tomado por cercas de arame farpado e nichos de metralhadoras onde se concentrava a força maior da defesa republicana. Finalmente, por volta das três horas da tarde, os republicanos abandonaram suas trincheiras no alto do monte, temerosos de acabarem cercados pelo 1º Regimento, que havia avançado sobre sua esquerda pelo Camí de Gardeny, e recuaram para a planície e o castelo, onde continuaram a resistir desesperadamente com o apoio de três tanques russos e protegidos por uma sequência de barricadas enquanto os dois regimentos franquistas concluíam a escalada do monte e ao mesmo tempo invadiam a planície, os canhões da 13ª Divisão os massacravam e uma esquadrilha de Heinkel HE-51 metralhava suas posições em voos rasantes e vertiginosos.

No meio da tarde, o castelo havia caído. Do alto das muralhas carcomidas pelo impacto das bombas, ainda ofuscado pelos estrondos, pelo sangue e pela fumaça do combate, Manuel Mena contemplou a seus pés a cidade de Lérida, com a torre da antiga catedral à esquerda e o rio Segre à direita. Era uma vitória apenas parcial, de modo que a calmaria durou pouco tempo: por volta das nove horas da noite, dois batalhões de republicanos recém-chegados da frente de Madri contra-atacaram. E o fizeram cheios de fúria, iluminando a escuridão da noite com sinalizadores, entoando aos berros o hino da 46ª Divisão e tentando subir pelas encostas do monte lançando granadas e atirando com armas automáticas. O contra-ataque fracassou em meia hora, e durante o resto da madrugada ouviram-se apenas alguns tiroteios esparsos entre o castelo e as primeiras casas da cidade.

A conquista de Lérida foi consumada no dia seguinte. Por volta do meio-dia, após várias horas de intensa preparação da artilharia, a 13ª Divisão avançou inteira sobre a cidade, cercando-a com os dois regimentos da 1ª Brigada e assaltando-a de frente com os dois regimentos da 2ª. Nesse momento, no monte de Gardeny, as metralhadoras da unidade de Manuel Mena davam cobertura para a descida de seu regimento, com o 1º Tabor de Atiradores de Ifni à frente, rumo às ruas Academia e Alcalde Costa, onde a cidade começava e onde os defensores tinham se protegido com barricas em torno de um posto de gasolina. Derrotada a oposição republicana nesse local, o restante foi mais fácil. Enquanto a companhia de metralhadoras de Manuel Mena os escoltava abrindo caminho e os ajudando a eliminar os poucos focos de resistência, os soldados do 1º Tabor de Atiradores de Ifni adentraram a cidade arruinada pela Alcalde Costa, não sem tomar todos os cuidados para se resguardar dos tiros desesperados dos franco-atiradores e dos soldados republicanos que desciam apavorados da antiga catedral para se colocar a salvo do outro lado do rio antes de ficarem encurralados na cidade por causa da explosão planejada da ponte da estrada. Assim, avançando com a maior prudência possível, Manuel Mena cruzou a avenida de Catalunya e a praça de Sant Joan e passou em frente à prefeitura, ao hospital militar, a quatro igrejas queimadas desde os primeiros dias da guerra e, por fim, depois de atravessar o perímetro urbano de ponta a ponta, ele e o 1º Tabor de Atiradores de Ifni tomaram, sem um único tiro, seu último alvo: a estação ferroviária, um edifício intacto de aspecto neoclássico com um grande relógio na fachada que naquele momento marcava, pontualmente, três horas da tarde.

Lérida era praticamente sua. Cerca de duas horas depois, o 4º Batalhão da Legião e o Tabor Ifni-Saara se apossaram da velha catedral e prenderam sua guarnição. Pouco depois, dois estrondos quase simultâneos fizeram tremer a cidade como numa hecatombe: os republicanos tinham explodido a ponte da estrada e a estrada de ferro para evitar que os franquistas cruzassem o Segre e prosseguissem em seu avanço rumo a Barcelona. Foi o fim. Franco acabara de conquistar sua primeira capital de província catalã, e, a partir daquele momento, a cidade e o rio Segre demarcaram a linha de frente da batalha. No que se refere à 13ª Divisão, depois de ter sofrido mais de mil baixas durante os quatro dias precedentes, precisava urgentemente de um descanso, e durante os três meses e meio que se seguiram, até que se desencadeasse a batalha mais descabida daquela guerra descabida, todas as suas unidades passaram para a reserva.

Todas menos algumas unidades selecionadas, dentre elas o 1º Tabor de Atiradores de Ifni.

11

O ENCONTRO NA CASA DE MANOLO AMARILLA ocorreu numa tarde em que Ernst Folch e o restante da equipe de televisão estavam ocupados gravando imagens de fundo em Ibahernando e cercanias, e dela também participaram meu primo Alejandro e minha mulher. Marcamos para as cinco; eu tinha marcado também, para as sete e meia, outra entrevista, bem perto dali, igualmente em Ibahernando, com os dois únicos colegas de escola de Manuel Mena ainda vivos: minha tia Francisca Alonso, mãe de Alejandro, e dona María Arias, professora do vilarejo.

Eu achava que reconheceria Manolo Amarilla quando o visse, mas estava enganado. O homem que abriu a porta para mim e minha mulher tinha uns setenta anos; era muito magro, usava óculos, exibia cabelo curto e grisalho e pele levemente avermelhada, trajava uma calça jeans puída e camisa xadrez. Depois de nos cumprimentar sem alegria alguma (ou com uma alegria tão forçada que quase não me pareceu alegria), avançou à nossa frente por um quintal muito bem cuidado em direção a uma sala com paredes decoradas à maneira tradicional do vilarejo, com pratos de cerâmica, peças antigas de bronze, quadros e placas de metal, algumas das quais, segundo nos contou, eram feitas por ele mesmo. Alejandro nos aguardava na sala de jantar, sentado a uma mesinha tomando café. Sentamo-

-nos com ele e passamos a conversar sobre casualidades enquanto minha mulher se preparava para nos filmar, e uma filha de Manolo chamada Eva, perto dos trinta anos, silenciosa e sorridente, que trabalhava como economista em Madri e que trocou algumas frases com Alejandro e com o pai, nos servia café. Foi nessa hora que eu o reconheci. Quero dizer é que foi nessa hora que me lembrei de já ter visto Manolo Amarilla outras vezes, embora sem saber precisar onde nem quando, e que raciocinei que ao entrar na casa eu não o havia reconhecido, porque era como se ele preservasse seu rosto por trás de uma máscara; lembrei-me, então, daquilo que Alejandro tinha me contado sobre a mulher dele e entendi que aquela máscara não era a máscara da velhice, mas a da viuvez.

Procurei focar a conversa, em seguida, em Manuel Mena. Mal mencionei seu nome, Manolo comentou que, depois da morte do alferes, ele frequentou muito a casa dele, com sua mulher ou com aquela que mais tarde viria a ser sua mulher (que era, por sua vez, sobrinha de Manuel Mena), e que uma coisa que sempre o surpreendera muito era que ninguém ali jamais falava sobre ele.

— Não me surpreende — interveio então minha mulher, que ainda não tinha começado a gravar o encontro mas já estava com a câmera preparada para fazê-lo. — Se meu filho tivesse morrido na guerra aos dezenove anos, a última coisa que eu gostaria de fazer seria falar sobre isso.

Esse comentário escancarou as portas da conversa, e assim que avançamos por ela, intuí que Alejandro e Manolo Amarilla tinham passado a vida inteira falando sobre os anos da República e a guerra no vilarejo, e me perguntei se, além da militância socialista de ambos, não seria justamente esse interesse compartilhado o responsável por solidificar uma amizade tão estreita como a que os unia. O fato é que durante um bom tempo ficamos falando sobre a Ibahernando imediatamente anterior à República e depois sobre a Ibahernando da República, sobre a ebulição da vida cívica, cultural e associativa da época, sobre meu bisavô Juan José Martínez e *don* Juan Bernardo, sobre *don* Eladio Viñuela e a comunidade de protestantes, sobre a fundação da Casa do Povo e sobre meu avô Paco. Ao comentar a irrefreável radicalização política e social dos meses imediatamente anteriores à guerra, Alejandro disse:

— Lembro das primeiras vezes em que vim ao vilarejo como socialista, na segunda metade dos anos 1970, quando nós, socialistas, tínhamos acabado de sair da clandestinidade. — Ele falava com a veemência contida com que sempre falava sobre esses assuntos. — Eu era, então, um rapaz obcecado com a guerra, e, quando me encontrava com os velhos socialistas da República, sempre lhes dizia a mesma coisa: não consigo entender como vocês transformavam em inimigas pessoas que objetivamente não eram suas inimigas. Ou seja, eu lhes dizia que a República chegara ali para apoiá-los contra os que mandavam, que eram os grandes proprietários, a oligarquia. Mas a República não chegou ali para apoiá-los contra os pequenos proprietários e arrendatários; ao contrário: a República também visava a proteger estes últimos, que pertenciam ao mesmo lado. E lhes perguntava: como é possível que vocês não tenham entendido que seus verdadeiros inimigos eram, eu sei lá, a duquesa de Valência, o duque de Arión, o marquês de Santa Marta, que moravam em Madri, e não os pequenos proprietários e arrendatários de Ibahernando? Como é possível que vocês não tenham entendido que seu inimigo de classe não eram as pessoas daqui, mas as de lá, e que, em vez de combater os daqui, o que vocês tinham de fazer era se aliar a eles contra os de lá? — Deixou as interrogações no ar por um segundo e sorriu melancolicamente, como se risse em silêncio de si próprio. — Que ingenuidade, não? Como é que as pessoas daqui poderiam entender isso se metade delas era analfabeta, sem ter nenhum horizonte à vista além do próprio vilarejo, se a imensa maioria nunca tinha saído daqui e só se encontrava com os daqui e não com os de lá? Talvez os pequenos proprietários e os arrendatários pudessem ter compreendido isso, pelo menos teria sido mais fácil para eles entendê-lo, principalmente se tivessem se esforçado para entendê-lo e não tivessem tido a mentalidade de senhorezinhos déspotas e classistas que tinham; embora, na verdade, eu nem esteja muito seguro de que poderiam ter entendido isso... Enfim, o fato é que eles também não entenderam e, em vez de se aliarem aos pobres quase tão pobres como eles contra os ricos, acabaram se aliando aos ricos contra os pobres mais pobres do que eles. E foderam com tudo.

— Isso aqui não era Madri nem Barcelona — comentou Manolo em seguida, com uma frieza um tanto quanto acadêmica, que contrastava com o entusiasmo de Alejandro. — O confronto, no vilarejo, não era entre ricos e pobres, mas entre pessoas que conseguiam comer e pessoas que não conseguiam comer.

— Essa era a diferença fundamental — concordou Alejandro. — Mas também havia outras. Havia a diferença entre as pessoas de bem, que não conseguiam entender que se cortassem árvores e se queimassem olivais e que se intimidasse fulano ou sicrano...

— Sim — interrompeu-o Manolo enfaticamente, deixando de lado, por um momento, seu distanciamento. — Mas não esqueça que as pessoas de bem pegaram em armas.

— Não esqueço disso — tranquilizou-o Alejandro, que, dirigindo-se agora apenas a ele, acrescentou: — Já lhe contei uma porção de vezes do meu tio Manuel. — E, virando-se para mim, prosseguiu: — Meu tio Manuel, pessoa com quem minha mãe foi criada, um segundo pai, digamos assim — esclareceu, antes de explicar: — Numa noite ele voltava para casa, pouco antes da guerra, e foi atacado por alguns homens. Não aconteceu nada: ameaçaram-no com uma navalha e o assustaram. No dia seguinte, meu tio foi denunciar o fato à guarda civil. E o cabo lhe disse: "Sinto muito. Não tenho como protegê-lo. Arme-se". E foi o que ele fez: deram-lhe um porte de armas e ele comprou um revólver.

— É bem verdade que havia no vilarejo grupos de agitadores — admitiu Manolo; a máscara continuava ali, presa ao seu rosto, mas, em especial quando falava, seus olhos apagados pareciam acender por alguns momentos e suas feições quase pálidas se animavam um pouco. — Jovens que já não eram analfabetos, que faziam leituras na Casa do Povo e que não se intimidavam diante dos que mandavam, que partiam para enfrentá-los. E logicamente aqueles que mandavam no vilarejo passaram a não contratá-los por serem republicanos, esquerdistas ou por frequentarem a Casa do Povo, ou por qualquer outro motivo. E os rapazes então se irritavam e agitavam o vilarejo mais ainda. E assim a situação se encrespou.

— O problema foi esse: o vilarejo se dividiu e a convivência ficou muito difícil — disse Alejandro. — Veja bem, Javi: não tem nada que me irrite mais do que as interpretações equilibradas da guerra, as de meio a meio, essas que dizem que aquilo foi uma tragédia e que os dois lados tinham razão. É mentira: o que aconteceu aqui foi um golpe militar contra a democracia apoiado pela oligarquia e pela Igreja. Claro que aquela democracia estava longe de ser perfeita e que no fim das contas pouca gente acreditava realmente nela e respeitava suas regras, mas mesmo assim era uma democracia; por isso, eram os republicanos que tinham razão politicamente. Ponto final. Mas também me irrita muito a interpretação sectária ou religiosa ou infantil da guerra, segundo a qual a República era o Paraíso na Terra e todos os republicanos foram anjos que não mataram ninguém, e que todos os franquistas foram uns demônios que matavam sem parar. É outra mentira... Veja só, eu sempre soube muito bem que minha família pelo lado de pai, a sua família, era franquista: no fim das contas, eram os que mandavam de fato no vilarejo; mas durante muito tempo me perguntei por que meu avô Alejandro, pai de minha mãe, um sujeito muito simples, pastor, um mero camponês diarista, se alistou como voluntário no Exército de Franco e partiu para Madri junto com seu avô Paco e mais alguns sujeitos de Ibahernando logo nos primeiros dias da guerra. Hoje, depois de tantos anos me fazendo essa pergunta, entendo que a resposta é óbvia: ele era um homem de bem, não aceitava, não podia aceitar que não fizessem as colheitas ou que as queimassem, que queimassem oliveiras, que invadissem sítios, que roubassem animais, que pessoas fossem aterrorizadas. Isso lhe parecia ruim, simplesmente intolerável. Meu avô Alejandro era um homem traumatizado com a desordem e com a impossibilidade de viver em paz, pelo medo. Como seu avô Paco. Nenhum dos dois foi para a guerra por paixão política, porque quisessem mudar o mundo ou fazer a revolução nacional-sindicalista; você precisa entender isso, Javi. Eles foram para a guerra porque sentiram que era a obrigação deles, porque não viram outra saída. E sabe o que ganharam com a guerra? Nada. Outros se saíram bem, ganharam muito, mas eles não. Não levaram nada. Nadinha de nada. Seu avô Paco até teve de deixar o vilarejo para preservar a família, trabalhando na terra aqui e acolá, de sol a sol, e meu avô, você sabe: um lavrador modesto pelo resto da vida. É assim que é. E ninguém neste vilarejo vai dizer o contrário, porque estaria mentindo. Mas Manolo tem toda a razão: Ibahernando não é Barcelona nem Madri. Para além dos confrontos causados pelo esforço que a República fez para modernizar o país e todas essas coisas que os livros de história nos contam, que são verdadeiras, o que ocorreu aqui antes da guerra foi algo muito mais elementar, como aconteceu em tantos outros vilarejos em Estremadura, Andaluzia e tantos outros lugares: é uma situação de extrema carência que opõe, como disse Manolo, os que não tinham o que comer aos que tinham o que comer; muito pouco, o mínimo necessário, mas tinham. E é aqui que a coisa começa, sim, a lembrar uma tragédia, porque os que passavam fome tinham razão de odiar os que podiam comer e os que podiam comer tinham razão de ter medo dos que passavam fome. Os dois lados chegaram, assim, a uma conclusão terrível:

ou nós ou eles. Se eles ganharem, nos matarão; se nós ganharmos, teremos de matá-los. Foi a esta situação impossível que os responsáveis pelo país conduziram essa pobre gente.

Nesse momento, Eva, filha de Manolo, interrompeu-nos para oferecer mais uma xícara de café; todos nós recusamos, mas aceitamos, em contrapartida, a água que ela nos serviu. Ainda não tinha acabado de fazê-lo quando, impaciente para seguir adiante, coloquei em pauta os assassinatos cometidos no vilarejo quando a guerra estourou. Mencionei o do pai do Pelador; eles mencionaram o de Sara García. Nessa ocasião, eu já tinha lido ou ouvido falar bastante dele, e lhes perguntei se sabiam por que a haviam matado.

— Era namorada de um líder da Juventude Socialista, um dos homens que deixaram o vilarejo depois do golpe para se juntar aos republicanos de Badajoz — respondeu Alejandro; depois engoliu em seco, mas, a julgar pela careta que fez, bem poderia ter engolido vinagre puro. — Dizem que a mataram para se vingar dele. Também diziam que quem a matou foi algum filho da puta que queria ficar com ela... Não sei.

— Era muito bonita — disse Manolo. — Você chegou a ver alguma foto dela?

Sem esperar minha resposta, se levantou e voltou depois de alguns minutos com um maço de livros e papéis. Alejandro e eu falávamos sobre os falangistas do vilarejo.

— Antes da guerra não havia nenhum — interveio Manolo, sentando-se de volta. — Meu pai me contou.

— O pai dele era militar — contou-me Alejandro.

— E desde sempre: sua carteirinha de membro da Falange de Cáceres era a de número 17 — observou Manolo. — E ele me contava que antes da guerra veio muitas vezes a Ibahernando para fazer proselitismo, e que ninguém nunca lhe deu bola. Aqui, o pessoal de direita era de Gil Robles ou de Lerroux. Só se aproximaram da Falange quando a guerra estourou, como em toda parte. Veja isto.

Mostrou-me, então, o diário de guerra que seu sogro, irmão de Manuel Mena, mantivera durante sua permanência na frente de batalha — um caderno não muito grosso, preenchido com uma letra cuidadosa —, falou-me sobre a relação entre os dois irmãos e depois me contou o que sabia sobre Manuel Mena. Ao final, me entregou dois livros que Manuel Mena trazia consigo quando morreu na frente do Ebro: o primeiro se intitulava *Instrução e emprego tático das metralhadoras de infantaria* e era assinado por vários autores; o segundo se intitulava *Legislação do governo nacional, 1936* e era assinado por um tal José Pecharromán Colino. Ao folhear este último, encontrei uma flor seca em suas páginas; segurando-a com o máximo cuidado, para que não se desmanchasse em minhas mãos, exibi-a para a câmera.

— É uma margarida — disse minha mulher, sem parar de filmar. — Deve estar aí há oitenta anos, não? — Manolo não respondeu, e um silêncio de assombro tomou conta da sala enquanto nós quatro contemplávamos a margarida de Manuel Mena. Foi minha mulher quem interrompeu o clima. — Escute, Javi — disse ela, em catalão. — Precisamos ir: já são quase sete e meia e tia Francisca e dona Maria já devem estar nos esperando.

Perguntei a Manolo sobre o texto manuscrito de Manuel Mena de que Alejandro havia falado, e Manolo tirou do maço de papéis que acabara de trazer quatro folhas do tamanho de um caderno escolar escritas com caneta tinteiro e uma caligrafia um pouco infantil, que começavam assim: "Camisas azuis de Ibahernando". Antes de continuar a ler, perguntei se eu poderia fotocopiá-las, e ele, como resposta, entregou-me uma pasta de cartolina com as cores da bandeira republicana.

— Tome, as cópias estão aqui — disse ele. — E coloquei também uma foto de Sara. Você vai ver que há três mulheres. Sara é a da direita. E coloquei mais uma coisa também. Leia, para ver que tudo é bem mais complicado do que você pensa.

Antes de partirmos, Manolo nos fez subir até seu escritório, uma água-furtada repleta de livros e uma papelada desordenada, iluminada por um janelão que se abria sobre a breve extensão de telhados desbeiçados do vilarejo. De algum canto, ele tirou umas polainas e umas fitas de couro talhado.

— Era um presente para Manuel Mena — disse ele enquanto eu as examinava. — Da família. Foram feitas por um artesão de Trujillo. Estavam prontas para quando ele voltasse da frente, mas ele não voltou mais.

— Eu não disse, Javi? — comentou Alejandro ao sair da casa do amigo. — Manolo ficou feliz com a visita de vocês. Faz tempo que não o via tão animado.

Não quis lhe perguntar como era Manolo quando não estava animado, pois logo chegamos à casa de sua mãe, onde as duas velhas colegas de escola de Manuel Mena já nos aguardavam. Alejandro prometeu passar dali a duas horas para nos pegar e se despedir, deixando-nos a sós com elas. Quando reapareceu, acabávamos de conversar. Acompanhou-nos até o carro instigando-nos a falar sobre o que sua mãe e dona María Arias nos tinham contado a respeito de Manuel Mena, a República e a guerra. Quando chegamos ao carro, Alejandro deu dois beijos de despedida em minha mulher.

— Caramba — disse, quase aliviado. — Isso de falar sobre a guerra ainda mexe demais comigo. — Ficou pensativo por alguns segundos enquanto eu e minha mulher o observávamos esperando que continuasse. Já passava das nove e meia da noite, mas um último clarão do dia ainda brilhava no horizonte; os gritos das andorinhas rasgavam o silêncio das ruas como navalhas. Dirigindo-se apenas à minha mulher, Alejandro continuou: — Sabe por que entrei para a política, Mercè? Por vergonha. Eu sentia vergonha de minha família não ter evitado o que aconteceu neste vilarejo.

— E poderiam ter evitado? — perguntou minha mulher.

— Não sei, mas tinham a obrigação de fazer isso — respondeu Alejandro. — Ou pelo menos de tentar. Eram os que mandavam, e quem manda é sempre responsável.

— Então não foi, também, uma tragédia — deduziu minha mulher, voltando contra ele seu próprio argumento.

— Também não — admitiu Alejandro. — Você tem razão. Seja como for, virei político para que isso não voltasse a acontecer.

A frase de Alejandro soou com o timbre inconfundível da verdade, e naquele instante me aborreci um pouco, porque soube que sempre que havia ouvido alguém pronunciar essa frase — e isso já tinha acontecido muitas vezes —, eu pensava que era uma frase típica de políticos ou de politiqueiros, vazia, da boca para fora. Súbito, observei a aparência de Alejandro. Trajava uma bermuda, sandálias sujas de terra e uma camiseta grená também meio suja; uma barba quase toda branca parecia querer engolir seu rosto curtido pela intempérie. Por um momento, à luz acobreada do anoitecer tardio, ele me pareceu ter a aparência de um velho camponês diarista, e me perguntei em que momento da sua vida ele decidira que seu lugar era ao lado dos pobres e dos perdedores da guerra; e também me perguntei qual seria a aparência de Manuel Mena se tivesse chegado à idade dele.

— Não sei se concordo com tudo o que você disse na casa de Manolo — confessei. — Preciso pensar. Mas de uma coisa tenho certeza...

— Do quê? — perguntou.

— De que a nossa família esteve do lado errado na guerra — respondi. — Não só porque a República estava certa, mas também porque ela era a única opção que poderia defender os interesses da própria família. Não estou dizendo que era fácil acertar naquelas circunstâncias, tampouco serei tão leviano e cara de pau para julgá-los agora, oitenta anos depois de tudo, com a mentalidade e a comodidade de hoje em dia e sendo que já conhecemos o desastre que aconteceu depois. — Lembrei-me de David Trueba e disse:

— Eles não eram oniscientes. Não sabiam tudo. Não tinham como saber. Mas erraram. Não há dúvida alguma disso. Enganaram-se ou foram enganados: o lado deles era o lado da República.

— Sem dúvida! — exclamou Alejandro, abrindo bastante os olhos e contendo-se visivelmente para que, em meio à quietude absoluta da rua, sua exclamação não soasse como um grito. — A prova é que as coisas não ficaram melhores para a nossa família depois do que antes da guerra; ao contrário: tudo piorou. E muito. Assim como para Ibahernando. Veja — com um gesto, ele pareceu querer envolver o silêncio das ruas vazias, das casas vazias, do vilarejo repleto de fantasmas, onde os únicos seres vivos pareciam ser as andorinhas que ziguezagueavam no crepúsculo emitindo gemidos de crianças assustadas ou adoecidas. — Antes da guerra, tudo isso aqui vivia cheio de gente, tinha vida aqui, o vilarejo tinha um futuro, ou podia tê-lo. Hoje já não existe nada. O franquismo transformou Ibahernando em um deserto, tirou daqui os pobres e os ricos, os que tinham comida e os que não tinham. Todo mundo.

Enquanto Alejandro falava, pensei em minha mãe, que sempre tinha vivido fora de Ibahernando como uma conterrânea no exílio, pensei em Eladio Cabrera, o guardião da casa de minha mãe, que morava em Ibahernando na certeza de que, quando ele e sua mulher morressem, Ibahernando acabaria, e pensei que Alejandro tinha se recolhido em Ibahernando para que Ibahernando não acabasse; também pensei em meu filho e meu sobrinho Néstor, que tinham mais ou menos a mesma idade que Manuel Mena terá para sempre, e fiquei feliz de saber que eles estavam nos aguardando com minha mãe em Trujillo. E, nesse momento, pensei: "Isto é o mais triste no destino de Manuel Mena. Além de morrer por uma causa injusta, morreu lutando por interesses que não eram os dele. Nem dele nem de sua família". E pensei: "Morreu por nada".

Alejandro e eu nos despedimos com um abraço que durou uns segundos a mais do que o normal — pelo menos foi minha sensação. Terminado o abraço, enquanto eu me virava para partir, ele disse:

— Escreva um bom livro, primo.

Meu filho e meu sobrinho Néstor tinham nadado e tomado sol na piscina do Parador, e na hora do jantar tinham ido buscar minha mãe na casa de sua irmã Sacri, também em Trujillo, onde as duas passaram a tarde conversando. Isso foi o que eles nos contaram de noite, enquanto comíamos alguma coisa leve no restaurante do Parador e minha mãe devorava um menu estremenho completo, com direito a um prato de rabanada de sobremesa. "Blanquita se comportou muito bem", acrescentaram meu filho e meu sobrinho Néstor. Durante o jantar, conversamos sobre um assunto que já tinha feito parte da nossa conversa na vinda de Barcelona: a casa de Ibahernando. Minha mãe disse, mais uma vez, que não queria ir embora sem dar uma olhada nela e respondi que faríamos isso na manhã seguinte, quando tínhamos combinado com a equipe de televisão de filmar no local. Depois disso, minha mãe disse que não sei qual de minhas irmãs lhe falara mais uma vez em vender a casa; era uma coisa que ela me dizia de vez em quando, para que eu sempre repetisse que enquanto ela estivesse viva, a casa não seria vendida. E foi o que lhe repeti.

— E quando eu morrer? — perguntou.

"Nós a venderemos", eu pensei, e logo depois pensei, pensando em Alejandro e em Eladio Cabrera e sua mulher: "E aí o vilarejo desaparecerá". Meu sobrinho Néstor saiu em meu socorro: afirmou que não conseguia entender por que nós queríamos ter aquela casa onde já quase nem dava para morar; e meu filho também tentou me dar uma força.

— Vovó — proclamou —, nem o Bill Gates mantém uma casa para usá-la apenas quinze dias por ano.

Minha mãe fitou-o com estranheza.

— Quem é esse sujeito? — perguntou.

Eu já estava no quarto quando meu celular tocou; atendi: era Ernest Folch. Ernest me disse que, por uma série de razões, eles precisariam passar para a parte da tarde a filmagem prevista para a manhã seguinte, e me perguntou se essa alteração nos incomodava de alguma forma. Eu teria um encontro que me ocuparia a tarde toda no dia seguinte, mas lhe respondi que, até segunda ordem, nos encontraríamos, sim, no dia seguinte, à tarde, em Ibahernando e, mesmo já passando das onze da noite, telefonei imediatamente para a casa de meu tio Alejandro. Ele era a quinta pessoa com quem eu queria conversar sobre Manuel Mena naquela viagem, talvez a mais importante, já que passara seus primeiros anos de vida na casa de minha bisavó Carolina, como minha mãe, e compartilhara a infância e um quarto com Manuel Mena. Já tinha falado com ele várias vezes por telefone, longamente; desta vez, falei com a mulher dele, minha tia Puri, que me disse que não haveria nenhum inconveniente em antecipar para o meio-dia a visita que tínhamos combinado para a tarde em sua casa, em Cáceres.

Nessa noite, mal consegui fechar o olho. Durante minhas pesquisas sobre Manuel Mena eu costumava levar comigo as traduções da *Ilíada* e da *Odisseia* que eu tinha encontrado na casa de minha mãe durante a viagem a Ibahernando com David Trueba; já tinha relido integralmente a *Ilíada*, começara a *Odisseia*, e naquela noite continuaria avançando nela não fosse o fato de, tendo minha mulher dormindo ao lado na cama, ter me dedicado a estudar os documentos que Manolo Amarilla me dera à tarde. O primeiro que li foi o texto manuscrito de Manuel Mena, que começava com "Camisas azuis de Ibahernando" e continuava assim:

> Vou me dirigir a todos vocês com frases simples e comoventes, se possível, para que saibam mais uma vez o que são este movimento e esta organização fundada em 29 de outubro de 1932 pelos mártires

e libertadores (pois é assim que eles devem ser chamados) Ruiz de Alda, Sánchez Mazas e José Antonio Primo de Rivera.

Passados dias, anos, e com nossa Espanha, nossa Pátria, indo de mal a pior, não esquecendo o nosso Chefe que:

Escravo não pode ser,
Povo que sabe morrer,
lançou-se às ruas para salvar-nos do jugo que nos oprimia.

Como as suas boas intenções não tinham como ser postas em prática a não ser com a revolução, esta foi a razão pela qual nosso camarada José Antonio pronunciou a seguinte frase: "A paz haverá de chegar com a guerra, mas a guerra haverá de avançar pelas veredas [através das quais] a conduzem os bons espanhóis".

Desejosos que estávamos todos nós de elevar a Espanha, de fazê-la grande e servi-la, chegou uma ocasião oportuna para consegui-lo, que foi o 18 de julho de 1936.

É a hora de ostentar a camisa azul, é a hora de deixar de resmungar e enfrentar o inimigo, porque a Falange não quer homens que se escondem, porque a Falange não quer preguiçosos; a Falange Espanhola e das JONS quer "almas limpas e corações arrependidos".

Não esquecemos as palavras de "Espanhóis, a pátria está em perigo, ajudem a defendê-la", e, apesar de há um ano nos faltar O Único, o Insubstituível, O Profeta, o Caudilho que escreveu com o sangue de seu próprio coração nossa doutrina, não faltarão milhares e milhares de novas camisas para ir à frente de batalha, embora centenas e centenas de camisas sujas e velhas tenham voltado para suas casas. Mas sempre cantando "si te dicen que caí, me fui al puesto que tengo allí".*

*Em tradução livre: "se lhe disserem que caí, é porque fui ao posto que tenho ali". Trecho de "Cara al sol", hino da Falange Espanhola e das JONS. (N. T.)

Depois de tudo isso, não devemos admitir, nem podemos admitir, nem admitiremos que a Falange se aniquile, porque é uma organização sadia, porque é uma organização pura e porque ela soube, como nenhuma outra, ajudar a pátria quando esta precisou.

Mas saibam que para que a Falange progrida é preciso que vocês se unam, pois seu programa prega a harmonia entre as classes sociais. Para José Antonio, "o trabalho em si, como o capital em si, não tem valor; o trabalho e o capital só têm valor em função do objetivo que se quer alcançar". Porque, com razão, ele dizia "como o sacerdote precisa de duas mãos para obter a forma divina, duas mãos são necessárias para elevar a sociedade".

E hoje, tudo o que devemos pedir é "que o sangue derramado por nossos camaradas nas diversas frentes sirva de matéria fértil para a semeadura de novos ideais" e "o vertido pelos inimigos, de matéria corrosiva para as raízes podres que haviam crescido nesses corações".

Desta forma, e de uma vez por todas, faremos Homens, faremos História e faremos a Espanha Unida, Grande e Livre.

Viva a Espanha!!

No final do texto havia uma série de anotações ou fragmentos de anotações; a mais longa (e mais interessante) dizia:

Chegou a hora da união entre a classe operária e a classe patronal, porque, camaradas: "Os operários, os empresários, os técnicos, os organizadores constituem toda a cadeia da produção, e existe um sistema capitalista que com o crédito caro, com os privilégios abusivos de acionistas e rentistas ganha, sem trabalhar, a maior parte da produção e afunda e empobrece igualmente os patrões, os empresários e os operários", José Antonio (19 de maio de 1935).

Em seguida, outro fragmento: "... devemos escolher 'o melhor dentro do possível'". E outro: "É preciso trabalhar 'até erguer a

Espanha às estrelas, de onde nos vigiam aqueles que nos ensinaram a morrer pela Pátria, pelo Pão e pela Justiça'. Pela Espanha Unida, Grande e Livre". E o último: "Lutamos ao lado de heróis como são: um Aranda em Oviedo e um Moscardó no Alcázar de Toledo". Embaixo de tudo, a assinatura de Manuel Mena.

Li tudo isso algumas vezes. A primeira conclusão a que cheguei é que meu primo Alejandro estava certo e que aquilo, mais do que uma carta enviada da frente de batalha, parecia um discurso ou anotações para um discurso ou para um comício dirigido aos falangistas de Ibahernando. A segunda conclusão era uma dedução a partir da referência à morte de José Antonio Primo de Rivera, em 20 de novembro de 1936; Manuel Mena a situava um ano antes, o que significava que o texto fora escrito e lido (supondo que tenha sido lido) no outono ou no inverno de 1937, quando se dissipavam nas zonas franquistas as dúvidas sobre a execução de José Antonio em Alicante e quando Manuel Mena já tinha adquirido certa notoriedade no vilarejo por estar havia um ano na frente e por acabar de obter o grau de alferes e talvez também de ser incorporado aos Atiradores de Ifni, mas também quando ainda não tinha entrado em combate com sua unidade e ainda não havia experimentado a fundo a guerra, e sua exaltação política e seu idealismo bélico estavam intactos. A terceira conclusão foi que aquele texto havia sido pensado para incutir ânimo nos falangistas do vilarejo e atrair novos militantes para o partido e novos voluntários para a frente, para estimular velhos republicanos e esquerdistas a se unirem à causa e para preservar a pureza e independência da Falange: poucos meses antes, em abril de 1937, Franco dissolvera ou tentara dissolver o partido, fundindo-o com o tradicionalismo carlista na água insossa nacional-católica do partido único, a Falange Espanhola Tradicionalista e das JONS, e em seu texto Manuel Mena parecia apelar para os fundamentos ideológicos do partido de José Antonio para evitar que essa aliança política com os carlistas fizesse arrefecer seu potencial revolucionário.

Camisas azules de Ibahernando:

Voy a dirigiros la palabra con frases sencillas y conmovedoras, si alcanzarlo pudiera, para que os deis cuenta una vez más de lo que significa ésto movimiento y ésta organización que se fundó el 29 de Octubre de 1932 por los mártires y libertadores (que así se les debe llamar) Ruiz de Alda, Sánchez Maza y José Antonio Primo de Rivera.

Habiendo pasado días, años y yendo nuestra ~~Patria~~ España, nuestra Patria de mal en peor, no olvidando nuestro Jefe que:

Esclavo no puede ser,
Pueblo que sabe morir,

se lanzó a la calle para salvarnos a todos del yugo que nos oprimía.

Como sus buenas intenciones no podían alcanzarse de otra manera que con la revolución, ésta fué la causa de pronunciar nuestro camarada José Antonio la siguiente frase:

"La paz, ha de venir con la guerra,
Pero la guerra ha de ir,
Por las veredas que la lleven los buenos españoles"

Deseosos como estábamos todos de elevar a España, de engrandecerla y desarrollarla, llegó un momento oportuno para lograrlo y éste fué el 18 de Julio de 1936.

Es la hora de ostentar la camisa azul, es la hora de quitarse la careta y dar el pecho al enemigo, porque la Falange no quiere emboscados, porque la Falange no quiere vividores; F.E. de las J.O.N.S. quiere "almas limpias y corazones arrepentidos."

No olvidandose las palabras de "Españoles, la Patria está en peligro, Acudid a defenderla." y a pesar de faltarnos ~~el~~ ~~la~~ El Único, El Insustituible, El profeta de hace un año, El Caudillo que escribió ~~que~~ con sangre de su propio corazón nuestra doctrina, no faltaron"

Miles y miles de camisas nuevas,
para ir al frente de batalla, aunque
cientos y cientos de camisas sucias y rojas,
tornaban a sus casas.

Pero siempre cantando "si te dicen que caí, me fui al puesto que tengo allí."

Después de todo ésto, no debemos consentir, ni podemos consentir, ni consentiremos. que la Falange se aniquile, porque es una organización sana, porque es una organización pura y porque ha sabido, como ninguna otra, ayudar a la patria cuando ésta lo ha necesitado.

Pero tenemos presente que para que la Falange progrese es necesario que vosotros os unáis. porque su programa aconseja la armonía entre las clases sociales. Para José Antonio "El trabajo en sí, como el capital en sí, no tiene valor; solo vale el trabajo y el capital en función al fin que se quiere conseguir. porque con razón decía" Como dos manos necesita el sacerdote para alzar la forma divina, dos manos necesitan para elevar la sociedad".

Y ahora lo único que debemos pedir todos es "Que la sangre derramada por nuestros camaradas en los distintos frentes, sirva de substancia fértil para el semillero de los nuevos ideales" y "la vertida por los enemigos de substancia corrosiva para las podridas raíces que en ésos corazones habían infundido"

De ésta manera y de una vez para siempre haremos Hombres, haremos Historia y Haremos a España; Una Grande y Libre

¡¡Arriba España!!

no deben, ni saben, ni pueden darlas, debemos elegir
« Lo mejor entre lo posible »».

Es hora ya que se una la clase obrera y patronal
porque camaradas:

« Los obreros, los empresarios, los técnicos, los organizadores, forman la trama total de la producción, y hay un sistema capitalista que con el crédito caro, que con los privilegios abusivos de accionistas y obligacionistas se lleva, sin trabajar, la mayor parte de la producción y hunde y empobrece por igual a los patronos, a los empresarios, a los organizadores y a los obreros »».

José Antonio (12 mayo 1935)

Hay que trabajar

«« Hasta levantar a España a las estrellas, donde vigilan los que nos enseñaron a morir por la Patria, el Pan y la Justicia.

por

España Una, Grande y Libre

Luchamos al lado de héroes como son:

" Mn Aranda en Oviedo y
Mn Moscardó en el Alcázar de Toledo ".

A quarta conclusão se desprendia da precedente e era a mais importante. No texto, Manuel Mena aparece, por um lado, como um adolescente cheio de presunção em suas leituras, ávido por exibir seu repertório de alusões histórico-literárias retiradas do lugar-comum patriótico do momento: dois versos mal citados de um conhecidíssimo poema de Bernardo López García ("Ode ao Dois de Maio"), algumas palavras pronunciadas ou supostamente pronunciadas pelo prefeito de Móstoles chamando à rebelião contra as tropas napoleônicas no início da Guerra da Independência, talvez um versículo de um salmo bíblico (24:4), sem dúvida dois versos de "Cara al sol", o hino da Falange, e várias frases tiradas dos discursos de José Antonio. Por outro lado, Manuel Mena revela em seu texto ser um joseantoniano puro, não um franquista (de fato, o discurso não contém nenhuma menção a Franco), um jovem intoxicado pelo idealismo venenoso do fundador da Falange e um crente de pés juntos na harmonia de classes pregada pelos revolucionários da extrema direita e da extrema esquerda e na doutrina joseantoniana que consiste em juntar a qualquer preço patriotismo e revolução social numa síntese impossível que era, no entanto, o coquetel ideológico preparado pela oligarquia para deter o igualitarismo socialista e democrático. O quarto e último corolário que deduzi a partir da leitura do manuscrito de Manuel Mena foi o seguinte: lidas com cuidado, essas poucas palavras, conservadas graças à paixão de Manolo Amarilla pelo passado, esboçavam um retrato moral, político e ideológico do personagem que, inesperada e parcialmente, o ressuscitava.

O segundo documento que estudei naquela noite era bem mais longo do que o primeiro. Continha cinquenta e sete páginas e era o registro do processo do julgamento do conselho de guerra nº 2.430, instruído no começo de 1940, em Cáceres, contra um homem de Ibahernando chamado Higinio A. V. Assim que comecei a lê-lo, comecei a tremer. Pelo que se pode deduzir desses autos, a história foi a seguinte:

Em 29 de abril de 1939, recém-terminada a guerra, meu avô Paco, que era então chefe da Falange de Ibahernando, enviara um ofício assinado de próprio punho ao Governo Militar de Cáceres no qual declarava de forma sucinta que Agustín R. G., um conterrâneo detido no campo de concentração de Trujillo como prisioneiro de guerra republicano, lhe confidenciara que Higinio A. V. era o autor de um assassinato cometido no vilarejo de Córdoba durante a guerra. Meu avô não deixava claro que Higinio A. V. também era conterrâneo de Ibahernando e que, tal como Agustín R. G., estava detido no campo de concentração de Trujillo como prisioneiro de guerra. Apenas concluía: "É tudo o que posso informar a V. em honra da verdade". Figurava no resumo, em seguida, uma declaração de Agustín R. G., datada de um mês depois, em Trujillo, na qual este confirmava sua denúncia e detalhava: o próprio Higinio A. V. lhe havia confessado o assassinato — o "passeio", ele dizia, no jargão da época —, cometido em Villanueva de la Serena, Badajoz, em algum dia de 1936 e na presença de mais quatro pessoas, duas das quais, afirmava, também se encontravam detidas no campo de Trujillo. Em seguida, as duas testemunhas mencionadas por Agustín R. G. avalizavam seu relato (uma delas acrescentava um detalhe: a confissão de Higinio A. V. fora obtida no inverno de 1936, enquanto ele gozava de um período de licença militar). Vinha depois uma série de depoimentos de autoridades de Ibahernando — o juiz, o policial municipal, o subtenente da guarda civil —, bem como de um vizinho; neles se falava da adesão de Higinio A. V. à juventude comunista, de sua participação "nas várias agressões cometidas contra pessoas de bem e propriedades" antes da guerra, segundo escreveu o subtenente, e de sua fuga para o campo republicano na explosão da guerra; alguns dos depoimentos ecoavam rumores sobre sua participação em vários assassinatos, entre eles aquele denunciado por Agustín R. G. Todos esses textos traziam a data de outubro de 1939. De novembro — 11 de novembro — era o depoimento do acusado, o qual negava, ali, todas as acusações que lhe eram imputadas, embora admitisse ter sido militante da UGT, a central sindical socialista, e ter passado "por medo" para a zona republicana depois do início da guerra. Com isso se encerravam as diligências efetuadas pelo juiz instrutor. A primeira reunião do tribunal do conselho de guerra aconteceu em Cáceres no dia 4 de dezembro; sua primeira solicitação foi no sentido de que Agustín R. G. e uma das testemunhas que tinham ratificado seu depoimento em Trujillo o ratificassem também ali em Cáceres. E assim foi feito pelos dois, oito dias depois: voltaram a acusar Higinio A. V. de ter cometido o assassinato ou, mais precisamente, de ter afirmado que o cometera. Em 27 de janeiro de 1940, o tribunal do conselho de guerra se reuniu pela segunda e última vez e, depois das alegações do promotor e do advogado de defesa, condenou o réu à morte. A sentença foi cumprida: no amanhecer de 8 de junho daquele mesmo ano, em um campo de tiro nas cercanias de Cáceres, deu-se o fuzilamento de Higinio A. V.

Esses são os fatos registrados nos autos do processo. Como já disse, comecei a lê-los tremendo, deitado ao lado de minha mulher no nosso quarto do Parador; logo depois, ainda com o coração na mão, me levantei e continuei a lê-los de pé; ao final, terminei de lê-los sentado à mesa do quarto, com uma estranha mistura de alívio e horror. "Para você ver que tudo é bem mais complicado do que pensa", dissera Manolo Amarilla ao me entregar a cópia do processo. No começo, quando vi o nome de meu avô Paco no ofício inicial, pensei que Manolo se referia a ele e me lembrei de um artigo que eu mesmo tinha escrito anos antes depois de saber que durante a guerra meu avô salvara a vida de um prefeito socialista de Ibahernando, e disse a mim mesmo, angustiado, que acabara de descobrir que, na guerra, um mesmo homem pode ser aquilo que há de melhor e aquilo que há de pior; quando acabei de ler o processo, entendi que, por sorte, eu estava enganado, pelo menos

6

Francisco Cercas Fernández (mayor) Jefe Local de F.E.T. y de las J.O.N.S. de Ibahernando

Tengo el honor de Informar á V. que el vecino de esta Higinio Agudo Villar perteneció en este pueblo á las Juventudes Comunistas siendo elemento muy rebolucionario, pendenciero y siempre insultando á las personas de orden y por referencias de Agustín R▬ L▬ actualmente en el Campo de Concentración de Trujillo sé que Higinio A▬ V▬ fué el autor de la muerte del padre político de Salazar Alonso para el pueblo de los Blazques.

Es cuanto puedo Informar á V. en honor á la berdad

Ibahernando á 29-4-1939. Año de la Victoria

El Jefe Local

Francisco Cercas

FALANGE ESPAÑOLA TRADICIONALISTA Y DE LAS J.O.N.S. JEFATURA LOCAL IBAHERNANDO

Sr. Teniente de Investigación de Prisioneros

Gobierno Militar de

Cáceres

nesse caso. Meu avô não tinha denunciado um crime político, mas sim um crime comum: o assassinato de um homem, ou melhor, o suposto assassinato de um homem. A rigor, não havia nem mesmo denunciado um crime; ele denunciara uma denúncia, a de Agustín R. G., solicitando por escrito que fosse investigada, algo que tinha até mesmo obrigação de fazer qualquer que seja o ponto de vista, a começar pelo ético e finalizando pelo penal (não tinha a obrigação, por outro lado, de registrar no ofício sua opinião sobre Higinio A. V., mesmo que ela fosse justa ou que ele a considerasse justa: não tinha a obrigação de dizer que Higinio A. V. era "um elemento muito revolucionário, encrenqueiro e que estava sempre insultando as pessoas de ordem"): o que meu avô tinha feito era algo determinado pelo código penal, tanto o dos vencedores como o dos vencidos, tanto o do franquismo quanto o da República ou o de qualquer democracia. Ou, dito de outra forma, é possível que meu avô tenha hesitado em dar prosseguimento ou não à denúncia contra Higinio A. V., por temer as consequências que seu ato poderia ter para esse homem; mas o fato é que ele era obrigado a fazê-lo e, se não o tivesse feito, teria cometido, ele próprio, um crime: o de se transformar em cúmplice ou acobertador de um assassinato.

Depois disso, eu me perguntei: tudo bem, mas e Agustín R. G.? Por que Agustín R. G. denunciara Higinio A. V.? Eu não sabia nada sobre Higinio A. V., jamais ouvira nem sequer falar no seu nome, mas já tinha lido, sim, o nome de Agustín R. G. em diversos documentos conservados no arquivo do vilarejo e tinha ouvido falar muito nele, um homem que, segundo os autos, tinha então trinta e seis anos (Higinio A. V. tinha vinte e sete) e que eu sabia ter sido um importante dirigente socialista do vilarejo durante a República, ocupando cargos de destaque na prefeitura e tendo adquirido um prestígio unânime como político justo, honesto valoroso, eficaz, bastante razoável e conciliador. Não há dúvida de que esse homem conhecia o meu avô Paco, nem de que quando apresentou sua denúncia ele era o chefe local da Falange, tampouco de que, talvez por intermédio de sua família, ele conseguira fazer com que meu avô fosse encontrar com ele em Trujillo para denunciar o que sabia e que meu avô levaria adiante a denúncia; mas, por que fizera isso? É claro que, tanto quanto meu avô, Agustín R. G. também tinha a obrigação de denunciar o assassinato ou o suposto assassinato, mas, por que não fizera a denúncia às autoridades republicanas no devido momento, quando soube do fato pelo próprio Higinio A. V.? Por que levara mais de dois anos para denunciá-lo? Teria sido por medo de denunciar uma prática muito frequente na retaguarda republicana — embora menos do que na franquista — no início da guerra, a prática do passeio, do assassinato sem controle algum? Ou teria feito isso para não prejudicar um companheiro de armas? Mas, nesse caso, por que o denunciara depois, quando a situação ficaria muito mais grave para o denunciado? Teria feito isso porque já não aguentava mais guardar na consciência aquele segredo? Teria feito isso para obter as graças das autoridades franquistas? Eu sabia que Agustín R. G. voltara são e salvo para Ibahernando em 1946, após anos de trabalhos forçados, e que morrera ali de velhice: teria salvado a própria vida graças à sua denúncia? Teria procurado, ao fazê-la, obter alguma compensação, algum benefício penal ou processual naquele momento em que seu destino, como o de tantos outros combatentes republicanos transformados em prisioneiros de guerra, estava nas mãos da arbitrariedade e da crueldade dos vencedores? Buscava, quem sabe, vingar-se de Higinio A. V. por conta de diferenças pessoais ou políticas (a princípio, Agustín R. G. e Higinio A. V., que declarava nos autos ter pertencido à central sindical socialista, compartilhavam uma mesma militância política, mas era algo verossímil que Higinio A. V, nove anos mais novo que Agustín R. G., tenha pertencido aos jovens socialistas radicalizados que desde antes da guerra se uniram aos comunistas: isso explicaria que, nos autos, várias pessoas o relacionassem com a juventude comunista)? Ou Agustín R. G. visava a todas essas coisas, ou algumas delas, ao mesmo tempo? Pareceu-me impossível que Agustín R. G. tivesse inventado a história de Higinio A. V., que a tivesse ratificado em duas oportunidades e que outros dois prisioneiros republicanos tivessem confirmado sua veracidade, de modo que dei como fato consumado que Higinio A. V. lhes contara de fato que tinha cometido o crime; mas teria ele realmente cometido esse crime, ou apenas alardeara, de forma tão temerária, tê-lo cometido? Contra a legalidade republicana, o tribunal de franquistas rebelados que julgara Higinio A. V. o condenara à morte — com a fórmula criminal astuciosa usada naquela época para condenar tantos outros republicanos, qual seja, a de "adesão à rebelião" — e, embora tenha reforçado as motivações para a sentença com os agravantes de "periculosidade social e transcendência dos fatos", a verdade é que ninguém se dera ao trabalho de investigar se Higinio A. V. havia de fato cometido o crime de que era acusado. Teria ele realmente cometido esse crime?

Passei horas envolvido por essas interrogações no meu quarto do Parador. Vez por outra, saía para o terraço a fim de respirar o ar noturno de Trujillo, escrutinava pela janela sua noite pontilhada de luzes ou olhava para minha mulher dormindo na cama. Vez por outra recordava o que Manolo Amarilla havia dito sobre a complexidade das coisas e o que Alejandro dissera sobre as situações impossíveis a que os responsáveis pelo país tinham submetido as pessoas oitenta anos atrás. Até que, em determinado momento, compreendi que jamais conseguiria responder àquelas perguntas, que era de fato impossível respondê-las e que, ao menos àquela altura da história, passados quase oitenta anos do acontecido, as perguntas eram mais significativas do que as respostas. Foi então que me lembrei da fotografia de Sara. Tirei-a da pasta de cartolina com as cores da bandeira republicana que Manolo me dera e passei a olhar para ela. Na verdade, era uma foto de três mulheres, como Manolo alertara, uma foto de estúdio; duas delas estavam de pé, uma sentada; foquei meu olhar na da direita. Observei-a com atenção, meticulosamente, quase cruelmente, de cima a baixo: vi seu cabelo penteado como o de uma menina, seu rostinho ovalado de menina, suas feições arredondadas de menina, seus olhos, seu nariz, sua boca, todos de menina, seus brincos e seu colar de menina, seu inconfundível vestido de menina — longo e plissado, com botões e cinto de menina —, seu leque de mulher sustentado pela sua mão esquerda de menina, suas meias brancas e longas de menina, seus sapatinhos de menina. Imaginei-a morta por um tiro em um talude. Senti vontade de chorar, mas pensei em minha mãe e no Pelador, que já não podiam chorar, e pensei que eu não tinha direito algum de chorar, e me segurei. Ou pelo menos tentei fazê-lo. Olhei através da janela. Amanhecia.

12

É muito provável que, finda a Batalha de Lérida, Manuel Mena tenha desfrutado de uma licença de alguns dias ou semanas em Ibahernando; é certo que no começo de junho de 1938 ele estava de novo em combate, com o 1º Tabor de Atiradores de Ifni, desta vez enfrentando o desespero de alguns milhares de soldados republicanos que vinham havia três meses resistindo aos ataques franquistas em um reduto perdido nos altos dos Pireneus de Aragão, muito próximo da fronteira com a França.

Era o chamado Cerco de Bielsa. Depois da ofensiva franquista de março contra Aragão e a Catalunha, concluída no começo de abril em Lérida, a 43ª Divisão republicana ficara isolada no norte da província de Huesca. Era uma unidade sólida, majoritariamente comunista, comandada pelo major Antonio Beltrán, dito o Esquinazau,* um aragonês que conhecia palmo a palmo a região e que tivera a ideia insensata de recompor suas forças nos vales profundos e cumes inacessíveis da comarca de Bielsa até que a ajuda da França lhes permitisse lançar um contra-ataque decisivo. Mas a ajuda da França não chegava, e durante o mês de março a 43ª Divisão foi aos poucos se espalhando para o leste de Huesca, encurra-

*No dialeto aragonês, equivale a "extenuado", "exausto". (N. T.)

lada pelos franquistas da 3ª Divisão de Navarra, até que, no dia 12 de abril, o cerco se fechou por completo sobre ela e o Esquinazau e seus homens se tornaram, para a propaganda da República, que no seu íntimo já começava a saber que estava derrotada e sentia uma necessidade cada vez mais urgente de heróis, os protagonistas de uma façanha inaudita, um símbolo da tenacidade indomável e da resistência absoluta ao fascismo. Isso explica o fato de que aqueles valentes combatentes receberam em seis dias a visita do Chefe do Governo, Juan Negrín, e do Chefe do estado-maior do Exército republicano, general Rojo, cujo objetivo era levantar o seu moral, transmitir-lhes instruções e tirar fotos para a imprensa com eles; isso também explica o fato de que, em um mês, quando eles já tinham passado dois meses sob o assédio violento da artilharia e das investidas pontuais da infantaria rebelde, Franco decidiu acabar de vez com aquilo tudo, embora tenha levado ainda três semanas para conseguir deslocar até ali as forças de elite necessárias para isso.

Entre essas forças estava o 1º Tabor de Atiradores de Ifni, a unidade de Manuel Mena. Ela continuava acantonada desde o mês de abril em Lérida ou nos arredores de Lérida, e numa manhã do começo de junho seus comandantes receberam a ordem de deixar para trás a placidez provisória da segunda linha e se dirigir para Tremp, nas imediações dos Pireneus. Ali, formou-se durante os dias seguintes um grupamento especial comandado pelo tenente-coronel Lombana, composto pelas melhores unidades do Corpo do Exército Marroquino e concebido com a finalidade de expulsar os republicanos de Bielsa com a ajuda da 3ª de Navarra, que os perseguira até ali, mas se mostrara incapaz de acabar com eles ou expulsá-los para a França sozinha.

No meio da manhã do dia 6, a expedição partiu em direção a Bielsa. Foi uma marcha penosa. Durante dois dias e meio, vários milhares de homens percorreram a pé quase cem quilômetros de montanhas por trilhas de veículos e caminhos intransitáveis, enfrentando o frio extemporâneo da primavera pirenaica, com os vinte e cinco quilos de sua bagagem pessoal e uma centena de animais carregando metralhadoras, munições, material de socorro e provisões e que puxavam nove peças de artilharia de diferentes calibres: duas de 65, três de 105, duas de 155 e duas de 105 de montanha. Assim, depois de passar por Fígols de Tremp, Puente de la Montaña, Benabarre, Graus e Castejón de Sos, chegaram, ao entardecer do dia 8, ao vilarejo de Sahún, em Benasque, um vale que antecede o de Bielsa cercado por uma coroa de picos nevados de dois e três mil metros de altitude. Naquela noite, depois que os soldados se alimentaram, municiaram as armas e dormiram por algumas horas, o tenente-coronel Lombana reuniu seus oficiais em uma casa do vilarejo. Manuel Mena estava presente ao encontro. Daquilo que se disse ali, ele deve ter concluído que a batalha do dia seguinte seria desigual, mas não que seria incruenta: os franquistas tinham reunido mais de catorze mil combatentes contra os sete mil republicanos menos bem armados do que eles, desprovidos de aviação e quase de munições adequadas para sua artilharia; os únicos trunfos com que os defensores contavam era seu elevado moral, a fortaleza de sua disciplina, seu conhecimento do terreno e sua habilidade para se aproveitar disso, assim como as barricadas que haviam erguido durante os meses seguidos de assédio em meio às montanhas que os protegiam. Não há dúvida de que Manuel Mena também ouviu da boca de Lombana o plano de operações para o dia seguinte; era simples: essencialmente, consistia em atacar Sahún, onde os republicanos haviam formado uma sólida linha defensiva, ocupada por um batalhão da 102ª Brigada Mista, ao mesmo tempo em que o Grupamento Moriones, pertencente à 3ª de Navarra, atacaria pela esquerda o porto de Barbaruens, na serra de Cotiella.

A batalha teve início ao amanhecer. Nesse momento, os canhões do Grupamento Lombana iniciaram o bombardeio contra as posições inimigas com o apoio dos Junkers 52 e dos Heinkel-45 e Heinkel-51 da Brigada Hispana, enquanto os soldados faziam a escalada rumo a Sahún, com o 1º Tabor de Atiradores de Ifni na vanguarda. No começo, em meio à parca luminosidade da aurora, eles subiram por uma trilha que cortava uma encosta suave repleta de carvalhos, mas ao final de duas horas, ou duas horas e meia de subida, com o sol já bem no alto, a trilha se transformara em um caminho de cabras, os carvalhos em pinheiros e a suave encosta em um barranco quase vertical e depois em uma pradaria aberta, pedregosa e cheia de neve. Foi quando ali chegaram que vieram os tiros iniciais, vindos dos primeiros nichos de metralhadoras, e eles tiveram, então, de entrar em combate. Este se estendeu por várias horas, sem intervalos, ao longo das quais conseguiram se aproximar várias vezes das trincheiras republicanas e várias vezes foram rechaçados de volta para suas posições iniciais enquanto pediam que a artilharia e a aviação interviessem novamente para inibir a defesa do inimigo. Por fim, no começo da tarde os republicanos já não conseguiam mais aguentar aquele martírio e os franquistas tomaram suas posições recém-abandonadas, fazendo alguns poucos prisioneiros. Há ainda alguns depoimentos orais e escritos sobre o final de todo esse estrago, de modo que não se faz necessário recorrer a fantasias de ficcionista para imaginar o que Manuel Mena viu ali: em um testemunho se avistam as últimas espirais de fumaça se dissolvendo no ar cristalino do cume do Sahún e as armas e apetrechos abandonados em meio ao pânico entre os caminhos com arame farpado; em outro se exibem cadáveres muito jovens espalhados sobre a neve suja e revolta; em outro se vislumbra o sol gelado de junho no céu imenso e sem nuvens. De todos eles emana uma mesma certeza, que é a de que, tanto para os que atacaram como para os que se defenderam, a derrota republicana naquele momento inicial da investida franquista prenunciava o final imediato do cerco de Bielsa.

E esse prenúncio se concretizou. Na manhã seguinte, o 1º Tabor de Atiradores de Ifni e o Grupamento Lombana completo desceram o Sahún por um despenhadeiro nevado e marcharam até a bacia do rio Cinqueta, no vale de Gistaín; ali, juntaram-se ao Grupamento Moriones, que vinha do alto de Barbaruens, e durante os dois dias seguintes os dois destacamentos expulsaram das montanhas do vale todos os soldados republicanos e conquistaram, após duros combates em que registraram quase cem baixas, os vilarejos de Plan, San Juan de Plan e Gistaín. Os dois grupamentos se separaram de novo no dia 13: o Moriones partiu pelo sul na direção das montanhas onde se encontra o vilarejo de Bielsa, atravessando a serra de Cubilfredo, a fim de tentar surpreender seus defensores pelos lados, enquanto o Lombana avançou pelo curso do rio Cinqueta para a esquerda do vale até que, depois de várias horas de caminhada entre grandes penhascos de pedra nua durante as quais foi fustigado por forças republicanas em retirada, chegou à encruzilhada de Salinas, onde o Cinqueta e o Cinca se encontram. Passaram a noite ali, na boca do vale de Bielsa, a apenas dez quilômetros do vilarejo, e durante a manhã e a tarde seguintes continuaram avançando, agora junto à bacia do Cinca, sempre com o 1º Tabor de Atiradores de Ifni à frente, sempre adotando o máximo de precauções a fim de não serem surpreendidos pelos soldados da 43ª Divisão que tinham permanecido ali para dar cobertura à retirada de seus companheiros. No crepúsculo, os primeiros elementos da vanguarda avistaram o casario de Bielsa e as tropas receberam ordem de parar por ali e acampar a poucos quilômetros do vilarejo, na beira do Cinca.

Naquela noite, houve preparativos de véspera de grande batalha. A batalha, porém, não aconteceu, ou pelo menos o que aconteceu não pode ser chamado propriamente de batalha. É verdade que, ao amanhecer, os franquistas combateram de punhos cerrados pelo controle das pontes de acesso ao vilarejo contra republicanos de dois batalhões da 130ª Brigada Mista e um da 102ª, que estavam encarregados de sua defesa; mas também é verdade que isso foi tudo: diante da resistência dos defensores, ao meio-dia os Heinkel-45 e Heinkel-51 surgiram no céu de Bielsa e começaram a lançar um verdadeiro dilúvio de bombas sobre o vilarejo, o que provocou um incêndio gigantesco que iluminou durante toda a noite o vale e as montanhas que o cercam enquanto o Esquinazau dava a ordem final de retirada e os republicanos fugiam do vilarejo de Parzán em direção à França, ofuscados pelo clarão imenso das chamas. Ao que me consta, o último soldado republicano cruzou a fronteira com a França às quatro horas da manhã do dia 16; não sei, porém, até que horas durou o incêndio em Bielsa. Ao que me consta, nesses dias Manuel Mena perdeu dois companheiros e talvez amigos mais ou menos próximos, dois alferes como ele — um se chamava Centurión, o outro, García de Vitoria; não sei, porém, se eles morreram na conquista de Sahún, nos combates do vale de Gistaín ou de Bielsa, ou em alguma das escaramuças em que o 1º Tabor de Atiradores de Ifni esteve envolvido; também não sei se ele chorou suas mortes ou se já estava tão habituado com a morte que nem sequer as chorou. Ao que me consta, Manuel Mena entrou no vilarejo de Bielsa com o 1º Tabor de Atiradores de Ifni; não sei, porém, quando exatamente isso aconteceu. Ao que me consta, também, o que ele viu na realidade, com seus olhos de adolescente envelhecido pelo hábito da destruição e pela proximidade com a morte, não foi o vilarejo de Bielsa, mas um cemitério de edificações calcinadas onde não restara nenhum vestígio de vida. Segundo uma lenda bastante persistente, depois da tomada de Bielsa pairou durante anos nos ares transparentes do vale um cheiro de queimado que nem mesmo as terríveis nevascas do pós-guerra conseguiram dissipar. Ao que me consta, porém, não se trata de uma lenda, mas sim de um fato. Só que aquele cheiro não era um cheiro de queimado. Era um cheiro de vitória.

13

Levantei-me na manhã seguinte às dez e meia, com o corpo estropiado pela falta de sono e a mente aturdida por causa da confusão nela gerada pela leitura dos documentos de Manolo Amarilla. Mas eu tinha um encontro marcado para o meio-dia na casa de minha tia Puri e de meu tio Alejandro, de modo que, uma hora mais tarde, parti de casa rumo a Cáceres com minha mulher, minha mãe, meu filho e meu sobrinho Néstor. Nos últimos tempos, desde que ficara sabendo da relação que ele tinha mantido com Manuel Mena na infância, eu já tinha falado várias vezes ao telefone com meu tio Alejandro; ele sempre me contava mais ou menos as mesmas coisas, como se suas lembranças de Manuel Mena estivessem fossilizadas ou como se ele não contasse exatamente aquilo que lembrava, mas aquilo de que havia contado em outros momentos. Apesar disso, interessava-me muito falar com ele, pois eu nutria uma esperança de que o diálogo cara a cara entre nós dois e o cotejo entre suas lembranças e as de minha mãe pudessem trazer alguma surpresa.

Essa esperança não se mostrou infundada. Minha tia Puri e meu tio Alejandro moravam nos arredores de Cáceres, em uma rua tão nova que nem sequer constava do navegador do carro, de forma que encontrar sua casa foi uma tarefa mais trabalhosa do que imaginávamos. Quando finalmente conseguimos, meu filho e meu sobrinho

Néstor ajudaram minha mãe a descer do carro e depois anunciaram que iriam dar uma volta pela cidade até as duas horas, quando então nos pegariam para voltarmos a Trujillo. Deram beijos de despedida na avó e, enquanto meu filho arrumava o cabelo e a roupa dela, que tinham se desordenado na viagem, meu sobrinho Néstor lhe disse:

— Comporte-se, Blanquita!

Foi minha tia quem nos recebeu à porta da casa. Era uma velhinha frágil, minúscula e sorridente, vestida com um avental caseiro e um charmoso par de brincos de prata; meu tio nos aguardava atrás dela, expectante, quase formal. Houve exclamações, cumprimentos, beijos e abraços, até que, finalmente, fizeram-nos passar para uma sala mobiliada com o barroquismo inconfundível das salas de jantar de Ibahernando e inundada pela luz do sol ardente do meio-dia que entrava por uma janela que dava para um terreno aberto onde alguns meninos jogavam futebol sobre uma extensão de grama amarelada. Sentamo-nos em um sofá e em três poltronas cobertas com mantas, e minha tia nos trouxe água e café. Como minha mãe, meus tios traziam no rosto as marcas de seus mais de oitenta anos; especialmente meu tio, um homem esquálido, encolhido e com uma saúde precária, que falava com uma voz fraca e nos fitava cheio de ansiedade com os olhos cercados por grandes olheiras. Os três ilustravam a típica endogamia das famílias de bem do vilarejo: minha mãe era prima-irmã de ambos; minha tia e meu tio, primos de segundo grau entre si. Fazia anos que não se viam, e fiquei a ouvi-los durante algum tempo conversando sobre suas coisas, até que senti, envergonhado, a mesma vergonha que havia sentido tantas vezes, adolescente, na presença de minha família, a vergonha de que no vilarejo eles fossem ou acreditassem ser de classe mais alta, enquanto fora dali não eram nada: pobres bem-educados, ínfimos nobres sem título algum tentando sobreviver com dignidade em seu desterro; depois, pensei que na verdade eu não tinha vergonha deles, mas de mim mesmo, por ter sentido vergonha deles.

Por fim, resolvi atrair a atenção batendo a colherzinha na xícara de café. Eles silenciaram e aproveitei para lembrar que estávamos reunidos ali para falar sobre Manuel Mena, pedi autorização para que minha mulher registrasse nossa conversa em vídeo e, a partir daí, procurei organizar um diálogo sobre Manuel Mena ou sobre as lembranças deles a respeito de Manuel Mena. Não foi difícil. Ao longo de mais de duas horas, eles falaram, se interromperam e relativizaram ou explicaram melhor suas afirmações, de forma que só precisei cutucar um pouco sua memória quando ela esmorecia, corrigi-los quando ela os enganava ou redirecioná-la para Manuel Mena quando eles se perdiam em seu labirinto. Consciente de que o protagonista da reunião era ele próprio, meu tio foi quem mais falou. Parecia desejoso de satisfazer minha curiosidade, e durante um bom tempo repetiu coisas que eu já o ouvira contar ao telefone ou que minha mãe já me contara, e retratou Manuel Mena como um rapaz tranquilo, discreto e sem arrogância, sem inimigos, mas também sem amigos. "A não ser *don* Eladio Viñuela", esclareceu, e aqui se aprofundou louvando o médico que havia educado o vilarejo. Minha mãe e minha tia se juntaram aos elogios, e os três trocaram histórias sobre sua passagem pela escola de *don* Eladio e dona Marina. Quando perderam o fio da meada, eu os trouxe de volta ao tema principal. Minha tia, que não tinha nenhum parentesco com Manuel Mena e que, antes de começarmos a conversa, quis me alertar para o fato de que ela não o havia conhecido, interveio, timidamente:

— Eu sempre ouvir dizer que seu tio tivera uma amizade muito forte com o irmão do padre.

— É verdade — apressou-se em confirmar meu tio. — Muito forte.

— Isso mesmo — disse minha mãe. Como acontecia sempre que se encontrava com os primos, sua crescente surdez parecia diminuir quase a zero, e ela rejuvenescia a olhos vistos; fazia algum tempo, ali, que vinha se abanando com um leque de cabo preto, mas de repente o fechou energicamente e o apontou para mim, dizendo: — Já te falei várias vezes desse irmão do padre. — Nesse momento, me lembrei dessa história, ou dessa lenda. — Chamava-se Tomás. Tomás Álvarez. Meu tio e ele tinham a mesma idade. Não era do vilarejo.

— Não — disse meu tio. — Era de um vilarejo de Badajoz.

Tentaram, então, sem êxito, lembrar o nome do tal vilarejo. Minha mãe prosseguiu:

— Tomás passava longas temporadas em Ibahernando, com seu irmão. Foi aí que meu tio e ele se conheceram. Quando a guerra explodiu, ele foi morar no vilarejo, e meu tio Manolo tentou fazer com que o acompanhasse na frente; mas o coitado tinha medo, ou qualquer outra coisa, e ficou em casa. Depois meu tio morreu, e então, aí sim, Tomás resolveu partir para a guerra. Dizia que iria entrar no lugar do amigo. — Voltou-se para meu tio e minha tia e, num misto resignado de ironia e tristeza, disse: — Essas coisas de rapazes... vocês sabem... — Olhou de novo para mim e concluiu: — O fato é que foi morto poucos meses depois.

Lembrando subitamente, perguntei por María Ruiz.

— Quem? — reagiu meu tio.

— María Ruíz — repetiu minha mãe, entrecerrando sem muita convicção as pálpebras ao mesmo tempo em que abria de novo o leque e voltava a se abanar. — A companheira do meu tio Manolo. É o que as pessoas diziam.

— Foi o que a tia Francisca Alonso e dona María Arias me contaram ontem no vilarejo — informei.

Minha tia Puri deu de ombros.

— Era o que se dizia — assentiu.

— Não sei de nada disso — disse meu tio Alejandro, com um ar cético. — É a primeira vez que escuto falar disso.

Em seguida, como fazia toda vez que conversávamos por telefone, ele disse que sempre lembrava do tio lendo e estudando. E ainda não tinha acabado de falar sobre isso quando foi interrompido por um ataque de tosse. Solícita, minha tia lhe serviu um copo d'água e, superada parcialmente a convulsão, o marido bebeu três goles seguidos enquanto eu lembrava que ele, quando jovem, conseguira vencer uma tuberculose e que havia algum tempo vinha tendo problemas de coração; atentei para suas mãos: eram cheias de manchas e tremiam levemente. Colocando o copo vazio sobre a mesa, meu tio perguntou sobre o que estávamos falando; sua mulher lembrou-lhe o assunto e eu lhe perguntei se ele se lembrava de alguns títulos dos livros que Manuel Mena lia.

— Não — respondeu meu tio. — A única coisa que me lembro é que no nosso quarto havia os nove volumes da enciclopédia Espasa. E que ele sempre os consultava.

Mais ou menos nessa hora eu comecei a lhes perguntar sobre o período da República e os anos da guerra, e eles começaram a me contar coisas que, com poucas variações, eu já tinha ouvido minha mãe contar. Perguntei a meu tio se Manuel Mena falava sobre a guerra quando voltava a Ibahernando de licença. Ele disse que não. "Nunca", acrescentou. Perguntei aos três se se lembravam de quantas vezes Manuel Mena tinha retornado da frente de batalha. Responderam que não se lembravam. Então, como se quisesse me compensar por sua memória enfraquecida, meu tio mencionou dois fatos que eu ignorava: o primeiro é que, quando morreu, Manuel Mena estava prestes a ser promovido a tenente por seus feitos na guerra; o segundo é que ele sofrera cinco ferimentos em combate.

— Só tenho o registro de três — eu disse. — Um em Teruel e dois no Ebro.

— Pois foram cinco — insistiu meu tio. — Talvez não tenha pedido baixa por um ou outro, mas é o que estou lhe dizendo.

— Tem certeza?

— Absoluta. Quem contou foi seu assistente quando esteve no vilarejo depois da morte de meu tio.

— Foi o assistente quem contou também da promoção?

— Acredito que sim.

Minha mãe assumiu a palavra nesse instante para desfiar suas lembranças em relação a esse assistente, muitas delas ouvidas de sua avó ou de suas tias, todos eles, ou quase todos eles, já conhecidos por mim. Nesse dia eu me dei conta, porém, de que o assistente de Manuel Mena não era um personagem lendário apenas para minha mãe; era também para meus tios, que, como ela, guardavam recordações indeléveis de sua passagem pelo vilarejo: minha tia, por exemplo, contou que, como era muçulmano, ele matava com as próprias mãos todos os animais que comia; já meu tio contou que ele se negava a entregar à mãe de Manuel Mena as cartas que chegavam em nome do alferes: elas tinham de ser entregues a ele pessoalmente.

— Mas esse foi o primeiro assistente — emendou meu tio, precisando os dados. — Depois houve outro. Um mouro. Um sujeito de Segóvia, que esteve no vilarejo depois da morte do tio Manolo.

Meu tio explicou que o segundo assistente acompanhara Manuel Mena nos últimos momentos de vida, viajara junto com seu cadáver até Ibahernando e comparecera ao enterro. Falamos sobre o enterro de Manuel Mena, da chegada do cadáver de Manuel Mena ao vilarejo, das palavras exatas que sua mãe pronunciou diante do cadáver de Manuel Mena e das palavras exatas que Manuel Mena disse à mãe na véspera de sua partida para a frente de batalha. Depois disso, pedi aos três que me contassem como tinham recebido a notícia de sua morte. Para minha surpresa, nem minha tia nem minha mãe se lembravam de nada; meu tio Alejandro, em compensação, lembrava-se de tudo.

— Naquele dia estávamos almoçando na casa de meus pais, na Plaza — começou a contar, olhando-me com as mãos caídas sobre a manta que cobria o sofá, a cabeça apoiada no encosto. — Estávamos ali minha mãe, meu pai, minha tia Felisa e meu tio Andrés, que acabara de chegar da frente. Acho que não tinha mais ninguém...

Não, não tinha mais ninguém. Enfim, quando acabamos de comer, minha tia Felisa e eu fomos juntos para a casa da vovó Carolina e, quando chegamos lá, não havia ninguém. Isso nos pareceu estranho. Alguém, não sei quem, então nos disse que todos estavam na casa de meu tio Juan. — Sem levantar a cabeça do encosto do sofá, ele a virou em direção à minha mãe e esclareceu: — Na casa do seu pai, digamos. — E, voltando-se para mim, acrescentou: — E fomos, então, para lá.

A casa estava lotada de gente, continuou a contar meu tio, mas, assim que entraram, souberam que algo horrível tinha acontecido, porque dentro da casa o clima era tétrico e todos tentavam consolar a avó Carolina, que ostentava um cara de morta. Não se lembrava de quem lhes dera a notícia, se é que alguém lhes deu, nem que alguém lhes tivesse dito que ela chegara através de um telegrama. O que ele lembrava, isso sim, é que, muito nervoso, perguntou a tia Felisa se ele devia ir até seus pais e seu tio Andrés para lhes dar a notícia, ao que sua tia disse que sim. E se lembrava, então, que em seguida cruzou o vilarejo inteiro correndo o máximo que suas pernas aguentavam, abriu a porta da casa como um vendaval dando um grito sem fôlego que fez os pais e seu tio Andrés saltarem das cadeiras, onde ainda prolongavam a sobremesa.

— Mataram o tio Manolo!

Mais do que simplesmente narrar, meu tio interpretou essa cena, aprumando-se subitamente no sofá e imitando o seu próprio grito infantil de oitenta anos antes, abrindo de ponta a ponta sua boca afundada no rosto, suas mãos ressuscitando por alguns segundos a fim de reproduzir a dramaticidade daquele instante; em seguida, bruscamente, retomou a posição de antes e prosseguiu em seu relato. No dia seguinte, contou-me, uma expedição familiar partiu para Zaragoza em busca do cadáver de Manuel Mena. Lembrou, também, outra coisa: pouco antes de os expedicionários partirem, chegou um telegrama anunciando que Manuel Mena não estava morto, mas ferido. Tive de fazer uma cara de incredulidade para que meu tio esclarecesse o equívoco.

— Foi um erro — disse. — O que aconteceu foi que esse segundo telegrama tinha saído antes do primeiro, embora tivesse chegado depois.

Meu tio contou que a expedição em busca do cadáver de Manuel Mena retornou acompanhada pelo seu segundo assistente, que permaneceu no vilarejo por alguns dias, na casa de sua avó Carolina. Foi esse homem quem lhes contou como Manuel Mena havia morrido. Meu tio reproduziu em detalhes seu relato e, quando mencionou de passagem que a bala que matou Manuel Mena o atingira na bacia, logo o corrigi dizendo que o tinha acertado no ventre.

— Isso foi o que o assistente disse — afirmou meu tio. — Mas não era verdade.

— É o que consta no relatório médico sobre a morte dele — expliquei.

— Imagino que sim — disse meu tio. — Mas não está certo: a bala acertou sua bacia.

Perguntei-lhe de onde vinha tanta certeza, e ele me contou a seguinte história. Muitos anos depois de Manuel Mena ser enterrado no cemitério velho, quase na entrada do vilarejo, foi construído um novo cemitério um pouco depois da lagoa, e foi preciso transportar todos os restos mortais de um lugar para o outro. Era uma operação simples, porém trabalhosa — abrir as sepulturas, retirar os despojos, colocá-los em sacos, levá-los para o outro cemitério e enterrá-los lá novamente —, e, quando chegou a vez da transferência dos restos mortais de seus familiares, meu tio quis acompanhar tudo. Descobriu, assim, que aquilo que restava de seus antepassados estava guardado em um sarcófago de ferro e cimento; a maior parte era quase apenas pó, mas alguns ossos de Manuel Mena se encontravam em condições muito boas, dentre eles os da bacia, e ele decidiu levá-los para casa para estudá-los. Ou melhor: para que fossem estudados pelo marido de sua filha Carmen, que era traumatologista e que, depois de limpar e examinar aqueles restos, chegou à conclusão de que a bala que matou Manuel Mena entrou em seu corpo pelo lado, perfurou a bacia e se alojou no ventre.

— Os documentos podem dizer o que quiserem, mas foi isso que aconteceu — sentenciou meu tio.

O telefone de minha mulher tinha começado a tocar antes que meu tio concluísse o relato e, enquanto ela atendia, minha tia saiu da sala de jantar e meu tio e minha mãe começaram a conversar entre si. Um tanto confuso com essa movimentação toda, pensei que, por mais que eu tivesse investigado a história de Manuel Mena, não só o que eu ignorava era muito mais do que eu sabia como também que seria sempre assim, como se capturar o passado fosse tão difícil como segurar água com as mãos; eu me perguntei, então, se não é sempre ou quase sempre assim, se o passado não é, no fundo, um terreno escorregadio e inacessível, e disse a mim mesmo que esse era mais um bom motivo para não tentar contar a verdadeira história de Manuel Mena.

Minha tia voltou para a sala de jantar trazendo uma bandeja com um prato de batatas fritas, um com azeitonas e outro com fatias de presunto, e perguntou o que queríamos beber. Consultei meu relógio: passava das duas horas. Depois de desligar o telefone, minha mulher disse que meu filho e meu sobrinho Néstor já estavam do lado de fora à nossa espera. Compreendi que a entrevista tinha acabado e tentei explicar aos meus tios que precisávamos partir. Foi impossível; não menos impossível foi convencer meu filho e meu sobrinho Néstor a entrar e compartilhar conosco a hospitalidade de meus tios. Encurralados entre essas duas intransigências, optamos por fazer meu filho e meu sobrinho Néstor aguardarem no carro e tomarmos um aperitivo rápido. Minha tia nos trazia a segunda cerveja quando o telefone de minha mulher tocou novamente. Eram meu filho e meu sobrinho mais uma vez.

NOMBRES	EMPLEO	UNIDAD	NATURALEZA	FAMILIARES	HERIDO	DIAGNOSTICO	INGRESO	FALLECIDO	INHUMADO EN	BOT	OBSE
Sena Narváez d. Manuel	Infer.	Tiradores Ifni			20 - 9 - 38	h. a. f. vientre	" Cerrada	21 - 9 - 38			Trasl.
Martos Herrera Enrique	Soldado	Ingenieros 13 D			19 - 9 - 38	f. m. multiples	C. Cerrada	20 - 9 - 38	Zanja 30, sepultura	13	
Vallerach Illanguesten Esteban	prisionero		Olot (Gerona)		5 - 11 - 38	h. m. hipocondrio	C. R. Aldán	7 - 11 - 38	" 52, "	2	
Morán del Valle José	Soldado	V. Quintín	Valladolid	p. [illegible]	4 - 9 - 38		Puest Socorro	4 - 9 - 38	" 3, "	32	
Mateo Marcelino	" 2º Cía	8º Lacar						2 - 10 - 38	" 37, "	21	
Martínez Martín	"	B. F. Gral. Mola			3 - 11 - 38	h. a. f. cráneo gr.	C. Ley	7 - 11 - 38	" 52, "	16	
Montero [illegible] Francisco	"	5º Bón. FE Navarra			4 - 9 - 38		Puest Socorro	4 - 9 - 38	" 3, "	18	
Murre Pérez Juan	"	2º " Castilla	Arzgamet (Ciudad Real)					3 - 10 - 38	" 42, "	5	Repetido
Murillo García d. Eduardo	Sargento	Mérida 2º Bón. 320			23 - 10 - 38		Puest Socorro	23 - 10 - 38	" 31, "	33	
Muñoz Sastre Agapito					9 - 9 - 38		" "	9 - 9 - 38	" XIV, "	5	
Noriega Alberto [illegible]	Soldado	5º Bón. FE			9 - 9 - 38			9 - 9 - 38	" 25, "	15	
Muñoz Balma Miguel	"	8º Argel 184 DAH			17 - 10 - 38	p. ametrallado	C. Ley	17 - 10 - 38	" 25, "	15	
Muriel Fernández Agapito	"	Bailén 2º Cía	Castrogeriz (Burgos)	p. Timoteo	3 - 10 - 38	h. m. tórax gr.		9 - 10 - 38	" 37, "	29	
Macedo Rodríguez Luis	"	2º Bón. Castilla			28 - 9 - 38			28 - 9 - 38	" 36, "	20	Traslad.
Merino José	"	5º Alhucemas						26 - 9 - 38	" 0, "	2	
Nuestro Emiliano	" P.M.	3º Agrupación						25 - 9 - 38	" 35, "	13	
Martínez Cutrés Tomás	"	5º Ceuta					Equipo	23 - 9 - 38	" 31, "	19	
Mosquera Otero Fernando	"	8º Lacar						13 - 9 - 38	" K, "	4	
Medina Delgado Antonio	" Trans.	1º Bón. FE Soria					Equipo	13 - 9 - 38	" 32, "	12	
Moreno Plaza Antonio	"	2º " F. Castilla			6 - 11 - 38	h. a. f. vientre	C. Cerrada	7 - 11 - 38	" 52, "		
Jordán [illegible] Dionisio	"	1. Quintín					Puest Socorro	[illegible]	" [illegible], "	7	
Gullet Farine Miguel	"	3º Bilbao					" "	12 - 9 - 38	" 12, "	12	
Sarante Cruz José	"	2º Bón. S. Marcial						8 - 9 - 38	" 2, "	2	
Lozano Navarro Eusebio	"		Aguarón (Zaragoza)					25 - 10 - 38			
Miguelez Morán Cristóbal	" 12 D	Mérida 2º Bón.	V. Valle de la Vega (León)	p. Venancia	30 - 10 - 38	h. m. [illegible]	C. Roldán	31 - 10 - 38	Zanja 36, sepultura	9	
Julián Pérez Agustín	prisionero		Fez de Calanda (Teruel)		3 - 11 - 38	h. a. f. reg. glútea		3 - 11 - 38	" 47, "	5	
Merino Rodríguez Sabino	Soldado	2º Bón. S. Marcial			11 - 10 - 38	cráneo grave	" Ley	12 - 10 - 38	" 37, "	24	
Medina Juarez Félix	Cabo	Ingenieros 12 D	Álvaro Lujo (Zaragoza)	p. Ángela Leoncia	1 - 10 - 38	h. a. f. tórax	" Roldán	2 - 10 - 38	" 37, "	34	Monteón
Mondiel Bonet Germán	Soldado	8º Lacar Cía 38	Miravalles (Navarra)	p. [illegible] Ángela	8 - 11 - 38	h. a. f. cara	" "	10 - 11 - 38			
Muñoz Díaz Gervasio	"	2º Bón. FE Castilla			10 - 9 - 38	h. a. f. vientre	" Cerrada	11 - 9 - 38	Zanja 2, sepultura	9	
Montero Feliciano	"	2º "			11 - 9 - 38		Puest Socorro	11 - 9 - 38	" 33, "	3	
Pedret Pérez Miguel	"	2º Bón. S. Fernando			6 - 9 - 38		" "	6 - 9 - 38	" 6 bis, "	1	
Menéndez Rival Fernando	" 5º Cía	Castilla 2 D					C. Ley	3 - 10 - 38			
Mendel González Manuel	"	8º Bón. Ceuta	Castro de Sil (León)	p. Manuel	3 - 11 - 38	h. a. f. tórax gr.	" Cerrada	13 - 11 - 38	Zanja 52, sepultura	14	
Muñoz Galán Antonio	"	Argel 27	Vejer de la Frontera		22 - 9 - 38	h. m. cráneo	" "	22 - 9 - 38	" 3, "	4	TRASLADADO
Mejía Cena Antonio	ALFÉREZ	Art. 100/17			23 - 9 - 38	h. a. f. vientre	" "	24 - 9 - 38	" 33, "	25	
[illegible]				p. Francisca	[illegible]	h. a. f. [illegible]	" Ley	[illegible]	" 33, "	25	
Sena Narváez d. Manuel	Infer.	Tiradores Ifni			20 - 9 - 38	h. a. f. vientre	" Cerrada	21 - 9 - 38			Trasl.
[illegible] (struck)	Soldado				31 - 9 - 38	h. m. tórax	" "	21 - 9 - 38	Zanja 33, sepultura	15	
[illegible]	"	Aragón 17 [illegible]			[illegible]	h. m. [illegible]	" "	1 - 11 - 38	" 52, "	23	
Gómez Rivero Francisco	" Trans.	" " 17			8 - 11 - 38	h. m. a. brazo d. y vientre	" Ley	9 - 11 - 38	" 52, "	25	
Molinos Gambao Luis	"	3º Montejurra						29 - 9 - 38	" 41, "	4	
Montalvo Julio	"	" "						29 - 9 - 38	" 33, "	13	
Marcelino Martínez Félix	"	" "						23 - 9 - 38	" 29, "	24	
Moreno Pedro	nº 329361	" "						21 - 9 - 38	" 5, "	7	
Escuredo Bernardo	Soldado	8º Bón. FE Navarra					Puest Socorro	5 - 9 - 38	" 6, "	4	
Martín Barbero Luis	"	1º Montejurra	Villa Gonzalo (Salamanca)		23 - 10 - 38	h. a. f. cabeza	C. Ley	11 - 10 - 38	" 29, "	36	
Muñoz Bernardo	" 5º Cía	" "						16 - 9 - 38	" 29, "	7	
Mariche Moraleda José	"							20 - 9 - 38	" 12, "	19	
Vacas Amador	"	8º Lacar									
Muñoz Hermenegildo	" 1 cab.	Agrupación 1ª					Puest Socorro	1 - 10 - 38	" 37, "	10	
Mur Mur José		2º Castilla					" "	1 - 10 - 38	" 37, "	20	
Martínez d. Miguel	Sargento						" "	1 - 10 - 38	" 39, "	3	Mir 1º
Mas Ballester Benito	Soldado	5º Bón. Legión					" "	1 - 10 - 38	" 42, "	8	
Moreno Germán	"	8º Lacar					" "	3 - 10 - 38	" 34, "	29	
Melchor José	" 2º Cía	1º Bón. Castilla					" "	2 - 10 - 38	" 26, "	33	
Marcos Mariano		2º Cía "					" "	1 - 10 - 38	" 22, "	6	
Millán d. José	Alférez	5º Bón. Navarra					" "	1 - 10 - 38	" 46, "	1	
								4 - 10 - 38	" 29, "	33	
Navajas Lucas	Soldado	4º Bón. Castilla					Equipo	10 - 9 - 38	Zanja 11, sepultura	2	
Nardi Vilar Enrique	"	5º Bón. Alhucemas					Puest Socorro	1 - 9 - 38	" 9, "	4	

— Bem, agora precisamos ir — eu disse.

Levantei-me, minha mãe e minha mulher também se levantaram, e ainda me despedia de minha tia quando, aprumando-se no sofá mais uma vez, meu tio me segurou pelo braço com uma força inesperada.

— Espere um pouco, Javi — pediu. — Preciso lhe contar uma coisa sobre meu tio Manolo. — As palavras de meu tio Alejandro interromperam secamente as despedidas, ou talvez tenha sido a dramaticidade com que as pronunciou. — É sobre a guerra — esclareceu. — Acabo de lembrar de algo que me contou. Com certeza nunca ninguém disse isso a você.

Um silêncio anormal tomou conta da sala de jantar. Meu tio Alejandro olhava para mim com as pupilas dilatadas pela curiosidade, como que intrigado com a sua própria lembrança; enquanto ele agia assim, duas intuições contraditórias entrecruzaram minha mente. A primeira foi que meu tio tentava me subornar, que suas palavras eram apenas uma artimanha para nos segurar ali com a isca de uma história insignificante ou inventada, um chamariz para atenuar um pouquinho mais sua solidão e prolongar o prazer da conversa e da companhia. A segunda intuição foi de que meu tio tinha um interesse enorme em que eu contasse por escrito a história de Manuel Mena, talvez porque, para ele, Manuel Mena também fosse Aquiles, e porque, como todas as pessoas simples, ele também sentia que as histórias só existem realmente quando alguém as relata por escrito. Não sei se a segunda intuição estava errada; mas a primeira, com certeza, estava.

— O senhor me disse que ele nunca lhe falava sobre a guerra — lembrei-lhe.

— E é verdade — admitiu.

Tinha acabado de se levantar e me olhava de frente, a poucos centímetros do meu rosto; de repente, não me pareceu tão velho nem tão esquálido, nem tão encolhido; tinha trocado a curiosidade pela exaltação, e até mesmo sua voz soava mais consistente.

— O que vou lhe contar não foi ele quem me contou diretamente, mas foi ele quem contou. Me contaram depois, e tenho certeza de que é verdade — acrescentou.

Meu tio, de fato, não presenciou a cena. Nem se lembrava de quem lhe contou a história; tampouco sabia quando ela acontecera, embora se depreenda de seu conteúdo que ela deve ter ocorrido durante uma das últimas licenças que Manuel Mena passou no vilarejo. Em contrapartida, meu tio sabia que ela tinha acontecido durante um almoço ou um jantar de família, na casa de sua avó Carolina. Talvez fosse uma comemoração, e isso fora contado em um canto à parte ou uma rodinha formada durante o evento. Meu tio não soube precisar. Segundo a pessoa que lhe relatou o caso, o que aconteceu foi que Manuel Mena e seu irmão Antonio tinham se embrenhado em uma discussão sobre um assunto banal, e a discussão foi subindo de tom e mudando de assunto, embora aparentemente o assunto fosse o mesmo, como em uma dessas clássicas disputas familiares em que parece que se está falando de uma coisa mas na verdade se está falando de outra; até que, a certa altura, Manuel Mena encerrou a controvérsia com as palavras que acabavam de aflorar na memória assustada de meu tio. Veja bem, Antonio, disse Manuel Mena (segundo meu tio disse que Manuel Mena disse), esta guerra não é o que achávamos que fosse no início. Manuel Mena disse que a guerra não seria fácil, que não seria, foram as palavras exatas usadas por meu tio Alejandro, algo que exigiria pouco esforço ou pouco sacrifício. Disse que seria dura e que seria longa. Disse que muita gente morreria. Disse que muita gente já tinha morrido e que muitos mais morreriam. E disse que ele sentia que já tinha feito o que tinha de fazer. Que tinha certeza de já ter feito o que tinha de fazer. Consigo mesmo, com sua família, com todo mundo. Já fiz o que tinha de fazer, repetiu Manuel Mena. Acabou, disse. Já cumpri o suficiente, insistiu. Por mim, não voltaria para a frente, concluiu. Mas também disse que, apesar disso, iria voltar. E você sabe por quê?, perguntou. Perguntou isso ao irmão Antonio, cara a cara, e o silêncio com que foi recebida sua interrogação não deve ter sido muito diferente daquele com que ela foi recebida quase oitenta anos depois na casa de meu tio Alejandro na minha presença e na presença de minha mãe, de minha tia e de minha mulher. Segundo meu tio Alejandro, Manuel Mena respondeu à sua própria pergunta dizendo o seguinte: "Porque, se eu não for, quem terá de ir será você".

— E ele estava certo, Javi — disse meu tio Alejandro. — Pela idade, quem deveria estar na frente não era meu tio Manolo, mas meu tio Antonio, que era mais velho que ele. Se não o tinham convocado para se alistar era porque minha avó já tinha dois filhos no Exército, meu tio Manolo e meu tio Andrés, e, pela lei, não podia ter mais. Mas, se meu tio Manolo voltasse para casa, quem teria de ir para a guerra seria meu tio Antonio, mesmo tendo mulher e filhos. Esse era o problema. Você entendeu, não é?

Nos olhos de meu tio, a exaltação foi substituída subitamente por um desalento ou algo parecido com um desalento. De minha parte, senti-me tão perplexo como se tivesse acabado de exumar um baú cheio de ouro enterrado há um século no fundo do mar. Por um segundo desviei o olhar para a janela: sob o sol perpendicular de junho, os meninos já tinham ido embora e só restara aquele campo amarelecido, vazio. Quando voltei a olhar para meu tio, percebi que o que havia em seus olhos não era desalento, mas alegria.

— Está dizendo que Manuel Mena já estava cansado da guerra?

— Exatamente — respondeu meu tio. — Cansado. — E acrescentou: — Se pudesse, já teria voltado para casa, Mas estava preso numa armadilha, e não podia voltar.

De repente compreendi. E o que eu compreendi foi que Manuel Mena nem sempre havia sido um jovem idealista, um intelectual provinciano deslumbrado com o brilho romântico e totalitário da Falange, e que em algum momento da guerra tinha deixado de ter a mesma noção da guerra que os jovens idealistas sempre tiveram e deixara de considerar que a guerra era o lugar onde os homens se encontram consigo mesmos e exibem a sua verdadeira grandeza. Por um momento eu disse a mim mesmo que Manuel Mena não só havia conhecido a nobre, bela e antiga ficção da guerra pintada por Velázquez, mas também a moderna e aterrorizante realidade pintada por Goya, e disse a mim mesmo que a condensação febril de sua vida fugaz de guerreiro lhe permitira passar em poucos meses do ímpeto exaltado, utópico e letal de sua juventude para o desencanto clarividente de uma maturidade precoce. Compreendi também que aquelas palavras descobertas ao acaso na memória em ruínas de meu tio Alejandro não desmentiam o Manuel Mena que eu imaginava ou que havia reconstruído ou inventado ao longo dos anos, mas sim o completavam, pensando em David Trueba compreendi que eu tinha acabado de assistir ao final de um pequeno milagre, que aquela recordação ressuscitada de Manuel Mena, reunida às anotações que Manolo Amarilla me confiara no dia anterior e que eu tinha decifrado durante a madrugada, era muito melhor do que qualquer gravação de Manuel Mena que eu poderia encontrar, muito melhor do que qualquer filme caseiro em que Manuel Mena aparecesse em movimento, falando e sorrindo, compreendi que aquelas poucas palavras escritas por Manuel Mena e guardadas por Manolo Amarilla e aquele pedaço minúsculo de memória de meu tio Alejandro valiam mil vezes mais do que mil imagens animadas, tinham um poder de evocação mil vezes maior, e só então senti que Manuel Mena deixava de ser para mim uma figura nebulosa e distante, tão rígida, fria e abstrata quanto uma estátua, uma lenda fúnebre de família reduzida a um retrato confinado no silêncio empoeirado de um canto empoeirado da casa da família deserta, o símbolo de todos os erros e responsabilidades e da culpa e da vergonha e da miséria e da morte e das derrotas e do espanto e da sujeira e das lágrimas e do sacrifício e da paixão e da desonra de meus antepassados, para se transformar em um homem de carne e osso, em um simples rapaz honrado e desiludido com seus ideais e em um soldado perdido em meio a uma guerra alheia, que já não sabia por que estava lutando. E foi então que eu o enxerguei.

Meu filho e meu sobrinho Néstor esperavam por nós na rua.

— Você se comportou bem, Blanquita? — perguntaram a minha mãe.

Durante a viajem de volta a Trujillo, contei aos dois a história de Manuel Mena.

14

Foi a maior batalha da história da Espanha. Durante cento e quinze dias e respectivas noites do verão e do outono de 1938, duzentos e cinquenta mil homens lutaram sem quartel por todo um território ermo, inóspito e agreste que se estende pela margem direita do rio Ebro em sua passagem pelo sul da Catalunha: uma comarca chamada Terra Alta, repleta de colinas rochosas, penhascos profundos, despenhadeiros nus, vilarejos de lavradores e plantações de cereais, vinhedos, amendoeiras, oliveiras, pinheiros-de-alepo e árvores frutíferas, que naquele verão registrou temperaturas de quase sessenta graus centígrados ao sol e que passados quase oitenta anos ainda não se recuperou da furiosa tempestade de fogo que se abateu sobre ela. Foi ali que se decidiu a guerra. Ali, em vários dos episódios mais determinantes do confronto, Manuel Mena voltou a combater.

Foi uma batalha totalmente absurda; e totalmente desnecessária. No começo não parecia ser assim, ou pelo menos não totalmente, sobretudo do lado republicano. Como a ofensiva de Teruel, como tantas outras ofensivas daquela guerra, a do Ebro tinha para os republicanos um objetivo militar e um propagandístico; teoricamente, o militar era o mais importante, mas na prática o lado propagandístico prevaleceu. O objetivo militar consistia em cruzar o rio Ebro, romper a linha de frente e em seguida continuar avançando o máximo possível pelo território franquista rumo ao sul com a finalidade de restabelecer as comunicações entre a Catalunha e o restante da Espanha republicana, na melhor das hipóteses, ou, na pior, em atenuar a crescente pressão exercida pelo Exército rebelde sobre Valência (e, portanto, sobre Madri, já que Valência era a principal fonte de abastecimento da capital). O objetivo propagandístico consistia em promover um lance de efeito que atraísse as atenções do mundo para a Espanha e criasse uma ilusão internacional de que, apesar do apoio massivo de Hitler e de Mussolini a Franco, da passividade das democracias ocidentais diante da investida fascista, da magnitude dos próprios desacertos e de dois anos de derrotas, a República ainda podia ganhar a guerra ou pelo menos continuar resistindo. Este foi o propósito principal do presidente do Governo, Juan Negrín, ao desencadear o ataque no Ebro: provocar uma intervenção externa que obrigasse Franco a pactuar a paz ou, em caso de fracasso, ganhar tempo até que a guerra europeia já então anunciada unificasse a causa da democracia espanhola e a das democracias ocidentais. O primeiro propósito era irreal, pois Franco não admitia uma vitória que não fosse integral; o segundo nem tanto, ou nem sempre pareceu sê-lo naquele verão em que o insaciável expansionismo nazista ameaçava acabar com a Tchecoslováquia e com a miopia conciliadora e pusilânime das potências europeias.

De tal maneira que, em 25 de julho, depois de minuciosas semanas de preparação durante as quais a República armou seu derradeiro grande exército com cem mil homens e tudo o que restava de sua artilharia, de grande parte de sua aviação e de muitos veículos de combate, seis divisões republicanas sob o comando do tenente-coronel Modesto cruzaram o Ebro por doze pontos diferentes. Naquele momento, o 1º Tabor de Atiradores de Ifni estava acampado não muito longe do rio, nos campos de oliveiras do sopé do Montsià, entre Ulldecona e Alcanar. Juntamente com toda a 13ª Divisão, ele tinha sido transferido de Lérida duas semanas antes, em meio aos rumores de ações do outro lado do Ebro, e desde então permanecia na reserva da 105ª Divisão, que mantinha a linha de frente nos arredores de Amposta. Nessa ocasião, com seus dezenove anos, Manuel Mena já era um veterano de guerra. Estava com um novo assistente, sobre o qual sabemos apenas que nasceu em Segóvia e que o Manuel Mena que ele conheceu não se parecia muito com o Manuel Mena que se conhecia em Ibahernando: segundo ele próprio contaria semanas mais tarde no vilarejo, aquele Manuel Mena era (ou lhe pareceu ser) um homem humilde, melancólico, solitário e voltado para si mesmo, em quem não havia sobrado nem mesmo alguns rastros do entusiasmo dos primeiros dias de guerra; apesar disso, o assistente também o descrevia como uma dessas pessoas que sempre assumem a responsabilidade por aquilo que acontece à sua volta, como um oficial com o qual os subalternos e os superiores sabiam que poderiam sempre contar, que ele sempre estava na linha de frente, que nunca se dobrava. Fora ferido em combate pelo fogo inimigo em mais de uma ocasião e, embora ainda não tivesse sido promovido a tenente, no dia em que se desencadeou a ofensiva no Ebro ele já dirigia a companhia de metralhadoras de seu Tabor, constituída de seis metralhadoras pesadas, doze fuzis-metralhadores, seis morteiros e um comando composto por assistentes e auxiliares administrativos. Embora o ataque republicano tenha se iniciado no começo da madrugada, foi somente ao amanhecer que o Tabor de Manuel Mena recebeu a notícia da ofensiva, e somente às onze horas da manhã que duas de suas companhias, sob o comando do capitão Justo Nájera, entre elas a de Manuel Mena, partiram em caminhões rumo à zona de combate, localizada em Amposta, perto do cume de Mianés, onde os quase quatro mil homens da 14º Brigada Internacional, sob a direção do comandante Marcel Sagnier, haviam sido detidos ao cruzar o rio pela 105ª Divisão e por um canal de irrigação, e cuja existência era ignorada pelos republicanos. As duas companhias do 1º Tabor de Atiradores de Ifni chegaram ao local por volta da uma hora da tarde, depois de abandonar os caminhões no quilômetro 112 da estrada de Valência, dirigir-se às pressas para o cume do Mianés e atravessar uma zona aberta, visada tanto pelos republicanos encurralados entre o rio e o canal quanto pelos que ainda espreitavam tudo da outra margem, entre árvores e canaviais, à espera de poder cruzar o rio.

Ali foi que começou o verdadeiro combate para as duas companhias do 1º Tabor de Atiradores de Ifni depois que conseguiram se proteger em um talude do canal, no flanco norte do inimigo. Manuel Mena distribuiu seus homens atrás do talude, e a partir dali suas metralhadoras e seus morteiros deram cobertura durante toda a tarde aos avanços dos franquistas, além de repelirem os contra-ataques dos republicanos com o apoio da artilharia e da aviação. Um voluntário francês do Batalhão Comuna de Paris, que nesse momento se encontrava do outro lado do canal, de frente para Manuel Mena, narrou o confronto da seguinte maneira: "Sobre a areia vermelha, nossas metralhadoras superaquecidas emperram com frequência, mas os nossos homens encarregados das peças fazem verdadeiros milagres e seus disparos conseguem conter o inimigo a dez metros, obrigando-o a recuar. É um combate violento e mortal, este que enfrentamos nesse pequeno reduto onde nos encontramos entrincheirados. Todos nós sabemos que será preciso resistir até a noite chegar; antes disso, não se pode esperar nenhum reforço. À nossa frente, o inimigo, às nossas costas, o rio; a situação é, portanto, muito clara e trágica". Essa descrição é de uma exatidão enorme: naquela cabeça de ponte transformada em ratoeira houve combates corpo a corpo e suicídios de soldados e oficiais desesperados; de resto, os republicanos não conseguiram aguentar até a noite, os reforços não chegaram e o Batalhão Comuna de Paris acabou sendo praticamente aniquilado. Às seis da tarde, sob um sol ainda escaldante, um último assalto franquista com granadas marcou o fim da resistência republicana e lançou para as águas do rio centenas de brigadistas apavorados, muitos dos quais morreram afogados. No mínimo mil cadáveres de republicanos foram registrados naquela pequena praia fluvial durante poucas horas de desembarque frustrado. Por sua vez, os seis batalhões franquistas vitoriosos contabilizaram trezentos e onze mortos e duzentos e oitenta e nove feridos. Entre os feridos estava o capitão Nájera, que aparece no relatório das operações daquele dia como oficial de destaque; Manuel Mena também aparece como oficial de destaque no relatório, "por seu arrojo e valentia".

Além de resultar em um massacre brutal, o ataque dos brigadistas internacionais naquela área do Ebro foi um fracasso, mesmo que tenha sido o único fracasso significativo da grande ofensiva republicana no dia de seu início; além do mais, tratava-se de uma manobra diversionista e, de certa forma, secundária: no fundo, sua finalidade era desviar a atenção dos franquistas em relação à manobra principal, que se dava simultaneamente e mais acima, visando a conquista da capital da Terra Alta, Gandesa. Seja como for, a ofensiva obteve tamanho êxito nos primeiros dias que desencadeou uma euforia entre os abatidos republicanos e chegou a gerar no presidente da República, Manuel Azaña, a convicção ilusória e efêmera de que o destino infeliz da guerra tinha mudado. Com efeito, durante as vinte e quatro horas iniciais, os homens de Modesto conquistaram quase oitocentos quilômetros quadrados de território franquista e, depois de tomar Corbera d'Ebre, instalaram-se quase às portas de Gandesa. Exatamente nesse ponto, eles foram detidos por um Tabor de Atirados de Ifni, o Tabor Ifni-Saara, e pelo 6º Batalhão da Legião, ambos alocados no Pico de la Muerte, no Coll del Niño; mas eles foram detidos com muita dificuldade, quase que por um milagre, e a situação de extrema necessidade dos franquistas fez com que no próprio dia 26 a 13ª Divisão enviasse imediatamente, para auxiliar o esforço agônico para conter essas duas unidades de elite, duas das companhias do 1º Tabor de Atiradores de Ifni que tinham acabado de bater os republicanos nos arredores de Amposta. Nenhuma dessas duas era a companhia de metralhadoras que Manuel Mena comandava, a qual recebeu ordens de permanecer na zona recém-conquistada a fim de vigiá-la. Para os franquistas, porém, a situação continuava a ser muito aflitiva em toda a frente de batalha; era preciso conter de qualquer maneira a triunfante avalanche republicana e, para isso, precisavam que suas melhores tropas fossem alocadas nos pontos cruciais do ataque inimigo. Assim, na manhã seguinte, uma vez totalmente controlada a situação em Amposta, as duas companhias do 1º Tabor de Atiradores de Ifni que restavam — entre elas a de Manuel Mena — partiram para Gandesa.

Efetuaram o percurso em marcha acelerada. Para contornar as incertezas da frente, desviaram por Horta e pegaram a estrada de Prat de Compte, com a intenção de descer até Bot e avançar para Gandesa a partir dali pela retaguarda, mas, ao chegar às proximidades de Bot, ouviram ao longe uma rajada de metralhadora e se aproximaram para averiguar. Antes de adentrar o vilarejo pelo vale do rio Canaleta, uma pessoa — um camponês ou, talvez, um guarda civil — informou-lhes a respeito do que estava acontecendo: uma pequena guarda avançada republicana procedente da serra de Pàndols conseguira se infiltrar até a ermida de Sant Josep de Bot pelos barrancos da Font Blanca e do rio Canaleta, e alguns soldados e guardas civis franquistas tentavam afugentá-los dando tiros a partir do vilarejo, a poucas centenas de metros deles; esse informante local voluntário também conjecturou que não devia haver mais do que vinte republicanos mal armados e sem muitos recursos. Nesse momento, o comando improvisado das duas companhias de Atiradores estava nas mãos de um tenente, e ele e Manuel Mena puderam avistar ao longe, no topo de uma pequena colina recortada contra um conjunto de montanhas salpicadas de vegetação, um edifício de paredes brancas e telhas marrons cercado de ciprestes: era a ermida ocupada. Os dois oficiais não levaram muito tempo para decidir que iriam tomá-la de assalto imediatamente em vez de seguir caminho para Gandesa.

A decisão se mostrou correta. Os Atiradores se aproximaram da pequena igreja pelo caminho do vale, atravessaram o rio e se distribuíram em posição de combate: as metralhadoras e os morteiros da companhia de Manuel Mena se somaram à metralhadora que já vinha disparando há algum tempo a partir do vilarejo, enquanto os fuzileiros da outra companhia se esparramavam como uma mancha estranha e fervilhante a escalar o sopé da colina. Uma lenda muito difundida afirma que o enfrentamento que se desencadeou em seguida foi épico, tendo durado várias horas, provocando inúmeras vítimas; a realidade, porém, é que quase não houve enfrentamento, porque os Atiradores eram muito superiores aos republicanos, tanto em homens quanto em armamentos, e porque os republicanos fugiram assim que compreenderam que os franquistas se preparavam para cercá-los; a realidade é que houve apenas três mortos, todos republicanos. Isso quer dizer que essas escaramuças representaram um risco pequeno para Manuel Mena; da mesma forma, não tiveram importância concreta, embora tenham tido importância simbólica: ninguém tinha como saber disso naquele momento, mas aquele foi o ponto exato a partir do qual os republicanos não conseguiram mais avançar em sua ofensiva durante a Batalha do Ebro.

O episódio da ermida de Sant Josep de Bot durou até o meio-dia. As duas unidades do 1º Tabor de Ifni que haviam tomado a pequena igreja de manhã chegaram a Gandesa próximo do anoitecer, uniram-se ao restante da 13ª Divisão e, somadas à 74ª sob o comando unificado do general Barrón, passaram a integrar a defesa da capital da Terra Alta entrando em fila ao norte da estrada de Gandesa no Pinell de Brai. Ao longo dos dias seguintes, o 1º Tabor de Atiradores participou dia e noite dos combates em defesa de Gandesa.

Em 1º de agosto, uma semana depois do início da grande ofensiva, a frente começou a se apaziguar e começou a ficar claro, para todos, que os republicanos não entrariam no vilarejo; conscientes desse fracasso, bem como do fato de que seus homens tinham perdido o ímpeto inicial e já não se beneficiavam do chamado efeito surpresa, no dia 2 os comandos republicanos determinaram que o ataque fosse suspenso, que se assumissem posições de defesa e se cedesse a iniciativa ao inimigo. Foi então que, com a frente estabilizada, com os campos semeados de cadáveres não enterrados e o ar carregado de um cheiro de carne podre, com as tropas dos dois exércitos instaladas em uma rotina diária de ferozes ataques de sol a sol sob temperaturas delirantes e ferozes contra-ataques noturnos às cegas, a batalha se inverteu; foi então que ela perdeu completamente o seu já minguado sentido inicial, em especial para os franquistas. Ninguém explicou melhor o fenômeno do que Manuel Tagüeña, um físico comunista de vinte e cinco anos que então comandava o 15º Corpo do Exército republicano já com o inacreditável título de tenente-coronel. Tagüeña considera em suas memórias que, uma vez atravessado o Ebro e conquistada uma faixa importante de terreno na margem oposta do rio, os republicanos ficaram de pés e mãos atados em suas posições, e o mais sensato e simples para os franquistas teria sido abandoná-los ali, encurralados contra o rio, e avançar para Barcelona sem deixar de pressioná-los para impedi-los de se moverem e lançar mão de suas reservas. "O caminho para a ocupação da Catalunha estava livre", conclui Tagüeña, "e o Exército do Ebro, caso não tivesse recuado rapidamente, acabaria cercado e preso". Não foi o que aconteceu. E o motivo é que Franco era vítima de uma concepção ultrapassada, criminosa, incompetente, obsessiva e patológica da arte da guerra, que muitas vezes nem mesmo seus próprios generais e aliados conseguiam entender: conforme comprovaram naquele mesmo ano em Teruel, essa concepção o obrigava a combater onde o inimigo lhe propunha que se combatesse e a não ceder um palmo de terreno que fosse sem dar a vida para recuperá-lo; mas obrigava-o, sobretudo, a não se satisfazer com uma vitória sobre o inimigo: ele precisava exterminá-lo. Isso explica o fato de se ter iniciado, naquele momento, no Ebro, uma exaustiva batalha de desgaste ("um choque de carneiros", como a descreveu um general franquista anos mais tarde) em um terreno sem qualquer valor estratégico e a um preço exorbitante: sacrificar em vão divisões inteiras lançando-as nas semanas seguintes, numa sequência de seis contraofensivas disparatadas, contra um inimigo inferior em número e em recursos, mas decidido a vender sua pele a preços muito altos, muito mais habilidoso no combate defensivo do que no ofensivo e ferreamente entrincheirado nas melhores posições da comarca.

O resultado só pode ser descrito como uma carnificina indescritível. Talvez nunca venhamos a saber o número exato de vítimas resultante daquelas semanas apocalípticas. Muitos, a começar pelos próprios combatentes, exageraram nos números. Não é preciso exagerar; a realidade já é em si mesma um exagero. Do começo ao fim da batalha, houve no mínimo cento e dez mil baixas: sessenta mil republicanas e cinquenta mil franquistas; pelo menos vinte e cinco mil mortos: quinze mil republicanos e dez mil franquistas. Dentre essas vinte e cinco mil vítimas — uma gota minúscula em um oceano imenso de mortos, muitos deles anônimos —, está Manuel Mena.

No dia 1º de agosto, após uma semana de combates durante a qual os integrantes do 1º Tabor de Atiradores de Ifni não tiveram um único minuto de trégua, a unidade de Manuel Mena foi substituída na primeira linha da frente de Gandesa; porém, depois de alguns dias de descanso na calmaria vigilante da reserva, ela voltou à carga. Em meados daquele mesmo mês, ela participou, com o conjunto da

13ª Divisão, da terceira contraofensiva franquista por meio de um ataque demonstrativo que lhes permitiu avançar sobre Corbera d'Ebre enquanto a 74ª Divisão rompia a frente mais ao norte, antes de Vilalba dels Arcs. Os primeiros dias de setembro, durante a quarta contraofensiva, foram de novo frenéticos. No dia 3, tomaram-se de assalto as posições defendidas pela 27ª Divisão republicana de Usatorre e se ocuparam as áreas 349 e 355, esta última depois de quatro horas de operações de artilharia. No dia 4, continuaram avançando para o norte e para o leste do Tossal de la Ponsa. No dia 5, rechaçaram vários contra-ataques republicanos provenientes da área 357, próxima a Corbera. No dia 6, uniram-se, na área 362, à 4ª Divisão de Navarra. No dia 7, recrudesce a resistência a seu avanço, e no dia 8 os republicanos finalmente conseguem conter a ofensiva. Nesse dia (ou no anterior), atingem Manuel Mena. É provável que seja seu quarto ferimento em combate, embora até este momento só tenhamos registro de dois; não sei quase nada sobre ele: nem onde se localiza exatamente nem em quais circunstâncias se deu, nem de que tipo de ferimento se trata. Só sei que no dia seguinte Manuel Mena foi internado no hospital militar de Costa, em Zaragoza. E sei, também, que seu ferimento não era grave, já que no máximo nove dias depois ele voltava a estar na primeira linha de combate, no comando de sua companhia.

Já estamos no dia 18 de setembro, e faltam apenas quarenta e oito horas para que Manuel Mena seja ferido pela última vez. Nessa manhã, a 13ª Divisão, que há uma semana vem carregando a responsabilidade pela quinta contraofensiva franquista, recebe ordens de avançar contra a frente republicana e ocupar as áreas 484, 426 e 496 para ali instalar uma linha de defesa. Os homens de Barrón dão início ao avanço, mas vez por outra se deparam com uma resistência feroz, até que o comando determina ao 1º Tabor de Atiradores e ao 4º Batalhão da Legião que procurem um caminho menos conhecido e mais prático para penetrar; após várias horas de reconhecimento, eles o encontram no despenhadeiro de Vimenoses ou de Bremoñosa. A partir dali, lutando por cada palmo de terreno e desalojando o inimigo a cada trincheira com o uso de granadas e enfrentamentos corpo a corpo, eles se apoderam, no dia seguinte, das áreas 426 e 460, e chegam, ao entardecer, ao pé da 496, conhecida como El Cucut.

É ali que a morte espera por Manuel Mena. Trata-se de uma posição decisiva, um ponto estratégico fundamental de uma sequência de morros separados pelos barrancos de Vilaverti i Els Massos. Por essa razão, vem sendo bombardeada pela artilharia e pela aviação desde o dia anterior. E também por isso ela foi fortificada cuidadosamente durante semanas pela 12ª Brigada Garibaldi, a unidade da 45ª Divisão que a defende (talvez junto com homens da 14ª Brigada Marselhesa): sobre a base de pedra seca que abunda em seu solo, os Brigadistas construíram entre os pinheiros-de-alepo da encosta, bastante íngreme, quatro linhas seguidas de trincheiras, de modo que, caso venham a ser expulsos de uma delas, possam retroceder e se defender na precedente, depois na precedente desta e na precedente desta última, e assim sucessivamente, até o topo; além disso, para se proteger do fogo da artilharia e da aviação franquistas, eles cavaram na outra encosta do morro um sistema de refúgios onde se escondem até que o suplício dos bombardeios se encerre e eles possam retornar, mais uma vez, para as trincheiras e dar continuidade ao combate. Tudo isso explica o fato de o Cucut ser uma área praticamente inexpugnável, conforme o entendimento dos oficiais das quatro companhias do 1º Tabor de Atiradores e do 4º Batalhão da Legião encarregados de tomá-la e que examinaram o terreno cuidadosamente. Quem dirige a operação é o comandante Iniesta Cano, chefe das duas companhias de Legionários; o comando das duas companhias de Atiradores está a cargo do capitão Justo Nájera e o da companhia de metralhadoras, de Manuel Mena. Junto com os demais oficiais das unidades selecionadas, os três também chegam à conclusão, depois de discutir várias opções, de que a única maneira de atacar aquela área é o assalto de frente.

Não houve outra batalha tão cruenta como essa em toda a Batalha do Ebro. Tudo começou ao amanhecer. Por volta das seis e meia da manhã, entrou em ação a artilharia mais ampla e destrutiva com que o comando franquista fustigou uma posição republicana, segundo escreveu anos depois o mesmo Manuel Tagüeña. Os Legionários e os Atiradores tinham sido escolhidos para essa missão porque, além de estarem habituados a participar de operações de risco máximo, eles se complementavam, o que explica que muitas vezes combatessem juntos. Assim, por volta das nove e meia, quando a artilharia e a aviação franquistas já vinham esmagando os republicanos havia uma hora depois de terem levado outras duas horas para conseguir corrigir o alvo, eles se puseram em marcha. Os Atiradores, à frente, começaram a escalar a escarpa, tateando com cautela, aferrando ao terreno e abrindo caminho centímetro a centímetro entre as pedras espalhadas e os troncos, galhos e moitas carbonizados pelos bombardeios, através de uma nuvem muita densa de pó e de fumaça e com um barulho ensurdecedor, enquanto os Brigadistas atiravam contra eles com toda força de lá do alto e os Legionários os secundavam, ocultos às suas costas. O bombardeio sobre a área não foi descontinuado enquanto eles realizavam essa subida, e, em diferentes oportunidades, Atiradores e Legionários foram atingidos por fogo amigo e tiveram de pedir, por rádio, que os artilheiros de sua Divisão ampliassem ou corrigissem sua mira. Não sabemos exatamente quando se deu o primeiro assalto sobre as trincheiras republicanas, mas sem dúvida quem o executou foram os Legionários, ou pelo menos foram eles que o iniciaram; eram especialistas em avançar de peito aberto contra as posições opostas a partir de vinte ou trinta metros de distância para acabar de forma rápida com qualquer resistência. Por volta das onze e meia, anunciou-se a conquista da área. Foi, no entanto, um anúncio prematuro, pois o fato é que durante as duas horas e meia seguintes o combate se prolongou em todo o sopé e no topo do Cucut, nas sucessivas linhas de trincheiras, com uma ferocidade infernal. Só depois das duas horas da tarde é que eles conseguiram controlar toda a área, transformada, então, em uma devastação fumegante de pó, cinzas e entulhos onde nenhuma árvore ficou de pé.

Mas a batalha não tinha terminado; na verdade, o pior ainda estava por vir. Os Atiradores e os Legionários sabiam disso, pois nas últimas semanas os republicanos vinham difundindo um lema que procuravam cumprir ao pé da letra — "Área perdida, área recuperada" —, e tinham certeza de que daquela vez não haveria exceção: no fim das contas, resignar-se à derrota significava abandonar um dos redutos mais importantes de toda a Batalha do Ebro. Assim, ao mesmo tempo em que se apoderavam do topo do Cucut, os Atiradores e os Legionários começaram a limpar rapidamente os dejetos que havia nas trincheiras republicanas para se defender do previsível contra-ataque inimigo erguendo na outra encosta da colina barricadas improvisadas com pedras, galhos e quaisquer outros objetos que estivessem ao alcance. Os fatos confirmaram à risca os temores dos franquistas. O contragolpe republicano foi desencadeado ao entardecer; ele provinha da área 450, onde os republicanos tinham se refugiado depois de sua derrota parcial. A partir dali, começaram a escalar a encosta de trás do Cucut gritando, disparando armas automáticas e lançando granadas, sob a cobertura de tiros de metralhadoras e morteiros, em uma apoteose de violência, ira e desespero que os franquistas repeliram com uma apotesose de violência, ira e desespero. Um número incalculável de homens dos dois lados acabou morto ou ferido. Muitos deles pertenciam às duas companhias de Atiradores de Ifni. Uma granada fez explodir o ventre do capitão Nájera. Outro companheiro de Manuel Mena, o alferes Carlos

Aymat, também ficou gravemente ferido. Por fim, caiu o próprio Manuel Mena, vítima de uma bala que entrou pela bacia, perfurou-lhe o osso e se alojou no ventre.

O que aconteceu depois é algo confuso, e nosso conhecimento a seu respeito, imperfeito, porque a memória é ainda menos confiável do que os documentos, e o que sabemos sobre as últimas horas de Manuel Mena depende, muito mais do que de documentos, da memória do assistente de Manuel Mena (ou, melhor ainda, da memória que o assistente de Manuel Mena legou à mãe e aos irmãos de Manuel Mena, e que a mãe e os irmãos de Manuel Mena legaram aos sobrinhos de Manuel Mena, e que os sobrinhos de Manuel Mena legaram a nós, tantas décadas depois de ocorridos os fatos). Não me perguntarei qual foi a reação de Manuel Mena ao perceber que uma bala tinha acabado de acertá-lo. Nem me perguntarei se, graças à sua múltipla experiência como ferido em combate pelo fogo inimigo, ele se dá conta de imediato de que este é um ferimento fatal ou se demora um pouco para entender, ou se não se dá conta de modo algum, pelo menos enquanto está caído ali, ferido, no Cucut. Obviamente também não me perguntarei se ele entra em pânico, se xinga, se procura manter o porte e suportar em silêncio a dor insuportável do ferimento ou se, consciente da gravidade do ocorrido, deixa-se cair, geme e chama por sua mãe entre lágrimas e gritos de angústia. Tampouco me perguntarei quanto tempo ele permanece ali, caído sobre o topo queimado da colina, sangrando e se contorcendo, dolorosamente consciente da realidade enquanto o barulho do confronto à sua volta arrefece. Não me farei essas perguntas, porque não tenho como respondê-las, porque não sou um ficcionista e não estou autorizado a fantasiar, porque devo me ater aos fatos comprovados, mesmo que a história que se depreende deles seja nebulosa e incompleta. Ela é assim. Mas, ao mesmo tempo, é também verdadeira. Seja como for, não posso ir além: posso no máximo me aventurar em alguma especulação tímida, alguma hipótese razoável. Nada mais do que isso. O resto é lenda.

Seu assistente não estava com Manuel Mena quando Manuel Mena foi ferido no Cucut, mas afirmava que Manuel Mena permaneceu caído no topo da colina com uma bala no ventre até que os franquistas abortaram o contra-ataque republicano e seus homens puderam levá-lo ao pronto-socorro do batalhão. Foi ali que ele o encontrou. E foi ali que os médicos se deram conta da gravidade do ferimento e mandaram os dois de imediato para um hospital de campanha. Não era o hospital mais próximo do Cucut, que ficava em Batea, mas um hospital da 13ª Divisão instalado em Bot. Quem sabe: se o tivessem enviado para Batea ele não teria morrido, já que não levaria as três horas intermináveis que demorou para percorrer — primeiro no lombo de um burro, depois em uma ambulância — os vinte e um quilômetros que o separavam de Bot. Chegou ao vilarejo quando já era noite, exangue mas consciente, e ao ser internado ainda teve forças para ver as ruas lotadas de ambulâncias e de feridos e mortos deitados em macas ou esticados no chão. Fora um dia horripilante: os hospitais de Bot não davam conta de atender as vítimas. Manuel Mena foi internado em um deles, ficando largado em um quarto junto com seu assistente; talvez estivessem a sós ou talvez dividisse o quarto com outros feridos. Não sabemos quanto tempo ele ficou assim. Em algum momento, o assistente, inquieto com a espera e com a debilidade de Manuel Mena, saiu do quarto e perguntou a uma auxiliar de enfermagem quando o seu alferes seria atendido, ao que a auxiliar respondeu que era preciso aguardar que a equipe médica terminasse de tratar um oficial mais graduado, talvez tenha mencionado o nome do capitão Nájera, também ferido no contra-ataque republicano do Cucut. Eles então aguardaram, Manuel Mena estendido em uma maca e seu uniforme empapado de sangue, ofegante, os cabelos finos revoltos e grudados no crânio e o rosto escurecido e molhado de suor e o brilho dos olhos talvez verdes cada vez mais hirto, o assistente sentado ao lado. Em algum momento, lívido como uma pedra de mármore, Manuel Mena pediu água; o assistente lhe trouxe. Voltou a pedir, e novamente o assistente lhe trouxe água. Depois, disse:

— Eu vou morrer.

Depois disso, Manuel Mena pediu duas coisas a seu assistente: que ficasse com o dinheiro que ele trazia e que levasse seus pertences para sua mãe. Em seguida, morreu. Era madrugada do dia 21 de setembro de 1938.

Naquela mesma manhã, o cadáver de Manuel Mena foi trasladado de trem para Zaragoza; nessa última viagem, ele esteve acompanhado do assistente, que a essa altura já devia saber que o capitão Nájera e outros três alferes da 13ª Divisão, dentre eles Carlos Aymat, tinham morrido naquela noite. Manuel Mena foi enterrado no dia seguinte no cemitério de Torrero, em um caixão de madeira com molduras coberto com uma bandeira franquista. Pouco depois, chegou a Zaragoza um grupo de quatro familiares de Manuel Mena encabeçado por seus irmãos Antonio e Andrés. Tinham feito uma longa e tortuosa viagem, desviando das frentes de batalha por dentro da zona rebelde — de Trujillo a Salamanca, de Salamanca a Burgos, de Burgos a Zaragoza —, com o objetivo de levar o cadáver do alferes para seu vilarejo natal. As autoridades facilitaram ao máximo essa missão. Assim, depois de desenterrar o caixão, abri-lo e confirmar que ali estava de fato o corpo sem vida de Manuel Mena, fizeram o caminho de volta em dois carros na companhia do assistente e com o caixão colocado em uma caixa de zinco.

A chegada do cadáver de Manuel Mena a Ibahernando foi um acontecimento que permaneceu durante décadas na memória coletiva do vilarejo. Ibahernando ainda estava chocada com aquela morte: para as famílias franquistas, Manuel Mena era o modelo do herói nacional, jovem, galhardo, idealista, trabalhador, ousado e morto pela pátria em combate; para todas as famílias, era apenas um rapaz que nem sequer atingira a idade de atrair para si a aversão de alguém. Muita gente se lembrava daquele dia, com a comitiva fúnebre surgindo ao longe pela estrada de Trujillo, percorrendo solenemente o curto caminho de eucaliptos que dava acesso ao vilarejo, deixando à esquerda as águas verdes do lago e avançando para o Pozo Arriba na curva do cemitério velho para se dirigir depois, pelo antigo quartel da guarda civil e a rua de Arriba, para a casa de Manuel Mena, onde um grupo de pessoas se juntara já havia algum tempo para receber o féretro. Blanca Mena não estava lá: tinha sido deixada pela família na casa da avó Gregoria para ser poupada, aos sete anos de idade recém-comemorados, do horror em carne e osso que seria seu tio morto. Não estava lá, mas se lembrava muito bem daquele dia, ou de algumas imagens daquele dia. Lembrava-se dela própria na casa da avó Gregoria chorando de dor pela morte de seu tio e chorando de raiva por não poder presenciar a chegada do cadáver de seu tio ao vilarejo. Ela se lembrava de que as empregadas de sua avó Gregoria aguentaram pacientemente o desconsolo sem fim de seu pranto mas que, no final, essa paciência se esgotou e uma delas foi encarregada de levá-la para a casa de sua avó Carolina. Lembrava-se de que, sem parar um segundo de chorar e sem soltar a mão da empregada, caminhou por ruas desertas até desembocar na rua de Arriba, ocupada naquele momento por integrantes da juventude falangista que aguardavam enfileirados a chegada do carro fúnebre. Lembrava que as duas passaram apressadamente entre as duas fileiras de meninos vestidos com as camisas azuis e as calças curtas e pretas da Falange e que reconheceu no meio deles José Cercas, pai de Javier Cercas, e que ambos trocaram olhares (segundo Javier Cercas, seu pai também se lembraria pelo resto da vida dessa troca de olhares). E lembrava muito bem que chegou à casa de sua avó Carolina, na rua de Las Cruces, bem a tempo de testemunhar uma cena que ficaria gravada para sempre em sua retina e na de todos que a presenciaram.

A cena foi a seguinte. Pouco depois da chegada de Blanca Mena, a multidão enlutada que lotava a rua de Las Cruces abriu espaço para a passagem do cortejo fúnebre. De dentro de um carro saíram os quatro familiares de Manuel Mena e seu assistente, que em seguida retiraram o caixão do outro carro e o colocaram no quintal da casa de Manuel Mena. Só então sua mãe saiu, arrastada ou empurrada, quase carregada pelas filhas. Trajada de preto, o rosto e as mãos pálidos, parecia consumida pelo sofrimento e mal conseguia se manter em pé. À sua volta as pessoas choravam, mas ela devia se lembrar do pedido que o filho sempre lhe fazia quando partia para a guerra, ou talvez sua aflição fosse além das próprias lágrimas, pois não derramou uma sequer. A única coisa que fez, em meio ao silêncio que reinava na rua ocupada pela multidão, foi erguer os braços em uma frágil saudação fascista e dizer com um fiozinho de voz que lhe saiu do fundo das entranhas:

— Viva a Espanha, meu filho.

Blanca Mena não esteve no enterro nem no funeral de Manuel Mena: naquela época, no vilarejo, esses rituais fúnebres eram reservados aos adultos. Nos dias seguintes, porém, ela pôde conviver com o assistente do tio, ou pelo menos vê-lo várias vezes. O assistente estava hospedado na casa da avó Carolina e não se afastava dela um só instante, ou talvez fosse a avó que não se afastava dele um só instante. Blanca Mena os via conversando baixinho enquanto a avó preparava o jantar ou costurava ou mudava objetos de lugar pela casa toda ou na edícula, mas percebia que silenciavam ou mudavam de assunto quando ela se aproximava. Embora tivesse certeza de que falavam sobre seu tio, nunca soube exatamente o que falavam. Um dia o assistente desapareceu e nunca mais se soube nada a seu respeito. Mais ou menos no mesmo período, a mãe de Manuel Mena pediu que, quando ela morresse, o sabre de oficial do filho fosse colocado no seu caixão.

A família procurou esquecer. Apesar de Manuel Mena encarnar o paradigma do herói franquista, sua morte em combate teve pouca repercussão para além do vilarejo. Em 20 de outubro, o jornal *Extremadura*, o mais importante da província, dedicou-lhe uma nota de falecimento; duas semanas e meia depois, o semanário *La Falange*, órgão regional do partido, fez o mesmo. O texto, assinado pelo chefe local da Falange, foi escrito por alguém que, embora finja ter conhecido Manuel Mena, não o conheceu vivo nem demonstra muito interesse em conhecê-lo morto (negligente, chega a trocar o nome do Batalhão da Falange em que ele combateu no primeiro ano de guerra); como não poderia deixar de ser, descreve-o como um "bravo falangista", "soldado valente", "herói glorioso" e, depois de lhe infligir expressões vazias, forçadas e rotineiras como essas, chega à crueldade de lhe atribuir uma frase totalmente idiota: "Só se morre pela Pátria uma vez!". Quanto à nota de falecimento, foi paga pela própria família, que não se esqueceu de registrar ali que Manuel Mena dera "sua vida por Deus e pela Pátria". Em Ibahernando, porém, a lembrança de Manuel Mena ainda estava muito viva. Pouco depois de seu funeral, exatamente em 2 de outubro, a Prefeitura decidiu em sessão solene dar seu nome a uma rua. Meses depois, Blanca Mena e sua avó Carolina estavam sentadas no pátio da casa quando um homem passou na frente delas. Blanca Mena o reconheceu, mas a avó deixou de lado o que vinha fazendo e ficou olhando para ele. Blanca Mena estava prestes a lhe perguntar em voz baixa quem era aquele desconhecido quando a avó o interpelou em voz alta:

— Aonde você vai? — perguntou, com uma amabilidade que, para a neta, pareceu autêntica. A pergunta ressoou pela rua inteira; o homem parou e se voltou para elas esboçando um sorriso. — Vai para a sua casa? — perguntou de novo sua avó Carolina, e desta vez Blanca Mena sentiu que, de uma hora para a outra, sua amabilidade pendia mais para um sarcasmo cortante, cheio de dor. — Vai ver a sua mãe? Que bom, não é? Está contente, não é? — O sorriso desaparecera do rosto do homem, que agora olhava para a avó Carolina petrificado, numa mistura de perplexidade e espanto. A avó Carolina então, cuspiu-lhe: — Pois eu não posso mais ver o meu filho, porque ele está no cemitério!

A última frase rompeu com a paralisia do homem, que baixou a cabeça em silêncio, pôs-se a caminhar aceleradamente e desapareceu perto de La Rejoyada, ou perto da rua de Arriba. Depois que ele se foi, Blanca Mena perguntou quem era, e sua avó Carolina respondeu que era um republicano que combatera na guerra ao lado dos republicanos. Ainda comovida por conta da cena que acabara de presenciar, Blanca Mena censurou a avó:

— E por que você disse essas coisas para ele?

A avó fitou-a como se a neta tivesse se dirigido a ela em um idioma incompreensível.

— Ah, então você acha certo terem matado seu tio Manolo? — perguntou.

Blanca Mena ainda não tinha completado dez anos quando a avó lhe fez essa pergunta. Passadas quase oito décadas, não se lembrava palavra por palavra da resposta que deu, mas lembrava, sim, do sentido mais geral dessa resposta. O que ela disse à avó foi que não achava certo terem matado seu tio na guerra, que isso lhe parecia muito ruim, que lhe parecia uma coisa horrível e que ela sabia disso. Mas também disse que seu tio foi à guerra porque quis. Que ninguém o obrigou a partir para a guerra. E que o homem que tinha acabado de passar na frente delas não tinha culpa alguma na morte dele.

E isso foi tudo: tudo o que Blanca Mena respondeu para a avó e tudo o que aconteceu naquele dia, ou tudo que Blanca

Mena se lembra de ter acontecido naquele dia. O antigo republicano não voltou a se aproximar da casa de sua avó Carolina; pelo menos Blanca Mena nunca mais o viu por ali. Mas, pelo resto da vida, não conseguiu cruzar com ele de novo nas ruas do vilarejo sem sentir a vergonha e a angústia que tinha sentido naquele dia em que sua avó o interpelou como se ele fosse o responsável pela morte de Manuel Mena.

Blanca Mena se lembra também de outro episódio. Quando ele aconteceu, já se tinham passado sete ou oito anos desde o fim da guerra e ela era uma adolescente de quinze ou dezesseis anos que já estava apaixonada por José Cercas. Numa tarde de outono, logo depois de chegar do colégio, foi visitar sua avó Carolina. A porta não estava fechada e a casa parecia deserta; o primeiro fato lhe pareceu normal, já que ninguém fechava as portas durante o dia no vilarejo; mas o segundo, não. Procurou pela avó na cozinha, na sala de jantar e nos quartos, até que a encontrou nos fundos, na edícula, com suas tias Felisa e Obdulia. As três tinham acabado de acender uma fogueira e a observavam enquanto ardia. Cumprimentou-as, observou as labaredas por um momento e lhes perguntou o que elas estavam queimando. Quem respondeu não foi a avó, mas sua tia Felisa.

— São as coisas do tio Manolo — disse ela.

Incrédula, Blanca Mena olhou de novo para as chamas: de fato, o fogo devorava roupas, livros, cadernos, cartas, documentos, fotografias, tudo. Lançou um olhar horrorizado na direção da avó, que parecia enfeitiçada pelo fogo.

— Mas o que vocês fizeram? — perguntou.

Não se lembrava se foi sua tia Obdulia ou sua tia Felisa quem a segurou por um ombro.

— Ora, filha. — A pessoa em questão suspirou, indicando o fogaréu. — Para que vamos querer isso? Para continuar sofrendo? A gente queima e pronto, acabou.

A mãe de Manuel Mena morreu de uma parada cardíaca em 29 de agosto de 1953, quinze anos depois do filho. Durante todo esse tempo, o Banco Exterior da Espanha em Sidi Ifni lhe pagou mensalmente, por conta do Grupo de Atiradores de Ifni e com algumas inconstâncias que a obrigaram muitas vezes a fazer uma reclamação por escrito, uma pensão de trezentas e quinze pesetas e noventa e seis centavos, o equivalente, hoje, a cerca de trezentos e cinquenta euros. Não sabemos se ao receber essa espécie de esmola, ela se lembrou alguma vez de que Manuel Mena lhe disse, antes de partir para a guerra, que, caso ele morresse em combate, ela não precisaria mais se preocupar com dinheiro, mas o fato é que esse era o valor que o Estado franquista pagava às famílias privilegiadas dos oficiais franquistas por terem mandado um de seus filhos para o matadouro. No dia da morte da mãe de Manuel Mena, alguém lembrou que muitos anos antes ela tinha pedido para ser enterrada com o sabre de alferes de seu filho; a família o procurou por todos os lados, mas ninguém o encontrou.

15

Não me lembro mais de quando nem de como me ocorreu a suspeita de que o lugar onde Manuel Mena havia morrido segundo a lenda da família era Bot. Lembro que foi muito antes de ter tido essa certeza e bem depois de minha mãe ser atropelada por um carro e de eu entender, durante sua convalescença, que para ela Manuel Mena tinha sido um Aquiles, e que talvez ainda o fosse; também lembro que, quando perguntei a minha mãe se o vilarejo onde Manuel Mena tinha morrido se chamava Bot, seu rosto de octogenária desterrada se iluminou:

— Isso mesmo! — disse ela, radiante. — Bot.

Minto. Na verdade, o que ela disse foi Bos ou Boj ou Boh: assim como vinte e cinco anos de Catalunha não lhe tinham sido suficientes para entender a palavra catalã "Endavant", ou pelo menos para deixar de confundi-la com a expressão "Aonde vão", ou "Ande van", meio século na Catalunha não lhe ensinara o bastante para pronunciar o topônimo catalão Bot, ou pelo menos para não pronunciá-lo como Bos, Boj ou Boh.

O fato é que levei mais alguns anos para conhecer Bot. Nessa ocasião, eu já vinha seguindo os rastros de Manuel Mena fazia muito tempo e, como um detetive que ronda pela cena do crime, visitara Teruel, Lérida e o vale de Bielsa; assim como a Terra Alta.

Nessa ocasião, eu já havia estado várias vezes no memorial erguido na Terra Alta para preservar a memória da Batalha do Ebro e já tinha percebido que, diferentemente do que acontecia em Teruel, Lérida e até mesmo no vale de Bielsa, naquela comarca a batalha tinha deixado um rastro indelével: durante o pós-guerra, vários de seus habitantes ganharam a vida vendendo estilhaços de munições recolhidos nos montes, e ainda hoje muitos continuam tendo a batalha muito presente e de certo modo vivendo dela ou de suas consequências, obcecados por ela, alguns até mesmo transtornados por ela. Naquela ocasião, eu já conhecia muito bem os cenários da batalha e tinha pisado nos mesmos lugares em que Manuel Mena pisara, sobretudo o Cucut, a área 496, a colina na qual Manuel Mena sofreu o ferimento que o matou, onde ainda havia, em abundância, restos de estilhaços no chão e onde o tempo não tinha destruído as trincheiras e os refúgios dos republicanos (nem mesmo algumas das barricadas bem mais frágeis que os franquistas improvisaram no pouco tempo transcorrido entre a conquista do topo e o contra-ataque republicano). De resto, desde o início de minhas pesquisas sobre as peripécias bélicas de Manuel Mena eu tinha consciência de que, na verdade, não estava em busca especificamente de seus rastros pessoais, mas sim dos rastros coletivos do 1º Tabor de Atiradores de Ifni, e de que era isso, e não outra coisa, que estava encontrando: rastros múltiplos, vagos, um tanto quanto abstratos, imaginados e quase extintos. Entende-se, assim, que no dia em que finalmente cheguei a Bot eu estava quase certo de que não encontraria ali nada menos abstrato do que isso tudo, e que, se essa certeza não era total, era somente porque antes eu tinha conversado ao telefone com o homem que, de acordo com uma opinião muito difundida, mais conhecia a história desse vilarejo.

Chamava-se Antoni Cortés. A primeira vez que liguei para ele fui direto ao assunto: resumi a história de Manuel Mena e lhe disse que segundo minha mãe ele morrera em Bot, embora eu não tivesse nenhum registro disso. "Estranharia muito que sua mãe tivesse se enganado", respondeu Cortés. "Você não me disse que seu tio combateu com a 13ª Divisão?". "Com os Atiradores de Ifni", precisei. "Que integravam a 13ª Divisão." "Pois os hospitais ligados à 13ª Divisão ficavam em Bot", confirmou ele. "Então, se o seu tio foi socorrido em um hospital antes de morrer, é quase certo que foi aqui." Falando muito rápido e aos solavancos em um difícil dialeto catalão, Cortés me contou que nos tempos da batalha havia três hospitais em Bot e mencionou alguns livros que traziam referências sobre eles e sobre a guerra civil no vilarejo; em seguida, falamos sobre o ocorrido em Bot durante a batalha, e, quando eu achava que ele já tinha me contado tudo o que tinha para contar, agradeci pelas informações. "Não tem nada que agradecer", respondeu. "Para mim é um prazer falar sobre a história do meu vilarejo. Sabe qual é a pior coisa que pode acontecer com uma pessoa? Chegar à idade adulta e perceber que não sabe nada. Isso aconteceu comigo quando eu tinha trinta e cinco anos, e desde então não tenho feito outra coisa que não seja estudar. E olha que já sou aposentado. Continuo não sabendo nada, mas pelo menos disfarço melhor." "Disfarça muito bem", eu lhe disse, sinceramente. "Ora!", reagiu, com a mesma sinceridade — pelo menos me pareceu assim. "Dissimulo melhor quando se trata de história antiga. É o que realmente me interessa, porque é a que dá mais trabalho para checar. Sobre a Batalha do Ebro, nós sabemos tudo. E o que não sabemos é possível checar rapidamente." "Sobre o tio de minha mãe também?", perguntei. "Claro que sim", respondeu. "Dê uma passadinha aqui um dia e você vai ver."

Não acreditei nele. Achei que estava falando por falar ou que tentava reagir mostrando-se interessante, e desliguei o telefone achando que não voltaria a falar com ele. Alguns meses depois, porém, encontrei no Arquivo Militar de Ávila a prova documental de que Manuel Mena morreu em Bot, liguei para ele novamente e marquei um encontro no vilarejo aproveitando que faria uma viagem a Valência. Cortés marcou comigo ao meio-dia na praça de Bot, de modo que pude sair de Barcelona às nove e meia e chegar duas horas depois em Gandesa; dali peguei uma estradinha sinuosa que em dez minutos me levou ao vilarejo. Este se revelou um lugar ainda menor do que Ibahernando, um punhado de casas marrons agrupado em torno do campanário de uma igreja marrom e cercado por colinas cobertas de rochas e pinheiros. A igreja ficava na praça, e, enquanto eu estacionava na frente dela, notei que o único homem à vista ali se aproximava decidido em direção ao meu carro. Estava vestido de modo informal, com um jeans gasto e suéter azul, mas o seu porte atlético, seus óculos de armação prateada e seu bigode grisalho abundante lhe davam certo aspecto excêntrico de coronel britânico aposentado. Era Cortés. Desci do carro e lhe estendi a mão enquanto agradecia sua hospitalidade.

— Não me agradeça — respondeu, com um aperto de mãos marcial. — Não gosto que me agradeçam. Além disso, não mereço isso: é um prazer atender você.

Ia lhe agradecer de novo, mas me segurei e perguntei se ele era historiador. Respondeu-me que não, que tinha sido açougueiro, depois trabalhara em uma empresa de peles, mais tarde em uma adega e depois em uma fábrica de Gandesa. Não havia mais ninguém na praça; o silêncio no vilarejo era absoluto.

— Mas, não vamos falar de mim — pediu-me Cortés. — É muito chato. Diga-me: o que você quer saber sobre o meu vilarejo?

Resumi de novo a história de Manuel Mena e logo lhe informei que tinha encontrado seu atestado de óbito, no qual se registrava que ele de fato tinha morrido em Bot.

— Você estava certo — eu disse.

— Sua mãe também — respondeu. — Você se lembra do nome do médico que assinou o atestado de óbito?

— Cerrada — eu disse. — Um tal doutor Cerrada.

Cortés fez uma expressão de contrariedade.

— Seu tio era oficial? — perguntou.

— Alferes — assenti. Mas ele não era meu tio, era meu tio-avô.

— Por que não me disse antes?

— Que ele era meu tio-avô?

— Que era oficial. — Cortês não deu tempo para que eu me desculpasse, e disse: — Já sei onde ele morreu.

— Ele não morreu em Bot? — perguntei meio desconcertado.

— Claro que morreu em Bot — respondeu. — Eu me refiro à casa onde ele morreu.

Achei que estivesse brincando. Olhei-o firme nos olhos; não, ele não estava brincando.

— Ele morreu na Ca Paladella — anunciou. — Uma casa que foi usada como hospital durante a guerra. — Apontando vagamente para a sua direita, acrescentou: — Fica por ali, depois da esquina.

— Como sabe disso? Quer dizer, como sabe que ele morreu ali?

— Porque esse era o único hospital de oficiais do vilarejo. Era onde o doutor Cerrada trabalhava. E digo mais: já sei em qual quarto o seu tio morreu.

Mais uma vez ouvi-me perguntando:

— Como sabe disso?

— Porque só havia um quarto para oficiais no hospital — respondeu. — E porque minha mãe trabalhava lá como enfermeira.

— O quê?

— O que você ouviu.

— Sua mãe lhe contou?

— E poderá lhe contar também quando você quiser.

— Não vai me dizer que ela está viva.

Cortés deu uma risada.

— Vivinha da Silva — disse, segurando-me um braço e forçando-me a andar. — Venha, vou lhe mostrar a casa onde o seu tio-avô morreu.

Dobramos a primeira esquina, descemos alguns metros por uma rua e, ao chegar na esquina seguinte, paramos diante de uma mansão de três andares construída com grandes silhares marrons: no térreo havia várias janelas com grades e uma grande porta de madeira sob um arco em semicírculo sobre o qual, gravado na pedra, exibia-se um brasão senhorial; no primeiro andar havia três grandes varandas, e o segundo consistia em um vão livre com janelas arqueadas e reunidas por uma cornija com molduras. Mais do que uma mansão, era um palácio.

— Aí está — disse Cortés, sinalizando-a com orgulho. — É a única casa de arquitetura civil no vilarejo.

Fitei-o em silêncio por alguns segundos e depois perguntei:

— Tem certeza de que foi aqui que...?

— Absoluta — interrompeu-me Cortés.

— Parece abandonada — comentei.

— Não é que parece: está abandonada. — Explicou-me que a casa era propriedade da família mais rica de Bot e que estava à venda havia muitos anos. — Os descendentes do mordomo é que a mostram aos possíveis compradores. Eles moram em Tarragona, mas se você quiser vê-la por dentro posso falar com eles e pedir para abrirem.

— Eles fariam isso?

— Acredito que sim.

— Eu lhe agradeceria muito se você pedisse isso.

Cortés pôs as mãos na cintura num sinal de desagrado. Levei um segundo para entender que eu tinha lhe agradecido de novo.

— O que eu quero dizer é que gostaria muito que você lhes pedisse — corrigi.

Cortés moveu a cabeça de um lado para o outro, como se me repreendesse, e, ao final, desfez de má vontade seu gesto de irritação. Depois, bruscamente, seus lábios quase ocultos pelo bigode se abriram em um sorriso franco.

— Bem, quer falar com minha mãe ou não? — perguntou.

— Agora mesmo? — perguntei, mais uma vez perplexo.

— Claro — disse Cortés. — Ela mora aqui do lado.

Pus-me a caminhar ao lado de Cortés perguntando a mim mesmo qual seria a próxima surpresa que me aguardava. Enquanto avançávamos vilarejo adentro sem cruzar com ninguém, meu anfitrião me contou que todos os seus antepassados conhecidos eram de Bot, que seu pai tinha morrido havia um ano, tinha participado da guerra e era de uma família franquista, ao passo que a sua mãe era de uma família republicana; também contou que sua mãe não gostava de falar sobre a guerra.

A mãe de Cortés era uma velhinha toda encolhida, gorduchinha e enrugada feito uva-passa. Foi ela mesma quem nos abriu a porta de sua casa; estava toda vestida de preto e nos olhava com estranheza, como que irritada ou ofuscada pelo sol primaveril. Cortés me dissera que ela tinha acabado de completar noventa e um anos e se chamava Carme. Carme Manyà.

— Mamãe — disse-lhe Cortés em um tom quase cerimonioso, enquanto eu apertava sua mão desconfiada e rechonchuda. — Este senhor é escritor e quer falar com a senhora sobre a guerra.

A mulher entrecerrou ainda mais os olhinhos desconfiados, e não nos convidou a entrar. Desconfortável, sentindo-me escrutinado de alto a baixo, sem saber o que dizer, perguntei se ela se recordava da Batalha do Ebro. Hoje, acho, pensando em especial no anúncio do filho, essa pergunta era tão óbvia ou tão redundante de ser feita para uma mulher da sua idade nascida na Terra Alta que ela deve ter pensado que eu só podia ser tão ingênuo ou tão inofensivo quanto as minhas palavras.

— Acho que sim — disse dando uma risada: seu cenho se descontraiu imediatamente e percebi na sua expressão uma antecipação ou um esboço da expressão de seu filho. — Bem melhor do que aquilo que aconteceu ontem mesmo.

Só então nos convidou para entrar e, andando com dificuldade, mas recusando a ajuda do filho, conduziu-nos a uma sala com espessas paredes de pedra e iluminada por janelas compridas, onde nos sentamos. Durante duas horas e meia, nós três ficamos ali conversando e tomando café. Contei à mãe de Cortés tudo o que eu sabia sobre a morte de Manuel Mena, e ela contou que tinha doze anos quando a guerra eclodiu, morava na frente da Ca Paladella e que, durante a Batalha do Ebro, trabalhou todas as tardes, com um grupo de amigas, naquele hospital de campanha. Sua função não consistia em atender os pacientes, tarefa reservada a enfermeiras profissionais, mas em cortar bandagens, colocá-las em recipientes para serem esterilizadas, arrumar os leitos, lavar as roupas sujas no rio e fazer tudo o que lhe fosse pedido pelo doutor Cerrada, que comandava uma equipe variável de médicos e exercia a função de diretor do hospital. Perguntei se nesse hospital só eram atendidos os oficiais; ela disse que não, que ali também se prestava socorro a soldados rasos, mas acrescentou que todos os oficiais eram atendidos ali.

— Ou seja, é absolutamente certo que o tio de minha mãe morreu na Ca Paladella? — indaguei.

— Totalmente certo — respondeu.

Olhei para Cortés, que passou a mão no bigode satisfeito, mas não disse nada, fiel ao papel de coadjuvante que decidira interpretar naquela entrevista ou que sempre interpretava na presença da mãe. Esta continuou contando que chegavam àquele hospital muito mais soldados do que oficiais feridos, e que os oficiais tinham um cômodo reservado para eles no primeiro andar; perguntei-lhe se sabia qual era esse cômodo e ela respondeu que é claro que sabia, acrescentando, porém, que não costumava entrar lá com muita frequência.

— Ou seja: o tio de minha mãe com certeza morreu nesse quarto.

— Certeza absoluta — repetiu.

Encantado com sua resposta, desta vez não busquei o olhar de Cortés; fiquei olhando para ela, que naquele instante me pareceu igualzinha às senhoras idosas enlutadas e distantes dos verões de minha infância em Ibahernando. Não me lembro de muito mais dessa conversa, a não ser que, graças a ela, eu pude também elucidar alguns detalhes da morte de Manuel Mena (entendi, por exemplo, o motivo pelo qual ele havia morrido enquanto aguardava ser operado de urgência: porque a Ca Paladella contava com apenas uma equipe de cirurgia, o que foi insuficiente para tratar da 13ª Divisão, que teve vários oficiais feridos naquela noite lúgubre); lembro-me também de que, a partir de um determinado momento, não consegui mais afastar de mim a suspeita de que talvez aquela pequenina senhora tão cheia de energia guardava em sua memória, sem saber, a última imagem de Manuel Mena em vida, e a convicção de que, se essa suspeita estava certa, quando ela morresse, essa recordação inconsciente morreria com ela.

Despedi-me da mãe de Cortés na porta de sua casa com dois beijinhos no rosto e disse que estava feliz por ela ter aceitado responder às minhas perguntas

— Tinham-me dito que a senhora não gosta de falar da guerra — acrescentei.

— Não é bem que eu não goste — disse ela, fazendo com a mão um gesto de afastar algum estorvo invisível enquanto se apoiava no umbral da porta. — Acontece que só guardo lembranças muito amargas daquela época. — E, sem nenhum resquício da dramaticidade, acrescentou: — Olhe, se me dessem para escolher entre passar por aquilo de novo ou morrer, eu escolheria morrer.

Despedi-me de Cortés ao lado do meu carro e lhe pedi que me telefonasse quando pudéssemos visitar a Ca Paladella.

— Vou trazer a minha mãe — prometi. — Ela gostaria muito de ver o lugar onde o tio morreu.

Ele disse que me avisaria quando tivesse novidades, e eu quase lhe agradeci, mas me contive a tempo.

Cortés telefonou no começo de julho, pouco depois que Ernest Folch e sua equipe gravaram o programa de televisão em Ibahernando, e disse que agendara um encontro para visitarmos a Ca Paladella. Alguns dias mais tarde, minha mulher e eu passamos em Gerona para pegar minha mãe.

— Bom, mamãe — foi a primeira coisa que eu lhe disse depois de instalá-la ao meu lado no carro e afivelar seu cinto de segurança. — Você finalmente vai conhecer Bot.

— Que bom, filho — respondeu. — Parece mentira: é como se eu estivesse esperando a vida inteira por este momento. Se vovó Carolina ainda estivesse viva...

Durante a viagem, minha mãe contou duas coisas que eu nunca a ouvira contar. A primeira é que certa vez, quando eu tinha seis ou sete anos, fui com ela e com meu pai à casa de *don* Eladio Viñuela, em Don Benito, uma cidade de Badajoz para onde o médico se mudara com a família depois de deixar Ibahernando. Foi uma visita surpresa. Quando chegamos ali, *don* Eladio não estava em casa, mas sim dona María, sua mulher, com quem então passamos a tarde toda bebendo suco e comendo torta à espera do marido, até que anoiteceu e tivemos de partir, e eu perdi a única oportunidade que tive em minha vida de conhecer o homem que havia trazido a civilização a Ibahernando. A outra história se referia a Bot. Minha mãe sempre soubera que o vilarejo onde Manuel Mena morrera pertencia à Catalunha e, segundo contou, quando emigramos para Gerona em meados dos anos 1960, ela pensou em visitá-lo; com efeito, nos primeiros anos, fez uma ou outra tentativa vaga de procurar saber onde ficava, mas seu trabalho em tempo integral como dona de casa e mãe de cinco filhos destituída de seus privilégios de nobre de vilarejo obrigou-a a deixar essa ideia de lado. De minha parte, contei a ela e a minha mulher como foi que eu tinha conseguido localizar o lugar exato onde Manuel Mena morreu; falei-lhes da mãe de Cortés e do próprio Cortés.

— É um sujeito muito simpático — avisei. — Só tem me feito favores desde que o conheci, mas nem pensem em lhe agradecer por nada. Ele fica irritado com isso.

Anoitecia quando cruzamos o Ebro por Mora d'Ebre e penetramos no descampado que há setenta e sete anos abrigara a batalha. Enquanto eu procurava lhes contar resumidamente seu desenvolvimento, minha mãe olhava pela janela como se não tivesse o menor interesse no que ouvia, ou como se a única coisa que a interessasse realmente fosse a sucessão de penhascos rochosos, inóspitos e desolados que se erguia à nossa volta. Viajávamos já havia duas horas e ela parecia cansada ou entediada. Para distraí-la, ao passar por uma placa que indicava o caminho para o Coll del Moro, fiz um comentário quase em tom de guia turístico:

— Veja, mamãe: era aí que ficava o posto de comando de Franco durante a batalha.

— Virgem Santíssima do Perpétuo Socorro! — lamentou, indiferente ao meu comentário. — Meu tio Manolo teve de vir até aqui para morrer? — Com um só gesto, ela envolveu toda a paisagem. — Mas isto aqui parece o fim do mundo, filho!

Passamos aquela noite no hotel Piqué, na entrada de Gandesa, onde minha mulher tinha reservado um quarto; um só: minha mãe precisava dormir acompanhada. Depois de descansar um pouco, nós três descemos para o restaurante, e minha mulher e eu ficamos com uns aperitivos enquanto minha mãe consumia um menu com dois pratos e sobremesa. Ela ainda não tinha acabado de comer o segundo prato quando a ouvi dizer algo que achei estranho que não tivesse dito durante toda a viagem: que uma de minhas irmãs lhe dissera ou insinuara que seria preciso vender a casa de Ibahernando; procurando ser paciente, respondi a mesma coisa de sempre: que ela não se preocupasse, que enquanto estivesse viva, a casa não seria vendida. E, então, vi chegar a pergunta:

— E quando eu morrer? — perguntou.

— Mas você tem vontade de morrer? — respondi.

— Vontade, eu? — escandalizou-se. — Nenhuma vontade, filho. Mas um dia Deus Nosso Senhor vai me levar, e então...

— Ora, mamãe. Por favor! — interrompi-a, irritado e decidido a não me deixar chantagear pela habilidade com que ela manipulava sua propensão espontânea ao melodrama catastrofista. — Se você quer que Deus realmente a leve embora, precisa se esforçar um pouco mais para isso...

Fitou-me sem entender; apontei então a costela de cordeiro que ela estava saboreando e esclareci, implacável, como se eu fosse uma vítima da fome do pós-guerra:

— É que, se você não parar de comer como come, Nosso Senhor não vai levá-la nem no dia do Juízo Final.

Já no quarto, minha mãe e minha mulher adormeceram logo e eu me pus a ler a tradução da *Odisseia* que tinha pegado anos atrás na casa de minha mãe em Ibahernando e que me acompanhava nas viagens em busca dos rastros de Manuel Mena desde que terminara de reler a tradução da *Ilíada*. Estava a lê-la já havia um bom tempo quando subitamente me dei conta de uma coisa que eu não tinha reparado até então. Eu me dei conta de que o protagonista da *Odisseia* é o exato oposto do protagonista da *Ilíada*: Aquiles é o homem da vida breve e da morte gloriosa, que falece no auge juvenil de sua beleza e de sua valentia e atinge assim a imortalidade, o homem que derrota a morte com a *kalos thanatos*, uma bela morte que representa a coroação de uma vida bela; Ulisses, por sua vez, é o polo oposto: o homem que volta para casa para viver uma longa vida feliz de fidelidade a Penélope, a Ítaca e a si mesmo, embora ao final seja alcançado pela velhice, sem esperar por nada depois desta vida. Ainda estava sob o impacto dessa revelação quando me deparei, ao final do Canto XI, com o único episódio em que Aquiles aparece na *Odisseia*. Ulisses lhe faz uma visita na mansão dos mortos e lhe diz que ele, que fora o maior dos heróis e vencera a morte com sua bela morte, o homem perfeito que todos admiravam, que fora como um Sol à luz da vida, deveria agora ser como um rei no reino das sombras e não lamentar a perda da existência. Aquiles, então, responde:

Não tentes reconciliar-me com a morte, ó glorioso Ulisses,
Eu preferia estar na terra, como servo de outro,
Até de homem sem terra e sem grande sustento,
*Do que reinar aqui sobre todos os mortos.**

Li esses versos. Reli. Desviei os olhos da página do livro e fiquei refletindo durante certo tempo a respeito do arrependimento do herói da *Ilíada*. Em seguida, apaguei a luz e adormeci perguntando-me se, como ele, Manuel Mena (o Manuel Mena defunto, mas também o Manuel Mena em seus últimos dias de vida, o Manuel Mena taciturno e absorto e desencantado e humilde e lúcido e envelhecido e cansado da guerra) não teria preferido ser um servo de servos vivo a ser um rei morto, perguntando-me se no reino das sombras ele também teria compreendido que não existe vida além da vida dos vivos, que a vida precária da memória não é uma vida imortal mas apenas uma lenda efêmera, um sucedâneo vazio da vida, e que só a morte é certa.

Na manhã seguinte, estacionamos o carro na praça de Bot pouco antes das dez e, enquanto fazíamos isso, vi Cortés conversando com uma senhora na porta de uma cafeteria. Ele se despe-

*Tradução de Frederico Lourenço, edição da Penguin-Companhia das Letras, página 313. (N. T.)

diu dela, aproximou-se de nós e eu lhe apresentei minha mulher e minha mãe. A primeira coisa que minha mãe fez foi agradecer sua hospitalidade; a primeira coisa que Cortés fez foi se irritar com isso.

— Mas o que acontece com essa família? — perguntou, abrindo uns braços impotentes e pedindo com o olhar uma explicação à minha mulher. — Não conseguem parar de agradecer?

Temi que a visita fosse por água abaixo, mas minha mulher e eu conseguimos contornar o fora de minha mãe com uma intensa profusão de desculpas, e passamos então a caminhar em direção à Ca Paladella, minha mãe agarrada ao meu braço com uma mão e à sua bengala com a outra, Cortés se recompondo daquele mal-estar inicial enquanto nos dizia que as pessoas que nos mostrariam a casa já tinham sido informadas por ele sobre o propósito da visita. Quando chegamos à Ca Paladella, Cortés tocou a campainha e logo uma mulher morena de meia-idade abriu a porta; ainda estávamos nos meandros das apresentações quando surgiu outra mulher, agora uma loira, de óculos e um pouco mais jovem, com um colar de miçangas vermelhas no pescoço; ao lado dela estava uma adolescente que trajava um vestido de verão azul bem curto. A loira nos instou a entrar rápido na casa e logo se justificou:

— É que, se as pessoas do vilarejo virem a casa aberta, logo vão querer dar uma espiada.

Chamava-se Francisca Miró; e a outra se chamava Josepa Miró e era sua irmã (a adolescente, chamada Sara, era sua filha). Segundo explicou Cortés enquanto adentrávamos o local, as duas eram netas do último mordomo da casa, que tinha sido construída no final do século XVII ou começo do XVIII pela família mais rica do vilarejo e fora abandonada quando a guerra começou, embora durante o pós-guerra os proprietários passassem longas temporadas ali.

— Mas já faz pelo menos quarenta anos que ninguém voltou a viver nesta casa — disse Cortés.

Estávamos de pé em um amplo saguão de paredes descascadas, iluminado por uma janelinha coberta de teias de aranha e pela luz produzida por um lampião. Duas portas grandes, como a da entrada, se abriam a partir deste ponto: uma dava para os celeiros, que segundo Cortés eram usados durante a guerra, quando a casa se transformou em hospital, como depósitos de cadáveres; a outra deixava entrever o começo de uma escadinha que subia para a escuridão do andar de cima. A sensação de abandono era absoluta: havia muita poeira e jornais antigos espalhados, caixas de papelão, bujões de butano vazios, apetrechos antigos. De repente, enquanto ouvia as explicações de Cortés e das irmãs Miró, percebi que várias pessoas tinham entrado no saguão e me perguntei se eram intrusos ou familiares ou amigos ou conhecidos das irmãs Miró, que aproveitavam a oportunidade para visitar a mansão. A certa altura, a voz de minha mãe abriu espaço entre as conversas cruzadas.

— Foi aqui que meu tio Manolo morreu? — perguntou.

— Não foi aqui, senhora — respondeu Cortés. — Foi no andar de cima. Vamos subir.

Imaginei que minha mãe recuaria diante da escadinha empoeirada, toda escura e cheia de rachaduras pela qual teria de subir, mas ela não recuou. Deixamos sua bengala no saguão e iniciamos a subida em grupo, com Cortés, Josepa Miró e seu lampião à frente, e com minha mulher e o restante da procissão atrás. Minha mãe subiu com dificuldade, descansando a cada degrau, com uma mão no meu braço e a outra no corrimão de ferro todo sujo. Ao chegar ao andar superior, estava suando. Perguntei se passava bem e ela respondeu que sim; perguntei se tinha certeza disso e ela respondeu de novo que sim. Sempre seguindo Cortés e Josepa, viramos à esquerda, atravessamos uma sala sem luz alguma e chegamos a uma sala de estar ou a um cômodo que parecia ter sido uma sala de estar iluminada por uma claraboia. Ainda estávamos ali, ouvindo Cortés falar e contemplando à nossa volta os estragos provocados por quarenta anos de desleixo, quando apareceu a mãe de Cortés, pequenina e de preto, acompanhada por Francisca Miró. Cumprimentei-a e a apresentei a minha mãe.

— Mamãe — eu disse, apontando em sua direção. — Esta senhora trabalhava nesta casa quando Manuel Mena morreu.

E talvez, quase acrescentei isso, guarde na memória a última imagem de Manuel Mena vivo. O rosto cansado de minha mãe se alterou, e as duas senhoras trocaram dois beijos e começaram a falar como se fossem velhas conhecidas, minha mãe sobre Manuel Mena e a mãe de Cortés sobre o seu trabalho de auxiliar de enfermagem na Ca Paladella durante a guerra; embora a mãe de Cortés falasse em catalão (e da surdez de minha mãe), pareciam se entender perfeitamente. Cortés as interrompeu: perguntou a sua mãe onde ficava a sala dos oficiais; em resposta, sua mãe fez uma meia-volta e, seguida pelo filho, saiu em disparada em direção à penumbra correndo um evidente risco para seu equilíbrio. Nós então a seguimos até um quarto no mesmo andar.

— Era aqui — anunciou. — Os oficiais ficavam aqui.

O lampião das irmãs Miró afugentou não sem dificuldades as sombras de uma sala de jantar que parecia não ter sido mexida desde os anos 1960. Dois postigos bloqueavam a entrada de luz pela única janela existente ali. O cheiro era de pó e de ambiente fechado.

— O seu tio morreu neste quarto — disse Cortés a minha mãe. — Está há muitos anos abandonado. E, claro, a senhora deve imaginar que na época não estava como se vê agora.

Minha mãe não disse nada e se virou para mim com um olhar perdido. Para me assegurar de que ela tinha entendido, repeti que aquele era o lugar onde Manuel Mena tinha morrido e, com a ajuda de Cortés e da mãe de Cortés, procurei reconstituir para ela os detalhes hipotéticos da passagem de seu tio por aquela casa. Minha mãe nos ouviu assentindo enquanto percorria o quarto com os olhos: a mesa coberta por uma toalha de veludo sobre a qual descansavam uma sopeira de latão e um prato de porcelana, os aparadores de madeira trabalhada que ocupavam as laterais da sala de jantar, as cadeiras e as poltronas estofadas, o aparelho de rádio e o toca-discos da época; a luz do lampião parecia focar seu rosto reluzente de transpiração, preocupado e lívido, projetando na parede uma sombra espectral. Pareceu-me que estava enjoada e lhe perguntei se não queria se sentar; ela disse que sim. Coloquei-a sentada em uma cadeira, ela secou o suor com um lenço, sentei-me a seu lado. Enquanto isso, Josepa Miró forçou os postigos da janela até que conseguiu abri-los; filtrada por uma persiana quebrada, a escassa luminosidade que penetrou no recinto iluminou milhares de partículas de pó que flutuavam no ar enclausurado. Senti que já tinha vivido algo parecido antes, embora não soubesse nem quando nem onde, e me dei conta de que alguns desconhecidos tinham também entrado no cômodo e nos observavam em um silêncio intrigado ou expectante, cochichando entre eles. Voltei a me perguntar se seriam amigos ou familiares das irmãs Miró ou intrusos mesmo. Enquanto isso, Cortés e as irmãs Miró se ofereceram para nos mostrar o resto da casa; eu lhes disse que minha mãe preferia descansar e os três então avançaram seguidos pelo resto dos visitantes. Atiçada pela curiosidade, minha mulher foi junto com eles.

— Então, mamãe — eu disse depois que fecharam a porta. — Está vendo? Foi até aqui que Manuel Mena chegou.

Minha mãe assentiu; a sós comigo ali, já não parecia enjoada, mas também não se mostrava totalmente recuperada e sob controle, pelo menos não totalmente. Agora, escrutinava o lado oposto do quarto escurecido, onde as faixas de luz que trespassavam a persiana quebrada e as janelas entreabertas iluminavam um pedaço do piso xadrez e sujo e uma mancha de umidade na parede. Depois de alguns segundos, fez um sinal quase imperceptível com a cabeça olhando para a frente e murmurou:

— Parece até que estou vendo ele aí, deitado...

Ficou contemplando o vazio, em silêncio, e seu semblante absorto me lembrou o semblante imutável de seus dois anos de depressão, quando um excesso de lucidez lhe fez entender que estava morando em Gerona fazia vinte e cinco anos como se morasse ainda em Ibahernando, que estragara sua vida esperando voltar para casa, que aquela espera inútil tinha sido um mal-entendido e que esse mal-entendido acabaria por matá-la. "Bom", eu disse a mim mesmo, procurando afastar essa lembrança e lembrando do tenente Drogo e do *O deserto dos tártaros*. "Aqui começa e aqui termina a lenda de Manuel Mena. Caso encerrado, inspetor Bugiganga." Caso encerrado? Por um momento, eu também vi Manuel Mena ali, do outro lado da sala, alquebrado e agonizante em um catre militar, o uniforme empapado de sangue e a brancura da morte invadindo suas feições de adolescente. Voltei-me para minha mãe, que continuava fitando fixamente o vazio, e pensei que ela fosse começar a chorar, que voltaria a chorar quase oitenta anos depois de o cadáver de Manuel Mena ter sido levado de Bot a Ibahernando e de seu estoque de lágrimas ter se esgotado chorando por ele, e me ocorreu que, se eu visse a minha mãe chorando pela primeira vez na minha vida, ali e agora, a guerra finalmente teria chegado ao fim, setenta e seis anos depois de ter terminado. Mas não houve lágrimas. Minha mãe não chorou: envoltos por duas bolsas escuras e enrugadas, seus olhos continuavam secos: "Isso não acaba nunca", pensei. "Não vai acabar nunca." Olhei de novo para onde ela estava olhando e pensei mais uma vez em *O deserto dos tártaros*, em seu final, e voltei a imaginar Manuel Mena deitado à espera da morte como o tenente Drogo no final de *O deserto dos tártaros*. Imaginei-o assim e me perguntei o que eu lhe teria dito se tivesse estado junto dele naquele momento, se estivesse, por exemplo, no lugar de seu assistente. Respondi a mim mesmo que teria tentado confortá-lo, que teria feito o possível para ajudá-lo a morrer bem. Pensei que eu lhe teria dito que era verdade mesmo, que ele ia morrer, mas que, tal como entendera o tenente Drogo em seu leito de morte, essa era a verdadeira batalha, aquela pela qual ele sempre tinha esperado sem saber. Raciocinei que lhe teria dito que era verdade, que ele ia mesmo morrer, mas que, diferentemente do tenente Drogo, não morreria sozinho e anônimo no quarto escuro de uma pousada, longe do combate e da glória, sem ter podido se mostrar à altura de si mesmo em um campo de batalha. Pensei que lhe teria dito que era verdade, que ele ia morrer mesmo, mas que podia morrer tranquilo, pois sua morte não era uma morte absurda. Que não estava morrendo em nome de interesses que não eram dele nem de sua família, que não estava morrendo por uma causa errada. Que sua lucidez derradeira era uma lucidez falsa e seu desencanto, um desencanto sem fundamento. Que sua morte tinha um sentido. Que ele estava morrendo pela mãe e pelos irmãos e sobrinhos e por tudo que era decente e nobre. Que sua morte era uma morte nobre. Que ele tinha se mostrado à altura e não recuara. Que estava morrendo em combate como Aquiles na *Ilíada*. Que sua morte era *kalos thanatos* e ele estava morrendo por valores que estavam acima dele mesmo e que sua morte era uma morte perfeita que coroava uma vida perfeita. Que eu jamais iria esquecê-lo. Que ninguém jamais iria esquecê-lo. Que ele viveria eternamente na memória volátil dos homens, como vivem os heróis. Que seu sofrimento se justificara plenamente. Que ele era o Aquiles da *Ilíada*, não o da *Odisseia*. Que no reino dos mortos ele não acharia que é preferível chegar à velhice sendo servo de servos a não conhecê-la e ser o rei das sombras. Que ele nunca seria como o Aquiles da *Odisseia*, que ninguém o tinha ludibriado, que não estava morrendo por causa de um mal-entendido. Que sua morte era uma morte bela, uma morte perfeita, a melhor das mortes. Que ele iria morrer pela pátria.

— O que está pensando, Javi? — perguntou minha mãe.

Sem olhar para ela, respondi.

— Nada.

Minha mãe tomou minha mão, segurou-a e a levou ao seu colo. Senti o toque de seus dedos deformados pela artrose, com a aliança de casada ainda no anelar; senti a aspereza suave de sua pele e seu perfume familiar em meio ao cheiro de ranço, de sujeira e de mofo daquele cômodo. Perguntei-me quantos anos ainda lhe restariam de vida e o que eu faria da minha vida quando ela morresse.

— Não precisa ficar pensando demais, Javi — disse ela. — Tio Manolo se sentiu obrigado a fazer o que fez. Apenas isso. O resto veio sozinho. — Fez uma pausa e depois acrescentou, em um tom diferente: — Não imagina o quanto eu queria que você o tivesse conhecido: era tão simpático, estava sempre rindo, sempre fazendo brincadeiras... Ele era assim. Por isso se sentiu obrigado. Simples assim. Nem mais nem menos do que isso.

Perguntei-me se ela estava certa e se tudo era tão simples assim. Deixei passarem alguns segundos e anunciei:

— Preciso lhe dizer uma coisa, mamãe.

— Que coisa?

Pensei: "Que o tio Manolo não morreu pela pátria, mamãe. Não morreu para defender você e sua avó Carolina e sua família. Morreu por nada, porque o enganaram fazendo-o acreditar que estava defendendo seus interesses quando na verdade defendia os interesses de outros, e que estava arriscando a vida pelos seus, quando na verdade só a estava arriscando pelos outros. Que ele morreu por causa de uma cambada de filhos da puta que envenenavam os cérebros dos meninos e os enviavam para o matadouro. Que nos seus últimos dias, semanas ou meses de vida, quando já era tarde, ele suspeitou ou sentiu isso, e por isso não queria voltar para a guerra e perdeu aquela alegria que tinha e com a qual a senhora sempre se lembrará dele e se recolheu em si mesmo e se tornou solitário e afundou na melancolia. Que ele queria ser Aquiles, o Aquiles da *Ilíada*, e a seu modo o foi, ou pelo menos o foi para você, mas que na verdade ele é o Aquiles da *Odisseia* e está no reino das sombras maldizendo o fato de, morto, ser o rei dos mortos e não o servo de um servo em vida. Que a sua morte foi absurda." E eu disse, mais uma vez:

— Nada.

Foi somente então que voltei a pensar no meu livro sobre Manuel Mena, o livro que vinha postergando a vida inteira ou que sempre tinha me recusado a escrever, e agora me ocorre que pensei nele porque senti de repente que um livro seria o único lugar onde eu poderia contar para minha mãe a verdade sobre Manuel Mena ou onde eu saberia ou me atreveria a contá-la. Deveria mesmo lhe contar essa verdade? Deveria mesmo simplesmente contar essa verdade? Deveria mesmo colocar por escrito a história do símbolo de todos os equívocos e as responsabilidades e a culpa e a vergonha e a miséria e a morte e as derrotas e o pavor e a sujeira e as lágrimas e o sacrifício e a paixão e a desonra de meus antepassados? Deveria mesmo tomar como meu o passado familiar que mais me envergonhava e expô-lo em um livro? Nos últimos anos, enquanto reunia informações sobre Manuel Mena daqui e dali eu havia compreendido algumas coisas. Tinha compreendido, por exemplo — eu pensei, pensando em David Trueba —, que não sou melhor do que Manuel Mena: é verdade que ele lutara com armas em punho por uma causa injusta, uma causa que provocou uma guerra e levou a uma ditadura, com morte e destruição, mas também é verdade que Manuel Mena foi capaz de arriscar sua vida por valores que, pelo menos durante um determinado tempo, estavam, para ele, acima da própria vida, embora não o estivessem, ou ainda não o estivessem para nós; em outras palavras: não havia dúvida de que Manuel Mena se equivocara politicamente, mas também não havia dúvida de que eu não tinha nenhum direito de me considerar moralmente superior a ele. Eu também tinha compreendido que a história de Manuel Mena era a história de um vencedor aparente e de um perdedor real; Manuel Mena tinha perdido a guerra três vezes: a primeira, porque tinha perdido tudo na guerra, inclusive a vida; a segunda, porque tinha perdido tudo em nome de uma causa que não era a dele, mas sim de outros, porque na guerra ele não tinha defendido seus próprios interesses mas sim os interesses de outros; a terceira, porque tinha perdido tudo em nome de uma causa ruim: se ele tivesse perdido tudo por uma boa causa, sua morte teria tido um sentido, faria sentido homenageá-lo agora, seu sacrifício mereceria ser lembrado e honrado. Mas não: a causa em nome da qual Manuel Mena morreu era uma causa odiosa, irredimível e morta, eu pensei, pensando de novo em David Trueba e em Danilo Kiš ou no final da narrativa de Danilo Kiš que David Trueba tinha me contado: "A história é escrita pelos vencedores. As pessoas contam lendas. Os ficcionistas fantasiam. Somente a morte é certa". É o que tinha acontecido com Manuel Mena, eu pensei: embora os vencedores tenham escrito a história da guerra, ninguém escrevera a história dele, todos tinham preferido contar lendas ou fantasiar, como se todos fossem ficcionistas ou como se intuíssem que, na prática, Manuel Mena foi um perdedor da guerra. Seria esse mais um bom motivo para eu contar a sua história? Naquele momento, eu também já tinha compreendido que seria impossível que outro escritor a contasse, por mais que eu mesmo tivesse brincado uma ou outra vez com essa hipótese, e que, se eu não a contasse, ninguém a contaria. Deveria contá-la?, perguntei-me novamente. Ou deveria deixá-la assim mesmo, sem ser contada, transformada para sempre em algo vazio, um lugar oco, uma dos milhões e milhões de histórias que nunca foram contadas, uma obra-prima brilhante jamais escrita — obra-prima brilhante justamente porque ninguém a escreveria —, recusando-me a assumi-la, mantendo-a para sempre escondida como o segredo mais bem escondido?

Minha mãe deu um suspiro sem soltar a minha mão; continuava com os olhos voltados para o outro lado da sala de jantar, no ponto exato que decidira que fora o ponto exato onde Manuel Mena repousou, moribundo, setenta e sete anos antes. Ouvi sons de passos e risadas muito próximos e pensei nos intrusos que tinham invadido a Ca Paladella; por algum motivo, pensei também em fantasmas. Em seguida, voltei a lembrar da narrativa de Danilo Kiš e, talvez por estar sentado ao lado de minha mãe, sentindo seu cheiro com sua mão na minha mão, ocorreu-me que era impossível que a condessa Esterházy tivesse enganado o filho no dia de sua execução apenas para que ele tivesse uma *kalos thanatos*, uma morte perfeita para coroar uma vida perfeita e torná-lo, assim, digno de seu nome e de sua nobre linhagem; não, eu pensei: se ela o tinha enganado — se tinha aparecido vestida de branco quando o filho se dirigia para o cadafalso em meio ao escárnio da multidão —, tinha sido para que ele pudesse deixar a vida sem medo e sem angústia, para ajudá-lo a morrer bem com a segurança ilusória de que o indulto imperial lhe chegaria antes de que ele fosse justiçado. Pensei isso e pensei que, da mesma forma, era de uma ingenuidade romanesca pensar que minha mãe tinha passado a vida me falando de Manuel Mena porque não teria existido, para ela, um destino mais elevado do que o de Manuel Mena, porque queria escrever o meu destino com o destino de Manuel Mena, porque queria que eu estivesse à altura e fosse digno do meu nome e de minha falsa linhagem nobre; não, voltei a pensar: o mais provável é que minha mãe tenha passado a vida me falando de Manuel Mena porque com Manuel Mena ou com a morte de Manuel Mena ela tinha entendido até ficar sem lágrimas que é mil vezes preferível ser Ulisses do que ser Aquiles, viver uma longa vida banal e feliz de lealdade a Penélope, a Ítaca e a si próprio, ainda que ao final dessa vida nenhuma outra o aguarde, do que viver uma vida breve e heroica e uma morte gloriosa; que é mil vezes preferível ser um servo de um servo em vida do que ser o rei dos mortos no reino das sombras; e porque precisava, ou porque sentia urgência de que eu entendesse isso. E pensei também que também seria ingenuidade (além de presunção) acreditar que a condessa Esterházy tinha escrito ao filho, e talvez a mãe de Manuel Mena ao seu, e que minha mãe, por sua vez, não teria conseguido escrever para mim; de repente me dei conta da arrogância pueril que se expressava no fato de eu acreditar que, tendo-me tornado escritor, eu tinha conseguido fazer com que minha mãe não me escrevesse, tinha me rebelado contra minha mãe, escapando do destino em que ela, conscientemente ou não, tinha almejado me confinar; a verdade, pensei, era exatamente oposta: não tinha havido nenhuma rebelião, minha mãe tinha imposto a sua vontade, eu não tinha sido o heroico, efêmero e brilhante Aquiles, mas sim o longevo, medíocre e leal Ulisses; ao ser Ulisses, eu era exatamente o que minha mãe tinha almejado que eu fosse, e, ao me tornar escritor, eu tinha feito exatamente o que minha mãe queria que fizesse; eu não tinha me escrito, mas tinha sido escrito pela minha mãe; compreendi que minha mãe tinha me feito escritor para que eu não fosse Manuel Mena e para que pudesse contar a sua história.

— O que você está pensando, Javi? — perguntou minha mãe mais uma vez.

E, desta vez, eu lhe disse a verdade.

— Que talvez eu devesse escrever um livro sobre Manuel Mena — respondi.

Minha mãe deu um suspiro, e nesse instante pensei que existem mil maneiras de contar uma história, mas que só uma é realmente boa, e vi, ou acreditei ter visto, com a limpidez da claridade de um meio-dia sem nuvem alguma, qual era a maneira de contar a história de Manuel Mena. Pensei que para contar a história de Manuel Mena eu devia contar a minha própria história; ou, dito de outra forma, eu pensei que para escrever um livro sobre Manuel Mena eu deveria me desdobrar: tinha de contar por um lado uma história, a história de Manuel Mena, e contá-la como um historiador a contaria, com desapego e distância e aferrando-se à verdade, limitando-me estritamente aos fatos e desprezando a lenda e a fantasia e as liberdades do ficcionista, como se eu não fosse quem eu sou, mas sim uma outra pessoa; e, por outro lado, devia contar não uma história, mas sim a história de uma história, ou seja, a história de como e por que acabei contando a história de Manuel Mena embora não quisesse contá-la nem assumi-la nem divulgá-la, embora tivesse acreditado durante toda a minha vida que eu tinha me tornado escritor justamente para não escrever a história de Manuel Mena. Minha mãe disse:

— O que eu não entendo é como você ainda não escreveu esse livro.

Virei-me para olhá-la; ela me devolveu um olhar neutro.

— Você é escritor, não é?

— E se você não gostar do que ler?

Respondeu à minha pergunta com outra pergunta:

— Não vai me dizer que agora você escreve os seus livros para eu gostar deles? — Um lampejo de ironia brilhou nos seus olhos. — Agora é tarde!

Voltamos a ficar calados. Eu ouvia vozes, passos, um ou outro golpe, mas eles já não vinham do nosso andar, mas do superior — pelo menos me pareceu assim. Em meio ao silêncio na penumbra daquele palácio abandonado, devíamos parecer dois personagens de algum filme de Antonioni, ou talvez duas figuras extravagantes que participassem de alguma versão extravagante de *Gran Hermano*. Ouvi passos mais próximos do quarto e pensei mais uma vez em fantasmas. A porta se abriu. Era minha mulher.

— Vocês precisam subir para ver a casa — disse. — É maravilhosa.

Cortés apareceu atrás dela com um sorriso entusiasmado. Minha mãe se levantou e deu dois passos ligeiros em direção a ele, que teve de segurá-la para que não tropeçasse. Eu previ o que ia acontecer, mas não fiz nada para evitá-lo.

— O senhor não sabe quanta alegria me deu estar aqui — disse minha mãe, segurando Cortés. — Nunca imaginei que algum dia eu veria o lugar onde meu tio Manolo morreu. — Indefectivelmente, acrescentou: — Eu lhe agradeço muito.

A última frase apagou o sorriso de Cortés, que abriu a boca sob o bigode para protestar e olhou para mim atônito enquanto minha mulher, reprimindo uma gargalhada, segurava minha mãe pelo braço e a tirava da sala de jantar. Pedi um pouco de compreensão a Cortés com um olhar. Ele balançou a cabeça, vencido, e se pôs a andar atrás de minha mãe e de minha mulher.

Com Cortés agora à frente, subimos para o segundo andar. Surgindo das sombras com uma lanterna acesa, juntou-se a nós Josepa Miró, e por um bom tempo nós cinco ficamos circulando pela casa na escuridão. Guardo lembranças precisas, parciais e desconexas desse passeio. Lembro-me de uma sucessão interminável de salas e salões adormecidos em uma penumbra silenciosa com portas trabalhadas e relógios de pêndulo parados em horários arbitrários e armários senhoriais cheios de papeis, livros antigos e pastas de couro cinzelado. Lembro-me do luxo decadente das cortinas espessas de veludo e dos sofás de cetim verde e canapés de seda rosa-choque, brasões de nobreza e quartos secretos ou que pareciam ser secretos, cozinhas e despensas cheias de trambolhos. Lembro-me de dormitórios onde se acumulavam camas de bronze com dosséis e baldaquins e berços de madeira nobre e mesinhas de cabeceira e estrados esqueléticos e porta guarda-chuvas vazios e guarda-roupas abandonados. Lembro-me de uma capela decorada com afrescos que representavam os quatro evangelistas, e me lembro de Josepa Miró e Cortés apontando para os rostos rabiscados dos evangelistas e explicando que tinham sido vítimas da fúria anticlerical dos libertários que confiscaram a casa no começo da guerra. Lembro-me de uma capela e de bancos e genuflexórios e órgãos de igreja e santos colocados sobre pedestais ou dentro de nichos ou em crucifixos de marfim e madeira e uma porção de imagens de devotos. Lembro-me de tapetes com cenas suntuosas de caça (uma matilha perseguindo um cervo, um cão com um coelho recém-capturado em suas presas), e também me lembro de grandes espelhos empoeirados e pianos de cauda e fotografias emolduradas e retratos a carvão e a óleo de homens e mulheres certamente mortos e esquecidos. Lembro-me disso tudo e lembro de minha mãe e de minha mulher caminhando ao meu lado, atrás de Cortés e de Josepa Miró, que abriam a passagem para nós com a lanterna de Josepa entre o esplendor em ruínas daquela mansão abandonada, e lembro das silhuetas e das vozes e das risadas dos visitantes ou intrusos cada vez mais numerosos com que cruzávamos e aos quais nenhum de nós cumprimentava, nem mesmo Cortés ou Josepa, como se eles não os conhecessem ou nãos os reconhecessem ou até mesmo nem sequer os vissem, como se eles fossem fantasmas e nós fôssemos exploradores perdidos em uma selva de fantasmas. Mas, acima de tudo, lembro de mim mesmo eufórico, quase levitando com a alegria sigilosa que me proporcionava a certeza de que finalmente iria contar a história que eu já passara metade da vida sem contar, ia contá-la para contar a minha mãe a verdade sobre Manuel Mena, a verdade que eu não podia ou não me atrevia a lhe contar de outra maneira, não só a verdade da memória, da lenda e da fantasia, que era a que ela havia criado ou havia contribuído para criar e que eu vinha escutando desde menino, mas também a verdade da história, a verdade crua dos fatos, ia contar essa dupla verdade porque ela continua uma verdade mais completa do que as outras duas separadamente e porque somente eu podia contá-la, ninguém mais poderia fazê-lo, ia contar a história de Manuel Mena para que ela existisse integralmente, já que as histórias só existem integralmente se alguém as escreve, eu pensei, pensando no meu tio Alejandro, e era por isso que eu ia contá-la, para que Manuel Mena, que não podia viver para sempre na memória volátil dos homens como o Aquiles heroico da *Ilíada*, vivesse no mínimo em um livro esquecido como o Aquiles arrependido e melancólico da *Odisseia* em um canto qualquer esquecido da *Odisseia*, contaria a história de Manuel Mena para que sua infeliz história de triplo perdedor da guerra (um perdedor secreto, um perdedor disfarçado de vencedor) não se perdesse totalmente, iria contar essa história, eu pensei, para contar que nela havia vergonha mas também orgulho, desonra mas também retidão, miséria mas também coragem, sujeira mas também nobreza, pavor mas também alegria, e porque nessa história havia o que havia na minha família e talvez em todas as famílias — derrotas e paixão e lágrimas e culpa e sacrifício —, compreendi que a história de Manuel Mena era minha herança ou a parte fúnebre e violenta e cáustica e custosa de minha herança, e que não podia continuar a rechaçá-la, que era impossível rechaçá-la pois, de toda maneira, eu tinha de conviver com ela, porque a história de Manuel Mena fazia parte da minha história e portanto era melhor entendê-la do que não entendê-la, assumi-la do que não assumi-la, divulgá-la do que deixar que apodrecesse dentro de mim como as histórias fúnebres e violentas que ficam sem ser contadas apodrecem dentro de quem tem de contá-las, escrever da minha maneira o livro sobre Manuel Mena, pensei por fim, seria, como eu sempre tinha pensado que fosse, tomar como minha a história de Manuel Mena e a história de minha família, mas também pensei, pensando em Hannah Arendt, que essa seria a única forma de assumir a responsabilidade perante as duas, a única forma, também, de me aliviar e me emancipar das duas, a única forma de usar o destino de escritor com que minha mãe me havia escrito ou em que me havia confinado para que nem mesmo minha mãe me escrevesse, para que eu escrevesse a mim mesmo.

Pensei em todas essas coisas enquanto caminhava quase às escuras com minha mãe segurando meu braço e minha mulher vigiando para que não tropeçássemos, nós três seguindo a luz que vinha da lanterna de Josepa Miró em meio às trevas da Ca Paladella, e, a certa altura, eu disse a mim mesmo que, já que eu ia contar a história de Manuel Mena e assumir minha responsabilidade do lado ruim de meu legado familiar, também não tinha por que assumir minhas responsabilidades pelo lado bom, ou não tão ruim, que se eu assumia esse pedaço fúnebre e violento e cáustico e custoso de minha herança, não tinha por que assumir minha herança inteira e estava portanto autorizado a dizer a verdade para minha mãe de uma vez por todas que eu não sou nem Stephen King nem Bill Gates e que, portanto, quando ela morresse eu ia me desfazer da casa de Ibahernando. Parado à porta de um quarto onde Cortés e Josepa Miró tinham acabado de entrar, eu anunciei a minha mãe que tinha uma coisa importante a lhe dizer. Ela ficou em silêncio, imóvel.

— É sobre a casa de Ibahernando — quis prepará-la procurando preparar a mim mesmo.

Do umbral do quarto, minha mulher nos instava a entrar, mas minha mãe não deu atenção para seus gestos e me apertou o antebraço com cumplicidade.

— Ah, então eu já sei o que é — disse ela, e, sem me dar tempo para perguntar, acrescentou: — Que você não vai vender a casa de Ibahernando. E que, quando eu morrer, ficará com ela.

Perplexo, procurei enxergar seu rosto na penumbra, mas não consegui; também não comecei a rir. Apenas pensei em Ulisses e em Ítaca e, quase agradecido, menti:

— Você adivinhou o meu pensamento, Blanquita.

Ouvimos a voz de Cortés que nos chamava, seguimos minha mulher e entramos em um recinto relativamente grande que talvez tivesse sido um escritório, ou que se parecia com isso, com uma cortina atrás da qual se abria uma alcova da qual só me lembro de conter uma cama de casal sem o colchão e uma vasilha de cerâmica. Segundo nos contou Cortés — ou segundo o que nos contou

Cortés que sua mãe tinha acabado de lhe contar —, ali ficava a sala cirúrgica da Ca Paladella, a sala onde setenta e sete anos atrás Manuel Mena quase foi submetido a uma intervenção de emergência. Enquanto Cortés nos repetia as explicações de sua mãe, não consegui deixar de me perguntar o que teria acontecido se Manuel Mena não tivesse morrido na Ca Paladella, se naquela noite de setembro de 1938 aquela sala de cirurgia estivesse livre e o dr. Cerrada o tivesse operado e salvado. Ouvi um barulho de fora, no corredor e nos cômodos contíguos, mas que dessa vez não me pareceu um murmúrio isolado de passos ou de vozes, mas um zum-zum-zum agitado de uma multidão ou de uma selva de fantasmas. Assaltou-me, então, um pensamento: "Ele não morreu", pensei. "Ele não está morto." Um calafrio percorreu minha espinha. Tentei afastar da cabeça essa ideia, mas não consegui; era como se ela não pertencesse a mim. "Ele não está morto", pensei de novo. "Está aqui." E pensei: "Está aqui, todos estão aqui, nenhum dos mortos desta mansão dos mortos morreu. Ninguém se foi. Ninguém vai embora". Cortés continuava a falar, mas eu já não o escutava, e pouco a pouco a euforia e a alegria secreta em que eu me sentia levitando se transformaram em outra coisa, ou talvez eu tenha sentido que estava me transformando em outro ou que já tinha me transformado em outro homem, uma espécie de velho Ulisses medíocre e feliz a quem aquela expedição pelas trevas daquele casarão vazio em busca do rei das sombras acabara de revelar o segredo mais elementar e mais oculto, mais recôndito e mais visível, qual seja, o de que nós não morremos, que Manuel Mena não tinha morrido, que meu pai não tinha morrido e que minha mãe não ia morrer, pensei isso subitamente, ou melhor, tive essa certeza, de que nem minha mulher nem meu filho nem meu sobrinho Néstor morreriam, de que eu também não morreria, sentindo um tremor vertiginoso pensei que ninguém morre, pensei que somos feitos de matéria e que a matéria não se cria nem se destrói, apenas se transforma, e que nós não desaparecemos, apenas nos transformamos em nossos descendentes como nossos antepassados se transformaram em nós mesmos, pensei que nossos antepassados vivem em nós como nós viveremos em nossos descendentes, não é que eles vivam metaforicamente em nossa memória volátil, eu pensei, eles vivem fisicamente em nossa carne e em nosso sangue, nossos ossos, nós herdamos suas moléculas e junto com as suas moléculas herdamos tudo o que foram, gostemos ou não, abominemos isso ou não, assumamos ou não, tomemos como algo nosso ou não, somos os nossos antepassados, da mesma forma que seremos os nossos descendentes, eu pensei, e nesse instante brotou em mim uma certeza que eu nunca tinha sentido e que hoje acho que poderia ter sentido em qualquer outro momento, ou melhor, que deveria ter sentido ou pelo menos intuído, mas o fato é que a senti pela primeira vez ali, naquela antiga sala cirúrgica daquela mansão abandonada naquele vilarejo pedido da Terra Alta, ao lado de minha mãe, de minha mulher, de Cortés e de Josepa Miró, senti que estava no topo do tempo, no cume infinitesimal, fugaz e portentoso e cotidiano da história, no presente eterno, com a legião incalculável de meus antepassados ali embaixo de mim, integrados em mim, com toda a sua carne, seu sangue e seus ossos transformados nos meus ossos, no meu sangue e na minha carne, com toda a sua vida passada transformada na minha vida presente, eu assumindo todos eles, transformado em todos, ou melhor, sendo todos, compreendi que escrever sobre Manuel Mena era escrever sobre mim, que sua biografia era a minha biografia, que seus erros e suas responsabilidades e sua culpa e sua vergonha e sua miséria e sua morte e suas derrotas e seu pavor e sua sujeira e suas lágrimas e seu sacrifício e sua paixão e sua desonra eram meus porque eu era ele, tal como era também minha mãe e meu pai e meu avô Paco e minha bisavó Carolina, da mesma forma que eu era todos os antepassados que confluem no meu presente como uma multidão ou uma legião incontável de mortos ou uma selva de fantasmas, como todos os sangues que desembocam no meu sangue provenientes do poço insondável de nossa infinita ignorância do passado, compreendi que contar, que assumir a história de Manuel Mena era contar e assumir a história de todos eles, que Manuel Mena estava vivo em mim tal como estavam vivos em mim todos os antepassados, também pensei, e ao final, embriagado de lucidez ou de euforia ou de uma secreta alegria, eu disse a mim mesmo que esse era o último e o melhor motivo para contar a história de Manuel Mena, o motivo definitivo, se eu tinha de contar a história de Manuel Mena era sobretudo para revelar, eu disse a mim mesmo, o segredo que tinha acabado de descobrir no reino das sombras, na profunda escuridão daquele palácio esquecido e arruinado onde a sua lenda teve início e onde, como enxerguei então, como se estivesse escrito em uma obra-prima jamais escrita, meu romance terminaria, o segredo transparente de que, embora seja verdade que a história seja escrita pelos vencedores e que as pessoas contam lendas e os ficcionistas fantasiam, nem mesmo a morte é certa. Isso não termina, pensei. Não acaba nunca.

NOTA DO AUTOR

Algumas das pessoas com as quais estou em dívida aparecem com nome e sobrenome nas páginas deste livro. Mas aquelas que não aparecem nele são em número bem maior. Correndo o risco de esquecer alguém, menciono as seguintes: José Luis e Ramón Acín, Leandro Aguilera, Josep Mª Álvarez, Francisco Ayala Vicente, Messe Cabús, Julián Casanova, Enrique Cerrillo, Julián Chaves Palacios, Luciano Fernández, Pol Galitó, Antonio Gascón Ricao, Roque Gistau, Jordi Gracia, José Hinojosa, Anna Martí Centelles, Jorge Mayoral, Enrique Moradiellos, Sergi Pàmies, José Miguel Pesqué, José Antonio Redondo Rodríguez, Joan Sagués, Margarita Salas, Manolo Tobías, David Tormo e os filhos de *don* Eladio Viñuela e dona Marina Díaz: Marina, José Antonio, Julio, José María e José Luis. A todos, muito obrigado. Quero agradecer também a meu velho amigo Robert Soteras, que me acompanhou meia Espanha afora seguindo os rastros de Manuel Mena e do 1º Tabor de Atiradores de Ifni.

ESTE LIVRO, COMPOSTO NAS FONTES FAIRFIELD E TUNGSTEN NARROW,
FOI IMPRESSO EM PAPEL POLÉN BOLD 70G/M², NA GRÁFICA GEOGRÁFICA
SÃO PAULO, OUTUBRO DE 2018.